DAS COISAS DEFINITIVAS

CARLOS EDUARDO DE MAGALHÃES

DAS COISAS DEFINITIVAS

1ª edição

EDITORA RECORD
RIO DE JANEIRO • SÃO PAULO
2023

CIP-BRASIL. CATALOGAÇÃO NA PUBLICAÇÃO
SINDICATO NACIONAL DOS EDITORES DE LIVROS, RJ

M165d   Magalhães, Carlos Eduardo de
            Das coisas definitivas / Carlos Eduardo de Magalhães. -
        1. ed. - Rio de Janeiro : Record, 2023.

            ISBN 978-65-5587-663-5

            1. Romance brasileiro. I. Título.

                                CDD: 869.3
22-81114   CDU: 82-31(81)

Meri Gleice Rodrigues de Souza - Bibliotecária - CRB-7/6439

Copyright © Carlos Eduardo de Magalhães, 2023

Todos os direitos reservados. Proibida a reprodução, armazenamento ou transmissão de partes deste livro, através de quaisquer meios, sem prévia autorização por escrito.

Texto revisado segundo o Acordo Ortográfico da Língua Portuguesa de 1990.

Direitos exclusivos desta edição reservados pela
EDITORA RECORD LTDA.
Rua Argentina, 171 – Rio de Janeiro, RJ – 20921-380 – Tel.: (21) 2585-2000.

Impresso no Brasil

ISBN 978-65-5587-663-5

Seja um leitor preferencial Record.
Cadastre-se em www.record.com.br
e receba informações sobre nossos
lançamentos e nossas promoções.

Atendimento e venda direta ao leitor:
sac@record.com.br

Para Paula e Chris,
era uma vez um gato xadrez

Para Lu, Manu e Lelê,
com admiração

> E foi aí que você se fodeu, Zavalita.
> *Conversa no Catedral*, Mario Vargas Llosa

> SE VOCÊ FOR ATACADO POR UM LEÃO DA MONTANHA, LUTE.
> Placa no parque Yosemite, Califórnia

> São Paulo arde
> dois náufragos se esbarram, se reconhecem
> se salvam, se esquecem
> o tempo sem proa, São Paulo garoa
> é tarde
> São Paulo arde
> *Garoava*, Gaeta Dordé

1. A varanda de João Robert da Cruz Bamalaris

Dois séculos depois, o europeu Gonçalo Ching de Souza, em sua tese de doutorado, defendeu a ousada ideia de que os eventos ocorridos no fim da primeira metade do século XXI e as mudanças do modo de vida da grande maioria dos seres humanos, que resultaram no que se convencionou chamar de Novo Mundo, tiveram sua gênese no Brasil. Não foi, segundo ele, um desfecho de fatos históricos que se sucederam, um acidente entre tantos, ou algo já em construção no consciente coletivo. Tampouco foram consequências da famigerada Covid-19, pandemia comumente aceita como um marco divisor. Foi, sim, um plano elaborado e executado durante décadas por Takashi Makaoka, um brasileiro de ascendência japonesa que se serviu do coronavírus devastador para encobrir ainda melhor suas pegadas e aprofundar suas ações. Gonçalo Ching de Souza chegou a Makaoka por acaso, quando pesquisava sobre a família de revolucionários Dansseto em livros antiquíssimos disponíveis de graça a todos, dentre os quais a esplêndida história da família escrita por Carlo José Dansseto no final da vida, obra já clássica que iluminou e inquietou muitas gerações. Vasculhou jornais da época e raridades esquecidas que conseguiu encontrar nos arquivos da rede mundial de bibliotecas. A ideia sobre a qual construiu os alicerces de sua pesquisa não surgiu dos tão estudados importantes feitos, ou das inúmeras tragédias acontecidas à família em pouco mais de um século. Ela veio das prosaicas trocas de mensagens de Takashi com sua filha Natasha, que ele localizou numa nuvem de esquecidos das antigas agências de serviços secretos. Foi aprovado com nota mínima, já que os avaliadores, uma pessoa de cada continente e duas supermáquinas de inteligência acadêmica, viram em seu trabalho, além da fragilidade na coleta de dados, muito mais intuição que dedução.

Cinquenta anos se passam até que, por outro acaso, o desconstrutor sul-americano João Robert da Cruz Bamalaris se depara com os escritos de Gonçalo Ching de Souza. Matemático e engenheiro de estruturas, Bamalaris decompõe em uma série de equações e regressões o trabalho de Souza, como se a partir de um prato pronto, pelo sabor, conseguisse identificar cada ingrediente da comida, cada grama de sal, cada medida de carboidrato, cada porção de proteína, a exata quantidade da pitada de pimenta.

 João Robert da Cruz Bamalaris, depois de percorrer todas as partes do planeta supervisionando a desconstrução de estruturas centenárias cujos significados já haviam sido desconstruídos e esquecidos há gerações, pontes, prédios, usinas hidroelétricas, shopping centers, templos, palácios, estádios de futebol e tantas outras grandes construções, retira-se perto de completar 70 anos para uma pequena propriedade rural numa pacata cidade do Vale do Paraíba, entre os estados de São Paulo e Rio de Janeiro, região filiada às federações do Brasil e Sul-americana. Nos fundos, com entrada por outra estrada que não a da sede, uma casa confortável construída no final do século XX, há produção de vegetais em estufa, criação de galinhas, porcos e algumas cabeças de gado confinado administradas por uma cooperativa asiática que arrenda boa parte das terras do entorno. Os recursos acumulados de uma vida sem sábados e domingos e sem constituir família, somados ao valor mensal recebido pelo arrendamento, permitem a ele viver muito bem sem o auxílio do Estado ou das Organizações de Ajuda Humanitária. Inspirado em Montaigne, cujos ensaios devorou ao longo da vida, companhia constante nos inúmeros lugares em que morou, decide dedicar-se apenas à leitura e à escrita dos temas mais variados até o fim dos seus dias, e entregar-se ao maior prazer que jamais conheceu. Dos pequenos vícios e das grandes manias que foi colecionando, a solidão e o pensar são os maiores.

João Robert da Cruz Bamalaris acorda cedo sem despertador. Senta-se na cama. As dores nas solas dos pés o acompanham ao banheiro e vão desaparecendo enquanto se veste preguiçosamente, para sumirem quando calça os tênis com amortecimento. Espalha filtro solar no rosto, no pescoço, nos braços e no dorso das mãos. Passa pela cozinha. Despeja água fresca da moringa no copo que apanha no escorredor. Água de uma bica não catalogada, sem os agentes químicos obrigatórios que a esterilizem, sem filtros que a purifiquem. Ao juntar na mão seus comprimidos coloridos, vitaminas e alguns tipos de remédios reguladores do corpo, organizados por cor numa caixinha de plástico com divisões internas, renova-se o prazer juvenil de rebeldia que sentiu ao jogar no rio Paraíba seus remédios corretores, que atuam no cérebro. Os peixes ficariam bem, pensou, ao ver os círculos d'água que desapareciam levados pela correnteza. Ele não havia ido para lá para ficar bem, mas para viver, fosse lá o que isso significasse. A caixinha fica em um pequeno armário ao lado das xícaras de café de cores, formatos e materiais diferentes que foi recolhendo dos lugares onde morou. Que água boa!, diz todos os dias com alegria, para si, depois de engolir os comprimidos, e coloca o copo vazio na pia. Come uma banana-nanica amadurecida no cesto de palha, junto com outras frutas apanhadas no pomar.

Quando sai de casa, *O sol doura a pele da terra!* Leu em um poema e invariavelmente o verso lhe vem à cabeça, e ele o declama ao sentir o primeiro calor da manhã no rosto e a enxergar o que resta do orvalho, que torna irregular o verde do gramado em volta da casa, como se fosse um campo de força que a protegesse dos bichos e perigos da natureza. Anda na grama molhando levemente os tênis, chega nos caminhos de terra, gramíneas e mato, passeia a esmo por cerca de uma hora. Às vezes, em vez de ir a pé, vai no cavalo que um funcionário da cooperativa deixa arriado para ele no pequeno estábulo que fica a 317 metros da casa, distância que, por força do hábito, ele mediu em sua primeira caminhada. Acompanha-o Montaigne, o vira-lata preto que pegou num depósito de abandonados, mais porque a voluntária era uma moça muito agradável e persuasiva do que propriamente por gostar de cachorros. Na volta, acontece de encontrar o tal funcionário, que sempre puxa conversa, um rapaz moreno e alto, não muito diferente de todos os rapazes morenos e altos da sua idade, e que se apresentou como Bento. Além de não usar óculos ou lentes de contato nos olhos não operados, algo raro mesmo entre os jovens, tem o falar rico em palavras ancestrais. Seu vocabulário foi preservado da uniformização e simplificação que as línguas sofreram mundo afora, que João Robert considerava um empobrecimento lamentável. Desta vez, Bento está quieto. Depois de perguntado, conta que sua par havia perdido um filho por aborto natural, dia anterior. A ciência foi tão longe e a gente ainda perde filho, a gente se acha muito, mas não é divergente do cavalo, ele diz antes de sair caminhando cabisbaixo puxando o animal pelo cabresto. E até em casa João Robert vai pensando. A humanidade havia passado por poucas e boas, as religiões que formaram as sociedades, as guerras, desde as tribais que as forjaram até os sangrentos conflitos mundiais de séculos anteriores, toda a banalidade do mal, a escravidão, uma constante desde o começo da História em culturas diferentes que não se tocaram, as doenças, pestes, pragas, secas, incêndios, invernos que a dizimaram e modificaram, a escuridão das ditaduras, as épocas em que o pior do humano emergia sem controle, trazendo sofrimento e morte ao outro, e que o melhor do humano aflorava como resistência, coragem, solidariedade, sacrifício, a luz do espírito livre das democracias avançadas, as epidemias pós-modernas da violência, da depressão, da solidão, dos suicídios, da miséria e da fartura, do egocentrismo, do obscurantismo com suas pós-verdades e sua burrice, das negações das realidades e das construções de narrativas e farsas, da banalidade do bem, da banalidade de tudo, e tantas outras atravessadas com resiliência. E, embora ainda não tivesse conseguido acabar com as poderosas organizações criminosas que sempre renasciam em alguma parte, nem matado o animal feroz e sem moral que o habita e está sempre em vigília, o humano havia chegado à idade da justiça plena, da manipulação genética, dos medicamentos corretores e das supermáquinas capazes de criar, avaliar e produzir as perguntas importantes. Tanta coisa acontecida, tanta coisa pensada, e estava lá a tristeza da perda de um filho não nascido. E estão lá as centenas de milhões de seres que, como aquele simpático rapaz, ainda andam em pares e, de maneira instintiva, um instinto ainda fora do controle, mais do que a busca por proteção, têm a necessidade do pertencimento ao outro. Cuidar do outro, ter uma identidade comum, um dever comum, uma obrigação. Seres de obrigações, esses seres humanos. O romantismo havia sido superado pelo realismo, que havia sido superado pelo over-realismo, que havia sido superado pelo pragmatismo e eficácia no auge do economicismo institucional, e pelos scanners de cérebros e remédios corretores, que vinham sendo combatidos nas últimas décadas num esforço de retomada do onírico, do romântico, das ineficiências tolas, do mistério que não mais parecia possível. O humano do Novo Mundo era ainda humano, esse animal diferente que conquistou o mundo não pela inteligência, e sim pela ferocidade. Como o cavalo, é filhote, adolesce, é domado, sente dor, caga, mija, fica louco, deseja, morre. Mas, ao contrário do cavalo, crê. Perde um filho que não nasceu e fica arrasado. Alegrias inesperadas e raivas represadas sobrepondo-se ao niilismo de uma era que sucedeu a era do sucesso individual, do *eu* deus e das divindades particulares, naquela era das identidades culturais individuais únicas e singulares sobrepujando a História, as nações, os deuses de massa, as ideologias que buscavam o bem comum e alguma justiça, continua em seus devaneios João Robert.

Um estalo seco e alto chama sua atenção. Olha em volta. É uma manga que caiu da mangueira bem ao seu lado. Para junto à grande árvore. Pensa que o estampido e aquele susto os ligava a todos, de todas as épocas. A população negra escravizada trazida da África que cultivara forçadamente aquele solo, os índios que a antecederam, os europeus que os conquistaram, os americanos e os chineses que os sucederam, tudo para dar nele, essa mistura complexa de genes já mapeada no seu DNA. Mistura que não passará para a frente. A estirpe Bamalaris terminará com ele, ali, num dia qualquer, quiçá de sol, sem aviso, sem ninguém para avisar, mais um ser solitário entre tantos milhões que vão despovoando aos poucos o planeta exausto e quente. Ao lado da manga caída, outras apodrecidas que são devoradas por uma batelada de formigas indiferentes a ele, que as olha, como olharam os africanos escravizados, os europeus, os índios, os proprietários que pertenceram àquela terra como ele agora pertencia, quem sabe até Julio Dansseto tenha se deparado com formigas e mangas nas suas caminhadas pela região. Se para eles seriam as mesmas formigas, para elas seriam o mesmo homem. Um homem sem gênero, sem cor, sem raça, sem língua, sem crença, sem pátria, sem idade, sem tempo.

Chegando de volta à casa rodeada de árvores centenárias, que fica sobre o morro, João Robert da Cruz

Bamalaris arruma a mesa na varanda, frita ovos com bacon, prepara um café com leite, cada dia em uma xícara diferente, e deixa-se estar olhando a vista enquanto toma o desjejum. Um mar de ondulações verdes de tons diversos estende-se no horizonte até morrer na Serra da Bocaina. Uma máquina agrícola em alguma estrada entre as escarpas que vê ao longe. O volteio do bando de maritacas estardalhando o sossego em gritos prazenteiros. O vento que chacoalha as folhas das cinco palmeiras imensas em frente à casa. Uma espécie de ronronar de Montaigne, que invariavelmente adormece depois de ganhar seu punhado de bacon. Um drone, um avião, uma máquina de voar intermitente. Nuvens que se movem lentas por um céu apaziguado. Tira os tênis, as meias, tira a mesa, lava a louça, passa pano no chão da cozinha em chinelos de dedo, organizado que é. Senta-se outra vez na varanda, fica um tempo só a receber o vazio das coisas, de todas as coisas, e encontra ali aquilo que achava ser uma espécie de paz, não a paz dos remédios das gigantes farmacêuticas, que quase todos tomam e que corrigem as tantas inconstâncias do cérebro, ou as dores nas solas dos pés, ou as dores da alma, como diziam os escritores de outrora, uma outra paz. Uma paz diferente. Uma meia hora, uma manhã inteira. Aí seu senso de dever o chacoalha e ele faz acordar sua potente máquina individual, único eletrônico que se permitiu deixar funcionando na nova vida simples que queria iniciar, e começa a revezar-se entre a vista e a tela. João Robert da Cruz Bamalaris pesquisa, pensa e escreve.

Da última mensagem entre Takashi Makaoka e a filha Natasha, fazia muito que João Robert conseguiu retroceder até *Pai, vem, vovô está morrendo e precisa muito falar com você.* Depois de rodar uma série de algoritmos nas mensagens das agências de serviço secreto do século XXI, algo que Gonçalo Ching de Souza havia feito décadas antes, compreendeu por que aquelas mensagens banais entre pai e filha tinham chamado a atenção do eminente pesquisador europeu. Eram as únicas pessoas sem nenhuma relevância histórica que sobreviveram nos arquivos secretos. Entre empresários, políticos, policiais, escritores, filósofos, contestadores dos sistemas, líderes de movimentos sociais, sindicalistas, artistas de vanguarda, extremistas religiosos, jornalistas consagrados, assassinos, traficantes, ladrões, estelionatários, pedófilos e bandidos em geral, as rotinas de programação repetitiva encontraram apenas aquelas trocas de mensagens fora do padrão, de um economista medíocre que tinha um emprego público como técnico em informática e sua filha jornalista.

Antes da generalização do reconhecimento facial por câmeras de infravermelho de alto alcance, que apenas nas últimas décadas vinham sendo abolidas pelas cidades pequenas e médias, era já notório o monitoramento de pessoas comuns, sem o conhecimento ou a autorização delas, por governos e empresas que manipulavam comportamentos, consumos, ideologias. Após escândalos em escala global, foram assinados os tratados de Bogotá, que, entre outras resoluções, aboliram a obrigatoriedade de todo ser humano carregar um daqueles antigos celulares ou chips. Aparentemente, os tratados foram cumpridos, a vigia e o recolhimento de dados passaram a requerer autorização prévia, desnecessária apenas para pessoas com índice de periculosidade 10. Apenas estes registros poderiam ficar armazenados por mais de vinte anos. A destruição das mensagens armazenadas era feita a cada cinco anos por computadores com inteligência artificial, cumprindo a lei que ficou conhecida como Direito ao Esquecimento. As supermáquinas não erravam, isso era um dado. Makaoka e a filha Natasha resistiam por mais de duzentos anos nos arquivos. O que os computadores viram de tão perigoso neles?, foi o que Gonçalo Ching de Souza se perguntou, e ele escreveu a resposta com entusiasmo em sua tese de maneira meio atabalhoada, sem cálculos ou argumentos irrefutáveis que pudessem corroborar a ideia de que Makaoka havia arquitetado um plano desde a adolescência. Que sua vida e suas ações, aparentemente irrelevantes, foram pensadas para mudar o mundo. Pareceu-lhe tão claro, mas dobrou-se às críticas contundentes relativas à falta de provas conclusivas. Passou por pouco, e o fato de ter passado já demonstrava que havia alguma coisa ali. Apesar de ser claramente um gênio, ele não teve teimosia o bastante, pensava João Robert da Cruz Bamalaris, enquanto lia e relia o trabalho de Souza.

Natasha e seu pai Takashi começaram a fazer companhia a João Robert no longo período em que ele supervisionou o desmonte das plataformas fantasmas de petróleo da costa do Rio de Janeiro. Estava naquela fase da vida em que buscava se conhecer através da história de seus ancestrais. Sua mãe que o criou sozinha, seus avós, bisavós, tataravós, os avós de seus tataravós, um mundo de relações humanas improváveis que deu nele. Chegou ao general Roberto Bamalaris, pai de Lavínia Bamalaris, que, como sua mãe, criou o filho sozinha, algo recorrente nas gerações de Bamalaris, padrão que ela parecia ter inaugurado. Mesmo com tantas mulheres fortes, como Lavínia e sua mãe, Roberto foi o único dos Bamalaris que pareceu ter tido certa relevância pública em sua época, mais por ter alcançado o generalato que por ter realizado algo importante. Se Roberto Bamalaris pouco o interessou, foi devido a sua breve ligação com a família Dansseto que João Robert descobriu Takashi e sua filha Natasha. E descobriu os fascinantes escritos de Gonçalo Ching de Souza.

A vida atribulada de viagens fez com que se afastasse deles para reencontrá-los numa noite de insônia em Dubai, quando lá trabalhava na desconstrução de uma torre de apartamentos altíssima e vazia construída por milhares de pessoas e desconstruída por dezenas de máquinas, sob sua orientação. Quando coordenou do escritório em Atlanta o desmonte de mais de trinta shopping centers na América do Norte, eles o atraíram outra vez, para grudarem-se nele de maneira perene.

De uma leitura banal, que fazia nas noites solitárias em quartos provisórios de tantas cidades, virou uma obsessão. De uma obsessão, aquelas pessoas mortas fazia mais de 250 anos passaram a ser parte de sua vida como nenhuma outra, nem mesmo Montaigne.

Os pareceres dos professores e as notas nos boletins escolares de Natasha, os exames médicos e as anotações das psicólogas com quem ela foi fazendo análise, as avaliações dos departamentos de recursos humanos das empresas em que ela trabalhou, as festas tão distantes e tão vivas registradas em vídeos, as férias em lugares bonitos que ela postava nas redes sociais, as matérias para os jornais e sites, a começar pelos famosos artigo e podcast *Porque não pode ser Gaeta Dordé, porque é Gaeta Dordé*, assinado com a ainda não icônica Jéssica da Silva, que impulsionou a carreira de ambas, duas filhas únicas que tiveram um vínculo fraterno entre si que duraria a vida toda, os livros que Natasha leu, os que editou, o caminho dela pelo mundo monitorado pelo celular, uma volta no quarteirão, uma ida à Índia, quanto tempo levava do trabalho para casa, o que comprava, o que gostaria de comprar, os nudes e os recados que mandava para os namorados e namoradas, a pós-graduação em Londres, onde ficaria por quatro anos trabalhando como correspondente estrangeira, as tantas tatuagens que ano a ano foram decorando seu corpo muito magro, os pés engessados depois de um tombo na calçada, os pratos de comida colorida, o casamento de Natasha, sua voz, seu jeito de rir, seu olhar, o nascimento das filhas gêmeas no vídeo feito pelo entusiasmado marido, o crescimento das meninas em tombos e sorrisos, a separação litigiosa em petições de advogados, os encontros e desencontros amorosos depois disso, os passeios de bicicleta por quatro continentes, o ofício de editora que exerceu por duas décadas emplacando vários sucessos e amargando alguns fracassos, a descoberta de uma religiosidade que sempre havia desprezado, o envelhecer lento e despercebido numa daquelas vilas comunitárias que se tornaram tão comuns no Novo Mundo, a morte tranquila numa noite de outono.

Em especial, João Robert repassava o dia em que Natasha chamou o pai para vir e seu avô morreu. Da mensagem enviada para Takashi, *Pai, vem, vovô está morrendo e precisa muito falar com você*, é capaz de ver não apenas o rastreio do celular de Natasha, mas também o percurso que ela fez naquele dia quase como se estivesse vendo com os olhos dela. As ruas que enxergava do trajeto de Natasha eram reais. Poderia vivenciá-las em um daqueles dispositivos de realidade que havia algum tempo tinham saído de moda. As fachadas de um sujo triste das construções pichadas que ladeavam as ruas do entorno do escritório no Vale do Anhangabaú, o metrô primitivo atulhado de gente, as escadas rolantes, o ônibus, aquele museu vivo que ela tomou até o bairro longe do centro onde ficava a tal clínica psiquiátrica que abrigava o rapaz que tinha certeza de ser Gaeta Dordé, o famoso artista. Todos aqueles seres humanos que via nos registros com rostos desfocados para pretensamente preservar-lhes a identidade, todos os seus filhos, netos, bisnetos, assim como Montaigne, estiveram vivos por um brevíssimo período na história da Terra, para ficarem para sempre presos com os dinossauros. Mas, ao contrário de Montaigne e dos dinossauros, suas vidas estavam ali, como num documentário ou filme do tipo que se fazia à época. Ela parou para almoçar em uma padaria e lá encontrou Jéssica da Silva, com quem foi para a clínica onde estava internado o jovem. Duas horas mais tarde, saíram da clínica e se separaram. Ele seguiu Natasha muitas vezes até sua casa, uma linha amarela que se formava no mapa da cidade de São Paulo. Ali o sinal de seu celular some. Então a linha amarela completa, horas mais tarde, o trajeto até a casa de Julio Dansseto, onde chega acompanhada do pai. No portão, já os espera Jéssica da Silva, e entram os três. Jéssica descreve a cena em sua autobiografia. É, para ela, uma noite muito vívida na memória. Takashi Makaoka parece estranhamente emocionado ao cumprimentá-la. Carlo José Dansseto é amável com ela. Rosa Dansseto, a quem admirava, a trata de maneira impessoal, como era sabido que tratava a todos. A sala. As estantes de livros. A foto da primeira Dansseto emoldurada num porta-retratos manchado. Eles sobem a escada ao som das músicas de Gaeta Dordé. Ela entra por último no quarto de Julio Dansseto. Vê-lo era como ver um deus, ela diz. Ao vê-lo, sua vida já estava modificada. Julio Dansseto falou, apontando para ela, Você é a única que eu não conheço, moça, gosto do jeito como você olha, você tem a força estranha. Não podia garantir que estivesse lúcido, mas ela se pergunta, caso Natasha Dansseto não a tivesse convidado para aquela noite derradeira do avô, caso não tivesse ouvido aquela frase, se ela teria se tornado a jornalista que se tornou. Acredita que não, ela escreve. Talvez tenha sido uma falsa profecia que se realizou.

Depois de viver com Natasha cada canto de sua vida, de vasculhar sem pudor sua intimidade, aquele dia e aquelas três horas que deve ter ficado conversando com o pai são o que a tornam indecifrável para João Robert. São aquelas três horas que parecem ter tudo mudado. Três horas, de quando Natasha saiu da clínica em que o jovem estava internado até sua chegada na casa do avô. Entrou, com o pai e Jéssica, e os computadores dos séculos que viriam não os esqueceriam.

Do dia a dia sem graça de Takashi na repartição pública, apenas os registros oficiais. De sua infância e adolescência, achou as escolas em que estudou, sem, no entanto, ter acesso a seus históricos escolares, que haviam sumido, assim como sumiu o da faculdade. Encontrou menções e fotos de torneios de taekwondo que disputou sem destaque até os 19 anos. Imagina que foi a luta que lhe deu o corpo forte que aparentava ter. Havia também, aqui e ali, as pescarias, único lazer que parecia se permitir em seu jeitão taciturno nas raras fotos que o mostravam. Um homem que, ao que tudo indicava, não tinha celular, cartão de crédito, que se escondia na mediocridade de um cotidiano estável, e que um dia simplesmente sumiu. Dos registros, das repartições, das pescarias, da vida de Natasha. De Nina Dansseto, sua mulher e mãe de Natasha, restava pouco. O ataque cardíaco que lhe ceifou a vida aos 28 anos, a militância estudantil na faculdade de Ciências Sociais, o casamento com aquele japonês desconhecido, a proximidade com o pai lendário, os sumiços mal documentados que por vezes duravam semanas. João Robert passou a ser um arqueólogo deles, como fora Gonçalo Ching de Souza. Achava até que os conhecia mais que eles próprios. Era capaz de dizer o suco de que mais gostavam, o que lhes causava alergias, que países tinham conhecido, que amigos os perscrutavam e quem investigavam nas redes sociais, quais eram seus sonhos e quais foram suas frustrações, de que tipo de móvel e de político gostavam, de que tipo de roupa, de queijo e de humano, como morreram, o que aconteceu com seus descendentes. Carregava-os nos almoços, nas caminhadas, nos banhos, sua cabeça a investigar cada pedaço do tempo que lhe era permitido ver como se fossem personagens de ficção. Mesmo os esquadrinhando, repassando meticulosamente com olhar de pesquisador as mensagens que trocaram, decompondo-os em relações de causa e efeito, classificando-os como arquétipos, tratando-os ora como objeto inanimado de pesquisa, ora como peça de museu, ora como passatempo lúdico, sentiu que, de certa forma, aquelas figuras misteriosas o haviam humanizado, adjetivo que estava tão na moda. Faltava achar aquela intuição de Gonçalo Ching de Souza.

Até que um dia, a uma semana de se aposentar e de se mudar para o Vale do Paraíba, quando voltava a pé de um porto em desconstrução em Hong Kong, algo deve ter chamado sua atenção e funcionado como gatilho para destravar o enrosco em seu cérebro. Uma canção em cantonês por uma voz de menina. Um diálogo de transeuntes nervosos em mandarim. As luzes de um navio no horizonte escurecido. Uma máquina de voar que, infringindo as leis, passou rente d'água para logo desaparecer. Os luminosos dos restaurantes nas ruelas já perto do hotel. A brisa agradável que lhe acariciou o rosto. Não sabe se foi uma coisa específica ou foi um tudo junto que o fez entender. Comprou um noodles para viagem e apressou o passo. Sentou-se à sua máquina individual e passou a noite a processar fórmulas e equações espaço-temporais e comportamentais, ferramental a que Gonçalo Ching de Souza não teve acesso. Vinte dias depois, já instalado no refúgio definitivo no Vale do Paraíba, rodou uma série de algoritmos apenas para confirmar o que compreendera. Sim, sim, Makaoka quis ser encontrado deixando microscópicos rastros que Gonçalo Ching de Souza identificou sem se dar conta de que eram propositais. Ironia do destino, as minúsculas pistas foram achadas por ele, um desconstrutor. Talvez fosse apenas lógico, somente um desconstrutor conseguiria pegar outro.

Por que suas mensagens estão armazenadas?, havia sido a pergunta que Gonçalo Ching de Souza não conseguiu responder com exatidão, e João Robert da Cruz Bamalaris finalmente a responde com números e equações lógicas. *E dito isso, portanto e provado, Makaoka foi o maior revolucionário que a História já conheceu, por isso suas mensagens não podem ser apagadas* é a sentença que resulta. João Robert tira os olhos da tela e olha a paisagem à sua frente. Lê em voz alta o que havia escrito. Nem Montaigne, nem os pássaros, nem as árvores, nem as montanhas que ali estavam e ali continuariam parecem perceber a importância de sua sentença. E quando manda a afirmação para a supermáquina de inteligência artificial acadêmica, no dispendioso modo confidencial que cobra uma fortuna por consulta, a resposta é imediata, *Afirmativo, resposta correta.*

2. Natasha, Naty

Natasha levantou-se. Caminhou pelo chão estragado até o parapeito da janela. Os primeiros barulhos que conseguiu desligar foram os do celular, que largou em cima da cadeira junto à bolsa. Aquele monte de mensagens, de texto, de voz, de vídeo, de imagens, de desenhos engraçadinhos, de chamadas de aplicativos, vinha de todas as partes de sua vida, de todas as partes do mundo, de todas as partes do tempo, o tempo repartido e também sólido em que todos falavam ao mesmo tempo. Desligou em seguida as conversas do escritório. As palavras foram perdendo o significado e baixaram de volume até desaparecerem dando lugar ao som de São Paulo, que entrava monótona pela janela que ela abriu e na qual apoiou os cotovelos, tornando-se fronteira entre o ar-condicionado e o ar quente e sujo que esmagava a grande praça, entre o dentro e o fora, entre os colegas jornalistas e o mundo, entre o possível e o imaginado, entre seu pai e a família da sua mãe. Calou o barulho dos automóveis e pôde perceber o barulhar das pessoas, dos pombos, dos prédios, dos aviões, dos apitos, do vento nas poucas palmeiras, um liquidificador de barulhos que ela decompôs para jogá-los fora um a um sem se deter neles. E aí jogou fora as pessoas e tudo mais que se movia. Sobrou a memória do estrondo de tantas multidões que ali estiveram gritando palavras de ordem, *Diretas já!*, *Fora!*, *Vai ter luta!*, *Vem pra rua, vem!*, *Educação!*, e os gritos foram esmaecendo até que restaram apenas as construções, novas e antigas, e todas lhe pareceram melancólicas, e ela as fez desaparecer. Tijolo a tijolo, grito a grito, esperança a esperança, lamento a lamento, suor a suor, tudo foi se desconstruindo. Década a década, século a século. Quando tudo parecia ao chão, ressurgiu o rio Anhangabaú das profundezas de sua cova, e suas águas maléficas inundaram aquele charco apropriado por homens ferozes e seus escravos, afugentando índios. E ela afugentou a todos, voltando dez, quinze, cinquenta mil anos, quando o primeiro homem deve ter pisado por ali. Um aparentado nosso, certamente, o avô Julio disse uma vez, com alguma ironia. Calou a voz desse avô antes que ele viesse com aquela força descomunal que tinha, força da qual o pai tentou protegê-la. E calou também a doçura do outro avô, que gostava de recitar as frases de seu calendário seicho-

-no-iê, como se nelas estivessem as soluções para o dia, para o mundo. E sem o homem, restavam os bichos e a flora. Ela voltou mais, extinguiu-os, e extinguiu os dinossauros, que eram outros tipos de bichos, e extinguiu aquela outra natureza cheia de samambaias gigantes. E por um instante, um brevíssimo e efêmero instante, repousou em si mesma, silenciando por fim todos os tempos internos, o passado, o presente, o futuro que, quando adolescente, havia controlado com ansiolíticos, e conseguiu ser apenas terra. Terra infértil. Apenas terra. Silêncio pleno e absoluto. Silêncio e delicadeza. Por um brevíssimo e efêmero instante. Contraiu levemente os olhos. Por um brevíssimo e efêmero instante. Que passou. A vida e os cataclismos explodiram nela outra vez. Natasha fechou a janela e voltou à roda de conversa, andando com certo nojo naquele chão esgarçado. Sentou-se na cadeira que trouxera de casa e apanhou o celular. As mensagens gritavam, exigiam, queriam dela alguma coisa, sempre. Aquela preguiça recorrente de tudo e um pouco mais. Apenas seu pai nunca lhe havia pedido coisa alguma e fora só doação. E agora a família de sua mãe queria que ela pedisse que ele viesse. Viria se o chamasse, eles sabiam, ela sabia. Fez um movimento de cabeça, suspirou involuntariamente.

— Diga, Naty, alguma coisa?
— Não, nada não, qual a pauta mais zoada que a gente tem aí?, tô precisando escrever alguma coisa pouco séria — Natasha disse sem tirar os olhos do celular.

Jéssica chamava os outros de flor.

— Conserta você, flor — Jéssica disse a Natasha quando ela reclamou que o piso estava um nojo. Natasha jogou um beijo em direção a ela, que Jéssica devolveu, jogando outro com um sorriso frio. Havia pautas de jacarés misteriosos que atacavam no rio Pinheiros, de uma mulher que queria colocar um terceiro peito, de um executivo que matou a família e se jogou da janela do oitavo andar, de um cara no prédio do Zé que havia sido internado à força num hospital psiquiátrico depois de armar um barraco dizendo que era o Gaeta Dordé. E logo estavam todos falando ao mesmo tempo, olhando os celulares ao mesmo tempo, deixando escapar, ao mesmo tempo, não apenas aquele tempo de duas horas das reuniões de segunda-feira cedo, que Jéssica organizava e preparava junto com uns sanduíches de presunto e requeijão que trazia de casa, comidos distraidamente e nunca agradecidos, mas um tempo que para eles ainda não existia.

O tempo é uma ilusão, a própria vida uma ilusão, um sonho, uma sensação, um sopro, a gente de repente percebe que a vida é um sopro. É assim a vida, não é mais que isso, não há coisas grandes nem pequenas, *O homem é semelhante a um sopro, os seus dias são como a sombra que passa*, tem umas coisas bonitas lá naquele livro, foi o que o avô Julio disse a Natasha por fim, sem olhá-la. Justo ele, o imenso Julio Dansseto, numa voz arranhada e sem força, desfazendo-se em um pijama de listras em tons de azul em uma cama da qual só se levantava com dificuldade para ir ao banheiro ou para se sentar na poltrona vermelha, quando o havia visitado a última vez, fazia quase um mês. O avô que a adorava estava finalmente derrotado, ela pensou quando saiu de lá, e não pôde deixar de pensar no outro avô, um homem de ar humilde, de poucas conquistas, que a tratava com cerimônia e fazia pão com manteiga na chapa para ela, que ela achava engordurado, mas nunca recusou. Duas vidas tão dessemelhantes que terminavam iguais, em morte, e ela era o improvável ponto de convergência de ambas. O velório de seu avô Makaoka teve poucas pessoas, caladas e anônimas. Presidentes de países dos cinco continentes certamente viriam ao velório de seu avô Dansseto. Não sentia pena nem tristeza àquela hora. Sentia-se anestesiada. Não, não tinha vontade de escrever sobre o avô-lenda, como os colegas queriam que fizesse, não tinha vontade que o vissem, ele já não existia. E talvez ele soubesse, perto da morte, que toda a História era um sopro, mas isso ele não disse.

Tocou, tocou, tocou, até que Jéssica se levantou e atendeu, porque apenas ela atendia o telefone que raramente tocava. Ninguém deu a Jéssica o posto de chefia, que assumiu por natureza. Todos relevaram. No entanto, passaram a esperar dela as providências necessárias para aquele dia a dia independente que iam experimentando. Ela não deixava faltar papel para a impressora, papel higiênico no banheiro, água no filtro, pautas para as reuniões. Era como uma chefe e uma empregada. Era dela que falavam mal quando se encontravam fora do escritório que montaram com as bolsas de um ano recebidas de uma grande empresa americana de mídias sociais. Haviam feito os melhores trabalhos de formatura e a excelência os juntou, e não havia como deixar Jéssica de fora. Foi dela, para surpresa da turma, a melhor nota. A voz esganiçada, as opiniões sempre cansativamente fortes, a formação intelectual precária, o texto simples demais, a falta de talento e de compreensão para as sutilezas, as banhas, o cheiro, os óculos de aro de oncinha, o sorriso de dentes brancos e perfeitos que quase lhe saltavam da boca, os cabelos escorridos e sedosos, as bochechas fofas e infantis, o mau gosto para filmes e livros e roupas e namoradas e, sobretudo, a gigantesca fome de Jéssica. Menos de um ano depois, quando uma Jéssica, que havia se modificado aos poucos sem que se dessem conta, abrir a reunião de segunda-feira dizendo ter aceitado o emprego para ser editora assistente de política num dos poucos grandes jornais que restavam no país, todos compreenderão que o coletivo de jornalismo não iria sobreviver, apesar do reconhecimento, do espaço e dos anunciantes que haviam conquistado desde o artigo e podcast sobre o jovem que achava que era Gaeta Dordé, que os fez aparecer e virar febre nas redes sociais ao redor do mundo, e que os fez respeitá-la. Acompanharão seu levantar-se arrumada e penteada da cadeira onde havia permanecido quieta, como não era seu costume, vestida em uma roupa ostensivamente cara que os intimidará. Parecerá dez anos mais velha que eles. Recobrados do susto, se reunirão no centro da roda e a cumprimentarão com abraços e beijos pouco efusivos. À porta, ela parará com a bolsa de grife pendurada no ombro e dará uma última olhada na sala e neles. Estará à vontade naquele figurino, e isso é que mais os impressionará. O telefone tá tocando, Jéssica dirá, com um movimento de sobrancelha sob os novos óculos, e partirá deixando a porta aberta e o telefone sem atender. Menos de um ano depois. Natasha não estará lá, já terá ido cursar pós-graduação em Londres, onde morará por alguns anos. Menos de um ano depois.

— Naty, Naty — a voz de Jéssica se sobrepôs às vozes todas —, é pra você, sua tia Rosa Dansseto!

Uma cautela coletiva, como quase sempre acontecia diante do sobrenome Dansseto. Os olhares perseguiram Natasha ao atravessar a sala de janelas grandes em passos lentos e duros. Ela apanhou sem pressa o aparelho que Jéssica havia deixado sobre a mesa e deu as costas à roda de conversa.

— Eu faço a matéria do Gaeta, quem mais faz o quê? — Jéssica disse voltando à sua cadeira, rompendo a hipnose coletiva. Falou um, falou outro, não falaram ao mesmo tempo, procurando cada qual decifrar as palavras que Naty sussurrava ao telefone. Não era ela que viam e ouviam, era seu avô Julio Dansseto, o homem que havia se tornado um deus. Eram os ensaios em sociologia de sua avó Isa Prado que liam na faculdade, o termo Nascitocracia que ela inventou e que influenciou uma geração de pensadores. Era sua poderosa tia Rosa Dansseto, principal dirigente da esquerda brasileira.

Eram seus tios-avós presos, torturados e desaparecidos na ditadura militar. Eram seus bisavós mortos pela polícia de Getúlio Vargas. Ela, em seu corpo franzino, em seus olhos escuros meio puxados, em seus cabelos lisos e pretos, carregava-os todos sem carregar-lhes a claridade dos olhos, o vermelho dos cabelos, o sobrenome que enchia as páginas dos livros de História e jornais do último século.

Foi assim que o pai a protegeu. Colocando apenas o sobrenome japonês nela. Tornando-a uma espécie de bastarda na família daquela mãe de quem Natasha tinha mais sensações que recordações. Levando-a para Brasília. Permitindo a ela que os visitasse apenas nas férias e nunca os recebendo em casa. Nunca mais os vendo.

Natasha desliga o telefone.

— Tá tudo bem, Naty?

— Tá, sim.

— E seu avô?, tenho de perguntar, ossos do ofício.

— Ele não morreu, se é isso que vocês querem saber — Natasha disse contendo a irritação.

— Escreve sobre ele, Naty, sobre sua experiência com ele, dá o seu testemunho, de como é ser neta de Julio Dansseto, de como isso afetou sua vida, é um texto que só você pode escrever — Jéssica disse pousando amistosamente a mão no joelho de Natasha, que se sentava ao seu lado.

— Ô, Jéssica, não insiste, às vezes você não tem limite — Zé disse e lançou um olhar sério para Jéssica.

— Não, Zé, aí eu tô com ela, jornalista não deve ter limite mesmo, se tiver, está na profissão errada — Natasha deu dois tapinhas na mão de Jéssica sobre seu joelho —, um dia eu escrevo, flor, hoje não.

— Você é quem sabe, mas é um puta desperdício — disse Jéssica, que detestava desperdícios, recolhendo a mão.

— Exato, eu é que sei, hoje eu faço com você a matéria do Gaeta Dordé louquinho.

— Nisso vocês são bem parecidas, e acho que vocês duas estão erradas, tem de ter limite, sim, como não? — Zé disse.

E logo estão todos digitando e falando em algaravia. Natasha encara o celular coalhado de mensagens não lidas. Gostaria muito de ser feita apenas de silêncio e delicadeza, dos mais puros, qual seu avô Makaoka, qual seu pai, sempre. Mas não é. É uma Dansseto. Qual sua mãe, que mal conheceu. Num impulso, digitou *Pai, vem, vovô está morrendo e precisa muito falar com você.*

3. Na casa de Julio Dansseto, a manhã do dia em que ele morreu

— Estão todos mortos.
— Cadê o japonês?
Diferente do que muitos imaginavam, Julio Dansseto, quando passeava os olhos no quarto parando demoradamente em um ponto ou outro, não via suas perdas, seus feitos, não repassava sua vida, não repassava a História. Quando os fixava no móvel de cabeceira, via apenas o móvel de cabeceira. Olhava o farfalhar dos galhos secos da sibipiruna enquadrados pelo caixilho da janela e via só a árvore, sem se lembrar de que a havia plantado junto com o pai, 75 anos antes, e que ao lado do tronco era seu lugar preferido para fumar cachimbo nas tantas madrugadas insones. Uma escrivaninha que diziam ter sido presente do próprio Giuseppe Garibaldi

para sua avó era só uma escrivaninha velha. A fotografia desbotada de uma moça de cabelos vermelhos era apenas uma fotografia de uma moça que sorria, não o retrato que mais gostava da filha mais nova. Uma caneta, uma caneta, um livro, um livro, uma xícara, uma xícara. Uma escultura de vários punhos fechados, uma escultura de barro. As pessoas que entravam e saíam do quarto, pessoas que entravam e saíam do quarto. Quando as encarava, desviavam os olhos, e era só seu olhar, que ele já não sabia ser tão intimidador. Por vezes, pediam-lhe perdão por faltas que ele desconhecia. Uma poltrona vermelha sob um abajur nada mais era que uma poltrona sob um abajur. Pela manhã, ajudavam-no a se sentar na poltrona, porque diziam que era lá que gostava de ficar. E ali ficava muito tempo a olhar as mãos espalmadas sobre suas pernas. Tinha vontade de mexer um dedo e ele se mexia, de mexer outro, e ele se mexia, e Julio Dansseto dava uma risada curta de regozijo e fazia movimentos de sobrancelhas. Em horas inexatas, seu rosto se fechava, como se uma centelha do que ele havia sido emergisse e o fizesse existir. Estão todos mortos, dizia com a voz firme e com o olhar enérgico e carismático que havia sido capaz, por décadas, de trazer a um silêncio quase religioso milhões de pessoas em espaços públicos Brasil afora. Havia outra frase que repetia e que parecia ter consciência de quem era e de tudo mais, Cadê o japonês? Não esperou resposta da senhora de cabelos grisalhos bem cortados à altura dos ombros. Uns óculos de armação vermelha e redonda que não combinavam com o rosto anguloso e severo. Ela lhe havia dado de beber, mesmo ele estando sem sede. Voltou a olhar a mão e mexeu o dedo outra vez.

— Papai tá brincando com as mãos de novo — disse Rosa encostando a porta do quarto e encontrando no corredor o irmão que subia a escada.

— Não tá brincando não, ele não brinca.

— Ele até riu.

— É algum espasmo, esse homem não ri.

— É que esse homem não é mais esse homem, né, Casé?, ele tá lá quieto vendo os mortos dele, não implica, vai, e vem cá, pensei em trazer um japonês genérico pra vir vê-lo, posso pedir pra algum amigo, o papai nem vai se dar conta, aí a gente vê se ele para com essa chatice.

— Não adianta, eu sei que ele não me reconhece, não reconhece você...

— Ah, será?, acho que a gente ele reconhece, sim — Rosa interrompeu o irmão —, ele só tá muito debilitado.

— Não, nem eu, nem você, nem os netos, nem os amigos e, se quer saber, ele não reconhece nem a si próprio, Rosa, mas ó, o japonês ele reconheceria até se estivesse em coma, ou lá no inferno, ou lá no céu, já que o povo deu pra achar que ele é meio santo agora que tá morrendo, ele reconhece o japonês até lá na puta que o pariu.

— Calma, Casé — Rosa colocou a mão no ombro do irmão.

— Eu tô calmo — disse Carlo, com voz dura, abrindo a porta que a irmã havia acabado de fechar.

41

— Ele gosta de porta fechada, Casé.

— Eu prefiro aberta e desta vez não manda você, nem o médico, nem ele, mando eu, que fico aqui.

— Muito justo, eu vou ter de ir pra Secretaria, se der, volto de noite — Rosa disse no mesmo tom irritadiço do irmão.

— Ok, vai, sim, nestes dias ele é o meu trabalho em tempo integral, aliás, se você pensar bem, ele sempre foi o nosso trabalho, né?

Rosa não retrucou ao irmão. Desceram a escada estreita daquela casa onde cresceram.

— Você me faz um café? — Rosa disse oferecendo armistício para aquela briga silenciosa que vinham travando nos últimos dias e, antes de esperar a resposta do irmão, andou em direção à cozinha. Sentou-se à mesa em que havia se sentado durante todos os cafés da manhã até se mudar dali.

Era naquela mesa que mais sentiam sua ausência e presença. O pouco pai que o pai foi, foi naquela mesa, num improvável bom humor matinal que ia azedando durante o dia até fechar-se em noite, quando já não havia sol capaz de iluminá-lo. *Assombroso, sombrio e das sombras* era o nome da biografia que havia sido publicada fazia uns quinze anos sem aprovação ou reprovação da família. Cada um escreve o que quer, o já recluso pai resmungou quando vieram falar com ele sugerindo que poderia impugnar o livro na justiça, com o que ele não concordou, É pra isso que lutamos, pra cada um falar e escrever o que bem entender, e minha vida não é tão importante, não se preocupem, o livro não vai vender. Pois vendeu muito, e só fez crescer o mito em torno da família.

A biografia, apesar de mal escrita, serviu para outro propósito insuspeito, permitir aos filhos que conhecessem um pouco daquele pai público e pouco privado que não falava do passado. A infância no campo com a heroica avó que o criou depois que os pais dele haviam morrido nas mãos do Estado Novo, os trabalhos na fábrica antes de completar 15 anos, os estudos madrugada adentro dos livros proibidos, a facilidade incomum para aprender línguas, a faculdade de Medicina em que ingressou em primeiro lugar e que cursou enquanto dava aulas na rede municipal de ensino na periferia de São Paulo, a clandestinidade, o exílio, os poucos amores, os períodos na prisão e as torturas, as participações nas lutas pelos direitos dos brasileiros, a temporada com os quilombolas do Tocantins, os dois irmãos desaparecidos na ditadura militar, os bastidores de sua atuação nas lutas pela redemocratização, sua presença que impediu um massacre num acampamento dos sem-terra na Bahia, onde ficou por semanas dormindo à noite na tenda mais vulnerável a ataques e atendendo durante o dia como médico a população da região, e tantos mais feitos heroicos que eles até tinham testemunhado, sem dar importância, já que o pai não dava e falava muito pouco deles. As mortes da mulher e da filha, o autor tratou com discrição, e a expulsão do partido e a execração por boa parte dos antigos companheiros, quando se posicionou pelo princípio em detrimento do pragmatismo político, os filhos conheciam bem, haviam participado dela e votado contra o pai, que já era um homem ultrapassado. Ninguém poderia imaginar que sua voz só crescesse a partir daí, quando presidentes, senadores, deputados de vários partidos e vários países iam à sua casa, o sobrado que havia herdado dos pais.

Um dia, estando diante da mesma mesa que tinham levado para o pequeno jardim em frente à casa, ao lado da garagem onde Carlo jogou bola a infância inteira, família, amigos, admiradores, câmeras de televisão, jornalistas do mundo inteiro, todos espremidos na rua que havia sido interditada. Falaram, ao microfone, no púlpito improvisado, Rosa, o neto mais velho, duas sobrinhas, companheiros e companheiras de partido e de lutas, autoridades e, quando chegou a vez de Julio Dansseto, ele foi de apenas poucas frases, terminando por *só vou dizer para vocês que eu paro por aqui, cansei*. Deu as costas a todos, afagou os dois filhos, entrou em casa sem agradecer as palmas efusivas e os vivas comovidos. Sua voz não foi mais ouvida. Passou a ler apenas literatura, algo que havia desprezado até então. Recebia os familiares e os amigos que queriam muito vê-lo, autoridades e celebridades brasileiras e estrangeiras que insistiam e, por vezes, conseguiam visitá-lo. A única pessoa que convidava para ir vê-lo era a neta Natasha.

— Lembro bem do dia que papai se despediu, pra mim foi o dia que me dei conta de que ele tinha envelhecido, sabe que até hoje não entendi por que você não quis falar nada, teria sido importante, eu queria te ouvir — disse Rosa.

— Sei, tá bom, Rosa, até parece, você me escutar? — Carlo entorta a cabeça com um sorriso irônico para a irmã.

— Para com isso, vai, Casé, e sabe que fiquei mais sem graça do que puta da vida, naquele dia, eu organizei a porra toda, né?, ah, mas afinal aquela pequena multidão não ficou decepcionada, dizer que viver é assombroso, como ele disse, é bem bonito, aquilo me acalmou, acho que pensei algo como foda-se, tá bem bom — Rosa disse com uma expressão leve no rosto.

— É a tradução de uma frase famosa da Emily Dickinson, *Viver é assombroso, nem deixa lugar para qualquer outra ocupação* e, no caso do papai, devia ser ao contrário, o ocupar-se do *outro*, das ações revolucionárias, não deixaram espaço para o *viver*.

Rosa refletiu um pouco sobre as palavras do irmão.

— Acho que, no caso dele, *viver* foi isso, um viver pleno que ele escolheu, e esse homem viveu de tudo, né?, ô, Casé, às vezes me espanta o tanto de coisas que você sabe, ei, você viu que tão querendo indicar o papai para o Prêmio Nobel da Paz?

— Eu li a respeito, mas dizer que é o Nelson Mandela brasileiro é um tremendo exagero, só faltava essa pra coroar esse *viver* dele, e se estivesse bom da cabeça, claro que não aceitaria, puta homem difícil.

— É, tem razão, seria típico dele.

Os irmãos ficam em silêncio. *Cansei*, a voz do pai naquele dia de despedida ainda repercutia neles mesmo depois de tantos anos. Talvez a palavra mais forte que já haviam escutado dele. Mais forte que as palavras de confronto que usava tanto, A revolução, A justiça, A paz, A dignidade, Os direitos, A igualdade, O outro, A fraternidade, A luta, A honestidade, O caráter, A coragem, O princípio, O por quê? Havia também A opressão, A covardia, O capitalista, O traidor, A guerra, O autoritarismo, O fundamentalismo, O totalitarismo, A exploração do outro, A brutalidade do poder, A banalidade do mal, A violência, A tortura, A prisão, O racismo, O pilantra, A censura, O ladrão, O explorador, O embuste, esta ele havia tornado popular. *O senhor é um embuste!*, ouviam-se imitações nos programas humorísticos, e foi por esse bordão espalhado pelos veículos de comunicação de massa que ele ficou conhecido pela população à qual dedicou a vida. Sentia-se pouco à vontade com palavras de outra espécie, como as que seus filhos, quando adolescentes, levavam à mesa do café da manhã, O amor, O sexo, A transa, A arte, As férias, O biquíni, A maconha, O rock, O tesão, O lazer, A terapia, As festas, A felicidade. A palavra era uma arma de enfrentamento. Uma foice. Uma lança. Uma barricada de resistência. Da massa de homens contra o Homem. Não era para aquelas bobagens, dizia de mau humor, evitando colocar-se na posição do Homem. E havia A morte, a maior de todas as palavras, maior até que O tempo, pois lhe dava sentido, a mais poderosa de toda a combinação de letras de qualquer alfabeto, de qualquer língua, de qualquer cultura, maior do que A justiça, Os direitos, O outro, A ética. *Essa bobajada toda que eu falo*, seu pai disse sério uma vez, e só aquela vez, num café da manhã de um dia nublado, censurando um comentário jocoso qualquer deles sobre ela, A Morte. Aquelas palavras que ele dizia que eram palavras grandes, e mesmo as que os filhos traziam à mesa, e que lhe pareciam supérfluas, eram precedidas do artigo definido, alvo de ironia entre seus detratores.

Cansei seria o nome do livro que Carlo José Dansseto terminaria dali a 25 anos, já na velhice, e que se tornaria um dos livros mais importantes do seu tempo. Da longa reflexão sobre a palavra ouvida do pai, ao se despedir de si mesmo, numa tarde líquida de sábado, na pequena rua de paralelepípedos com gente do mundo inteiro, ele retrocedia até a infância cheia de heróis etéreos, a começar pela mítica bisavó que tocara o sino da igreja de sua cidade no norte da Itália para anunciar a vitória de Garibaldi e suas tropas. Dali veio a escrivaninha sólida sobre a qual escreveu e sobre a qual a família se apoiou. Ele, o mais apagado dos Dansseto até então, um homem quieto, tido como de poucos recursos intelectuais e sem aquela força natural que caracterizava a família, de vida sem graça e sem grandes feitos, seria o Dansseto que a posteridade reverenciaria. Sentado na escrivaninha, no quarto que havia sido do pai, o sol invadindo a janela já não mais protegida pela sibipiruna derrubada, Carlo repassaria sua história sem ter noção do monumento que construía linha a linha. Esgueirando-se desarmado pela neblina e pelas dobras da memória, os vultos dos acontecimentos passados lhe viriam com nitidez desigual, que focaria com os óculos da imaginação reprimida que o acompanhava desde menino. A longa conversa que teve com a irmã no dia em que o pai morreu e todo um tempo acabou lhe vinha inexata. Era apenas uma sensação da conversa, uma sensação de um dia poderoso, uma sensação de que ele também havia morrido para renascer na caminhada de horas que fez dia seguinte, depois do concorrido velório. Quando chegou na casa do pai, que seria seu escritório dali a alguns meses, não se abalou quando viu a enorme sibipiruna esquartejada na calçada, pedaços de árvore já morta e apodrecida havia tempo, retalhada, à espera do caminhão da prefeitura para recolhê-los a algum lixo. Em vez de lamentar a ausência da árvore, reparou como a casa se iluminou. Quem sabe agora pudesse dar alguma coisa no pequeno jardim em frente à porta de entrada?

— Você acha que mamãe e ele foram felizes? — Rosa disse olhando a xícara de café como se olhasse um espaço vazio.

Carlo olhou a irmã com certo espanto e deixou que o silêncio permanecesse como mediador dos dois. Aquela mulher fortíssima que Rosa havia se tornado expunha naquela pergunta à meia-voz uma fragilidade desconcertante. Três anos mais nova que ele, a irmã sempre teve uma força da qual ele se sabia incapaz.

— O que você acha, Casé, você que é o mais sabido e sensato desta família? — ela insistiu, sorriu devagar levantando os olhos, buscando em Carlo uma resposta.

Rosa era a pessoa das respostas, não ele. E não soube dizer se ela estava de fato o elogiando ou o chamando de bunda-mole, como sempre fazia apenas com um suspiro e um esgar não disfarçado, tornando irrelevante qualquer coisa que ele havia dito. Desarmada, Rosa lhe trazia um desconforto de outra natureza, sentia-se ainda pior, mais fraco, por não ser capaz de prover o que a irmã menor, num raro momento, precisava.

— Não sei, acho que isso nunca esteve em pauta pra eles, ser feliz nunca foi uma questão nesta casa, a mamãe se matou, né, Rosa?, feliz, claro que não era, por que pensar nisso agora?

— Você não tem como afirmar que ela não foi feliz, ela era uma mulher tão alegre, Casé, você não sabe se não foi uma angústia profunda que a acometeu naquele dia de garoa, um impulso incontido, que todos temos e que ela levou a cabo, você não tem como garantir nada, ninguém tem.

— Tem razão — Carlo disse e se calou.

— Eu cometi a besteira de mexer na caixa de fotografias, podia ter mandado alguém, burra eu, aí vem um tanto de coisa, né..., ah, falando nisso, olhe o que eu trouxe pra você.

Rosa apanhou a bolsa. Tirou um envelope pardo de dentro dela e estendeu para Carlo.

— O que é?

— Abre, você vai gostar.

— Acho que esse foi o melhor presente que papai me deu, como fiquei feliz na época, não fazia ideia que existia ainda, puxa... — Carlo levantou as sobrancelhas e suspirou, ainda com metade da fotografia dentro do envelope.

— Pois é, fiquei surpresa também, estão pedindo umas fotos para uma matéria grande que querem fazer para uma televisão alemã, uma vez papai me disse que este foi o único homem que o intimidou.

— Acredito, ele achava que o Pelé era o mais importante brasileiro vivo, que era bem capaz que fosse o mais importante brasileiro da História, que foi o Pelé que deu ao Brasil um sentido de nação e de autoestima como nenhum outro homem ou mulher foi capaz, essas coisas que o papai falava pra causar impacto, ele sabia fazer bem isso, obrigado, vou guardar, gostei — Carlo disse, metendo a imagem desbotada de volta no envelope —, eu achei que você fosse me dar uma daquelas fotos da gente no comício das Diretas Já.

— Aquelas fotos são lindas, vejo sempre na internet, não achei nenhuma na caixa, acho que a gente não tem, devíamos baixar e fazer um quadro de uma delas, aquela foi a nossa família em seu auge, foi um dia de sonho, um dia pleno, que passou — Rosa disse endurecendo as últimas palavras enquanto tirava da bolsa um saco plástico com várias fotografias amareladas. Com a ponta dos dedos, folheou-as rapidamente, até que puxou uma.

— Engraçado você usar a palavra *sonho*, não combina com você.

— Não me amola, Casé, olha essa daqui, do casamento deles, acho que essa eu nunca tinha visto, eles parecem tão sérios, eu fico puxando pela memória e parece que nunca os vi trocando um carinho, papai e seu invulnerável e alardeado *coração de pedra*.

— Isso era discurso, acho que eles tinham lá suas completudes, gostavam de ir ao teatro e ao cinema, iam quase toda semana, um espaço só dos dois, que eu saiba, e eles gostavam de andar de mãos dadas, às vezes passeavam no bairro, à noite, às vezes na praia, quando papai ia nos encontrar nos finais de semana levando doces.

— Sério, levava doces?, por que será que não me lembro disso, nem deles de mãos dadas...

— Você era pequena, mas você tem razão, carinho era uma palavra que eles deviam guardar para si, pelo menos esse carinho entre eles — Carlo para de falar por um instante —, eles também passavam os domingos naquela bricolagem que faziam juntos, quem podia imaginar, o doutor Dansseto com uma furadeira nas mãos?, era uma coisa que parecia integrá-los bem, ah, e eles gostavam de jogar mancala — Carlo disse olhando concentrado a fotografia.

A mãe, jovem e sorridente num vestido branco com renda nos braços e colo à mostra, o pai, em seu rosto duro, apenas um coadjuvante da luminosidade dela. Mas ela o iluminava. Foi sempre assim. E quando ela morreu, a luminosidade veio de Nina, e quando Nina se foi, Naty se transformou em farol.

— Disso eu me lembro bem, eu gostava de ficar em volta deles quando iam consertando a casa, era um momento meu com eles, você e Nina nunca deram bola, mas na mancala eu ficava tensa, eles ficavam se provocando no jogo, mexendo um com o outro, me dava aflição ver a mamãe zombando do papai daquele jeito, ninguém falava com ele assim, e ele ria, e você tem razão, esse homem não ria, só lembro daquelas risadas dele, ai, ai, essa vida é besta, né, Casé? — Rosa disse e voltou os olhos para um retrato na parede. Estão os três irmãos agarrados à mãe, embaixo da enorme sibipiruna em frente à casa. A mãe usa um vestido com flores coloridas espalhadas no tecido preto. Tem Nina no colo, a única que havia herdado os cabelos vermelhos dos Dansseto.

— Você lembra desse dia? — Rosa fez um movimento de cabeça em direção ao retrato.

Carlo olhou o retrato emoldurado pendurado na parede. Gordo, desajeitado e com enormes óculos quadrados tomando-lhe metade do rosto, não fazia muito tempo que Carlo parara de detestar aquele menino desengonçado e tímido que aparecia na fotografia. Não podia dizer que o havia acolhido, ou perdoado por ser tão bisonho, apenas foi se esquecendo dele.

— Só lembro que a gente chegou de um churrasco no sítio de um amigo de faculdade da mamãe, tinha um lago lá, a gente ficou jogando pedras.

— Ela tá radiante, feliz, quem tirou a foto?

— Não sei, mas não foi o papai, ele estava fora, como sempre.

— A gente parece tão bem, como ela era linda, né, Casé?, por que será que nós nunca falamos dela, devíamos ter falado mais dela, nunca se fala de quem se suicida.

Carlo não disse nada, e Rosa, depois de uma pausa, prosseguiu em voz fraca, como se o irmão não estivesse ali.

— Deve ser por causa do estado do papai, não sei, mas tenho pensado na mamãe ultimamente, tenho sentido saudades dela, faz tanto tempo que a vida deixou-a pra trás, nem sei se lembro dela direito, ela é só uma sombra que me escapa, mesmo ela não indo lá muito com a minha cara, acho que nos daríamos bem ambas adultas, envelheceríamos bem, juntas, você foi o filho dela, Nina, ai que saudades da Nina..., pensar nela dói até hoje, Nina foi a filha do papai, eu fiquei no meio.

— Você ficou livre, Rosa, foi sua sorte, acredite — Carlo disse, sem contradizer a irmã. Disse porque ele era mesmo o filho preferido de sua mãe. Disse porque Nina teve mesmo as atenções que seu pai nunca deu a ele ou a Rosa. Disse para feri-la, ao menos um pouco. Para, ao menos um pouco, vingar-se dela por ser tão mais que ele em tudo.

— Olhando para trás, você percebe alguma coisa, algum sinal, por menor que seja, de que ela ia se matar? — Rosa disse em voz já firme —, eu não percebo, durante anos eu ficava tentando reconstruir aqueles dias, mas não via nada diferente, você não sabe quantas horas de terapia gastei nisso, e eu não entendo, por que daquele jeito?, por que ela não cortou os pulsos, tomou uns remédios, deu um tiro na cabeça enquanto estivéssemos na escola, podia ter saído nadando no mar e ter morrido afogada, tem tantos jeitos de se matar, mais pessoais, mais discretos, apesar de ser tão extrovertida, ela era uma mulher discreta, nunca consegui entender o que se passou na cabeça dela, se fosse uma angústia profunda, ela não teria forças, você não acha?, não consigo aceitar que foi só um impulso, que ela entrou naquele maldito prédio do nada, subiu e pulou, eu me perguntava, e se tivesse uma merda de uma portaria, será que ela entrava, ou procuraria outro prédio?, se o acesso para a escada que dava para aquele terraço estivesse trancado, ela pulava?, se a merda daquele portão de ferro estivesse com cadeado, ela teria ido na varanda, subido na muretinha, olhado a cidade e pulado, como disseram as pessoas que a viram?, aí é outra coisa que me pega, se não tivesse ninguém lá em cima, nenhuma daquelas testemunhas filhas da puta que olharam a mulher indo se matar e não fizeram porra nenhuma, e que depois ficaram dando entrevistas pros jornais, a gente podia pensar que ela foi assassinada, que ela tropeçou, sei lá, que teve um troço qualquer, caralho, ah, se ela tivesse atravessado aquele segundo em que resolveu sair da calçada e entrar no prédio, talvez apenas para se proteger daquela chuvica de merda, se ao menos fosse uma porra de uma tempestade, dessas que destroem tudo, só uma merda de uma garoa, deve ter sido isso, um segundo, uma decisão que mudou nossa vida toda, um segundo e era capaz que ela estivesse aqui até hoje, e esse nosso pai, hein!, nem chorar a morte dela aquele merda chorou.

— Não faz isso, não, Rosa.

Rosa respira duro. Tem o olhar congelado no ar. Carlo se levanta, apanha um copo no armário. Olha o copo, faz um gesto de reprovação com a cabeça. Enche o copo de água do filtro e o entrega à irmã. Aquela cultura da casa que dizia que beber água tudo curava. Rosa bebe a água e devolve o copo ao irmão, que o deixa em cima da pia e volta a se sentar.

— Obrigada..., faz quase quarenta anos, ela era mais nova do que a gente é hoje.

— Eu sei, deixa disso, vai, hoje não é dia, você não tem de ir para a Secretaria?

— Nunca é dia, né?, e foda-se a Secretaria, não me conformo com isso, por que nunca falamos da mamãe nem da Nina, por que a gente não pode falar delas e da morte delas?, me fala da mamãe, porra, Casé!

— Me deixa quieto vai, Rosa.

Rosa bufou.

— Eu ia lá, não ia ao cemitério, ia lá no prédio, às vezes depois da escola, às vezes no meio da tarde, sempre que estava garoando como no dia em que ela pulou, a garoa era quase como uma intimação, eu pegava um ônibus à tarde, descia na Praça da República e ia a pé, passava pelo saguão sem ninguém me perguntar nada, pessoas indiferentes entrando e saindo daqueles elevadores velhos, minha mãe tinha se matado ali e ninguém tava nem aí, puta merda, eu subia até o último andar, depois pegava aquela escadinha fedida até o terraço, passava pelo portão de ferro sempre aberto e andava até a muretinha, refazendo o caminho dela, da última vez fiquei em pé na mureta, os carros e as pessoas pequenininhos lá embaixo, foi como uma hipnose, senti aquela coisa de pular do abismo também, me cortou uma lâmina gelada, eu paralisei, Casé, é assim que consigo descrever, minhas pernas fraquejaram, uma vertigem única que vivi na vida, desci tremendo e estava encharcada, nem sei se da garoa, de suor ou de xixi, sentei naquele chão imundo e chorei muito, não voltei mais.

— Eu não sabia disso.

— Não é só você que tem segredos, Casé, nunca contei pra ninguém.

— Eu estava sozinho em casa estudando para o vestibular, deitado sobre a colcha quadriculada que desde a infância acolchoava minha cama, meu corpo e meus devaneios, eu devia mesmo estar pensado em sexo, nos intervalos possíveis da presença acachapante dessa família e desse sobrenome, parece que eu só pensei em sexo, em muito sexo, e nos meus inúmeros fracassos a vida toda, fracasso como filho, fracasso como pai, irmão, marido, fracasso acadêmico, profissional, fracasso econômico, fracasso como revolucionário, fracasso moral, fracasso ético, fracasso como Dansseto, fracasso como homem, fracassei em tudo, nas paredes do meu quarto, aqueles pôsteres de revolucionários barbudos e de bandas de rock de cabeludos se sobrepunham uns aos outros, como se fossem um álbum de retratos de uma mesma turma, de que eu queria fazer parte, a tarde demorava pra passar nas frases e fórmulas dos livros e cadernos que me pressionavam, vez por outra eu ia até a janela e ficava um tempo olhando o nada e sentindo no rosto a garoa que me refrescava e mexia os galhos mais finos da sibipiruna, o telefone tocava sem candura, o telefone tocava sem parar, era sempre assim, o telefone tocando a toda hora, tocando sempre, a cada três ou quatro meses um número novo que nos dava certo sossego, até que o descobrissem e ele passasse a tocar ininterruptamente, nossa vida nesta casa foi um tocar de telefones, não é mesmo?, à noite, mamãe tirava o fone do gancho, imagino que procurando algum tipo de silêncio e de paz que não conhecíamos nem nos jantares quietos de pessoas ensimesmadas com fome e cansadas que éramos, nem em frente à TV a que assistíamos distraídos ou prestando atenção, esperando a hora do papai aparecer num programa de entrevistas, num jornal, numa reportagem qualquer, nem quando cada qual se recolhia em seu quarto deixando um vazio de vozes e de presenças no corredor que cheirava a bacon, na escada de degraus de madeira que rangia como se fosse constantemente pisada por fantasmas das gerações de Dansseto que ali moraram antes de nós, nem na cozinha, no escritório que nos intimidava, na pequena sala sempre em desordem, no canto da TV, permeando as estantes de livros que surgiam por todas as paredes possíveis, era como se tentássemos, em vão, desligar a vigia onipresente, nos olhares nas ruas, nas escolas, nas páginas dos jornais, nas padarias, vigia que nos espreitava no barulhar da noite, no grito seco do nosso pai em pesadelos que cortava a madrugada e nos acordava em sobressalto, uma vigia que talvez não estivesse nos outros, mas em nós mesmos, vigia e cobrança, estávamos sempre devendo, e eu não sabia por quê, e aquilo tudo gritava, saí do quarto naquela tarde que garoava e fui buscar um copo d'água na cozinha, atendi aquele telefone que representava os deveres da nossa família de deveres, como raramente eu fazia, porque achei, sabe-se lá por quê, que pudesse ser a mamãe, e pediria a ela uns pacotes de bolacha de chocolate, Oi, Casé..., o capitão nem precisaria ter se anunciado logo em seguida, conhecia desde criança sua voz grave, quanto gol a gol não joguei com ele na garagem enquanto ele chefiava a segurança da nossa família num daqueles longos períodos de ameaças que sofremos na redemocratização do Brasil?, ele me perguntou o que eu estava fazendo, perguntou se estava tudo bem, disse que estava por perto e que passaria ali em alguns minutos, desliguei sabendo que algo havia acontecido com o papai, liguei a TV, a programação tinha sido interrompida pela urgência da notícia, era uma filmagem do alto, as luzes do carro de bombeiros piscavam e eram refletidas pelo asfalto molhado, atrás da barreira policial que interditava a rua, uma multidão imóvel sob um mar de guarda-chuvas, em sua maioria escuros, que escondiam as roupas, em sua maioria vermelhas, a voz consternada do locutor, a legenda branca com o nome da mamãe, a entrada ao vivo da repórter negra que vestia capa de chuva amarela, a campainha soou mais de uma vez, eu não saberia dizer quantas, as cores se misturavam em meus olhos, Como você cresceu, Casé..., quando finalmente abri a porta, estávamos do mesmo tamanho, eu fiquei sem graça, como que envergonhado da anestesia que me havia tomado o corpo todo.

— A verdade é que eu não sei dela, Casé, às vezes tento ir até uma lembrança dela e ela me escapa — Rosa disse, sem parecer ter escutado o relato que o irmão não tinha certeza de ter feito, um relato que poderia ter existido só para si, um turbilhão interno de palavras que pode não ter encontrado voz, que não a literária, e apenas muitos anos depois.

— Você falou com a Naty? — Carlo disse, querendo se distanciar daquele dia em que a mãe morreu. Um dia que não acabava.

— Ela não atendeu nem respondeu às mensagens.

— Segunda é reunião de pauta dela lá, ela fica incomunicável.

— Jornalista que é jornalista não fica incomunicável, e a Naty é, ela não está respondendo porque não quer.

— Bom, tenho aqui o número do telefone fixo, te interessa? — Carlo disse e estendeu a agenda que ficava ao lado do telefone da cozinha para a irmã, que, de seu celular, ligou para a sobrinha. Quem atendeu foi uma moça que dizia se chamar Jéssica, que chamou a colega de trabalho.

— E o japonês, vem? — Carlo perguntou depois de Rosa desligar.

— Se ela chamar, a gente sabe que ele vem, vamos ver, me fala da mamãe, Casé.

— Deixa disso, Rosa.

— Me fala da mamãe, Casé, caralho!

Carlo se levantou da mesa.

— Mesmo com sua produção acadêmica relevante, mesmo tendo três filhos, mamãe foi, sobretudo, a mulher do Julio Dansseto, esse homem gigante, deve ter sido pesado pra ela.

— Me fala das coisas pequenas, Casé, das grandes todo mundo sabe — Rosa disse no seu costumeiro tom assertivo.

— Se você pudesse escolher só três coisas para levar a algum lugar sem saber qual seria, Polo Norte, selva, deserto, o que você levaria?, se você pudesse comprar só dez peças de roupa para passar os próximos dez anos, quais compraria?, se você tivesse um poder que pudesse usar apenas uma vez, o que você faria? — Carlo falou para si, enxergando a vivacidade de sua mãe.

— Se você tivesse que viver com as comidas que tem em casa agora, quanto tempo você acha que viveria?, eu me lembro, ela brincava disso com a gente, hoje penso que ela era meio piradinha, e foi se casar com o papai, um homem quinze anos mais velho do que ela e o homem mais sério que conheci, eu me pergunto, por que ela se casou com ele?

— Talvez a resposta seja simples, porque eles se amavam — Carlo disse sem ter certeza do que dizia, mas lhe veio uma sensação de que, sim, havia *amor*, aquela palavra esquisita sem definição precisa. Sentia que, de qualquer jeito, nunca houve *desamor* naquela casa.

— Mas será que a admiração que ela e todos tinham por ele, será que ela não tomou essa admiração por amor?

— Você sabe que foi ela que foi atrás dele.

— É, e papai ficava sem graça quando ela contava a história e apertava as bochechas dele, e apertava as bochechas dele também quando ele dizia pra nós, *Casamento é sobretudo um compromisso ético e moral para com o outro*, e tanto fazia se nos casássemos com homens ou mulheres, isso não era relevante, relevante era o compromisso para com alguém estranho que a vida lhe trazia, achava que isso era *formidável*, outra palavra que ele gostava, levava isso a sério, ficou meio puto quando você, depois eu, nos separamos, *A vida é para ser levada com rigor*, ele dizia essas coisas pra gente com aquela cara fechada e a mamãe apertava as bochechas dele como as de uma criança, *Que homão da porra!*, ele não se segurava e ria, acho que se casaram porque ela foi a única pessoa neste mundo que apertou as bochechas dele, e a única pessoa que o fazia rir e ficar sem graça.

— É, ele ria e ficava sem jeito mesmo com ela, mamãe era uma mulher muito divertida — Carlo disse e soltou uma risada curta.

— Era, sim..., eu me lembro do velório dela, você ficou lá no seu canto, como sempre, né?, mas o que me pegou é que nem ali, na morte, mamãe podia ser só nossa, todo mundo era dono dela, os jornais, os partidos políticos, aquele monte de gente suada que ia nos amassando, ela não nos pertencia, a gente precisava ter ficado com ela só pra gente, papai ficou nos devendo essa, acho que foi a única vez na vida que ele foi meio manezão.

Carlo demorou o olhar na irmã. Você precisa ser forte para o seu pai e suas irmãs, foi o que o capitão Beto lhe disse naquele velório concorrido, vendo-o estático e à parte, sentado em um banco num canto pouco iluminado do jardim. Você precisa ser forte, mas você precisa chorar a morte dela. O capitão tinha os olhos vermelhos. Ele havia saído de suas vidas havia anos. Uma segunda-feira, os soldados não estavam à porta. Capitão Beto não mais passaria para jogar futebol com ele nos finais de tarde, ouvir dele sobre o dia na escola, levá-lo ao estádio, dar-lhe de presente os novos gibis de super-heróis americanos que lia escondido dos pais. E se quebrasse o pé outra vez, ele não estaria por perto para levá-lo ao hospital. Nem ele, nem ninguém. O governo havia atendido ao pedido recorrente e finalmente tirava a proteção, que era mais uma vigilância, disse o pai enquanto lia o jornal no café da manhã, sem dar importância ao fato. Capitão Beto passou dias depois para se despedir rapidamente, estava sendo transferido para o Rio de Janeiro, onde deveria ficar por pelo menos dois anos. Não trouxe gibis nem doces. As irmãs e ele o abraçaram. A mãe saiu para acompanhá-lo até o carro, não sabe se ela tardou a voltar porque ele foi chorar no quarto. Capitão Beto, na noite em que velavam sua mãe, ofereceu-lhe um cigarro, que ele aceitou e fumou pela primeira vez, e fumou sem tossir. Já não era capitão Beto, era major Roberto Bamalaris, nome e sobrenome. Ficara sério. Envelhecera. Mal conversaram. Fumaram na grama soltando a fumaça que se misturava às pessoas que enfrentavam a madrugada úmida para prestar solidariedade à família Dansseto. Foi o momento suave que Carlo recordaria daqueles dias de raiva, tristeza e cansaço.

— Você tá enganada, Rosa, papai abriu o velório para quem não era da família só bem à noite, ficamos um bom tempo com ela.

— Imagina, não, não, era uma multidão, eu lembro bem.

— Sim, do lado de fora, mas só puderam entrar quando o Roberto Bamalaris liberou, a pedido do papai.

— Nada disso, você tá errado, Casé.

— Lembra que a Nina até se esparramou nas cadeiras e dormiu com a cabeça no seu colo?, papai cobriu-a com o paletó.

— Lembro, sim, de ela dormir com a cabeça no meu colo...

— Então, éramos só a família, nós, os tios e as tias, os primos, nem os amigos próximos papai deixou entrar, ficamos umas duas horas com ela lá, depois ele disse que os outros também queriam se despedir, também a conheciam e gostavam dela, ela tem outros pertencimentos, ele disse, nunca me esqueci, acho que foi a primeira vez que ouvi essa palavra tão forte, *pertencimento*, você ouviu também, Rosa, e acho que foi por isso que disse que ela *não nos pertencia*, e foi aí então que o papai abriu o velório para quem quisesse entrar.

Rosa fechou os olhos, levou a mão à testa, o indicador e o polegar alisaram a sobrancelha, gesto que herdou da mãe. A mãe fazia isso quando estava reflexiva. Rosa fazia quando se sentia contrariada.

— Você perdoou, Casé?, eu acho que nunca a perdoei.

Não respondeu à irmã, que tampouco parecia esperar respostas. Rosa juntou as mãos entrelaçando os dedos e apoiou-as sobre a mesa. Quando fez isso, seu corpo magro e rígido pendeu levemente para a frente. Ela desgrudou as mãos e investigou um ponto escuro na toalha xadrez branca e vermelha. Com a unha, desgrudou o que parecia ser um minúsculo pedaço de chocolate derretido. Pegou-o num movimento de pinça com os dedos. Levantou-se, jogou-o no pequeno lixo de plástico que ficava sobre a pia. Apanhou o pano de prato pendurado no fogão e molhou a ponta com água, colocou uma gota de detergente. Esfregou até a mancha sair da toalha da mesa. Devolveu o pano ao lugar. Sentou-se recostando no espaldar da cadeira e olhou para o irmão.

— Será que o general Roberto Bamalaris e a mamãe eram amantes? — Rosa perguntou, cruzando os braços sobre a mesa.

— Claro que não, que idiotice.

— Como você pode ter certeza?, a gente nunca soube nada dela, e que os dois tinham muita empatia, vai me dizer que não tinham?, ele estava todo dia lá, papai não parava em casa, essas coisas são assim, né?, e foi ele quem cuidou do velório e do enterro, disso eu tenho certeza, não vai dizer que lembro disso errado também, e você vai ficar bravinho por quê?, vai me dizer que nunca te ocorreu que eles podem ter tido um lance, Casé?, papo vem, papo vai, ele era bonitão, todo musculoso, sempre atencioso e asseado, simpático e sério, pô, até eu pegava.

— Porra, às vezes você é inacreditável, Rosa!

— Sério agora, faz sentido, não faz?

— Não, não faz.

— Claro que faz.

— Você não tem que ir pra Secretaria, não?

— Eu vou a hora que eu quiser, eu mando naquela porra, caralho, para com isso!

— Ah, se papai ouvisse você falar assim.

— Papai, papai, papai foi um idealista, coitado, aliás, isso você puxou dele, você é um romântico, esse tempo passou faz décadas.

— E agora o tempo é seu, né, doutora Rosa Dansseto?

— Não me enche, Casé.

Carlo olhou para o retrato emoldurado na parede. A mãe brilha com os três filhos pequenos à sua volta. Ela não ilumina só a fotografia, parece iluminar tudo, a copa dos cafés da manhã, as noites de sua juventude, em que chegava em casa bêbado, sua escuridão. Não sabia dizer se o capitão Beto e sua mãe tiveram um caso, nunca havia pensado nisso, e sentiu-se um tolo. Por não ter pensado antes. Por pensar naquele momento. Deu-se conta de que se esquivavam na presença um do outro. Silenciosos, cerimoniosos. Olhos que se evitavam. Ela nos vestidos de flor que gostava de usar. Ele na farda sempre impecável que não amarrotava nem mesmo depois de uma tarde de chute a gol, as melhores tardes da sua infância. A ida ao Pacaembu para ver o Corinthians num sábado de muita chuva, e como sua mãe gargalhou ao vê-los chegarem encharcados. O amparo no dia do pé quebrado, e a mãe agradecendo ao capitão com um abraço, uns dias depois, ele viu da janela. Isa era uma mulher de abraços. O capitão Beto era um homem de apertos de mão. Amantes, não... Provável que tivessem apenas reprimido uma ternura, que talvez fosse amor, desejo, sabe-se lá o quê, um sentimento que não devem ter confessado nem a si próprios.

    Carlo sentiu uma tristeza breve e contida pelos dois jovens. Quem sabe sua mãe não tivesse se matado, quem sabe o general Roberto não tivesse se tornado o homem obscuro que se tornou, quem sabe até tivessem sido felizes, os dois, se a vida fosse de alguma maneira feita de possibilidades e os muros não fossem tão altos e inexpugnáveis. Seu pai lutou contra os muros a vida toda, e o muro, ali, se é que houve mesmo aquele ali, foi ele. Veio-lhe então, subitamente, a imagem que a memória, em vez de ter jogado fora, havia deixado escondida em algum canto na penumbra dos esquecimentos para cuspir-lhe na cara. O capitão Beto foi quem tirou a foto. Sua mãe sorria e brilhava para ele.

    Carlo apanhou o retrato desbotado na parede, segurou-o nas mãos procurando algo que não tivesse visto naqueles anos todos, procurando saber se havia alguma coisa para entender.

— O que é que você lembrou aí, desembucha.

— Nada, só pensei no que você disse, ela está mesmo feliz nesta foto..., e ele organizou a missa — Carlo disse recolocando o quadro na parede.

— Missa?

— O Roberto Bamalaris organizou a missa de sétimo dia e a de um mês da mamãe.

— Não lembrava disso, a gente foi?

— Foi sim, e lembro de estranhar muito papai lá na igreja, ô, Rosa, a correntinha com crucifixo ficou com você?

— Não, nossa, você desencavou essa, deve estar em uma das gavetas do papai, se é que ele não doou, ele doa tudo.

— Não, aquela correntinha ele não doaria.

E havia a única palavra proibida nos cafés da manhã, que morava numa espécie de limbo, que flutuava buscando pouso nas pessoas daquela mesa, conseguindo abrigo, ora aqui, ora ali, tentando passar despercebida pelo patriarca dos Dansseto. *Deus* jamais sentou-se à mesa com eles. Um acordo que o casal cumpriu. Por que a mamãe leva a gente à missa e você não vai?, Casé perguntou ao pai. Porque aprendi com Jorge Amado que religião é coisa de mulher, porque tenho de respeitar o foro íntimo da sua mãe, que sabe criar vocês, e eu, não, não vou porque não acredito na existência de Deus. Na delicada correntinha com crucifixo de prata que Isa Prado ganhara de Julio Dansseto, o homem mais importante da esquerda brasileira, a quem ela admirava demais e que a pedira em casamento, configurou-se o armistício de uma guerra que nunca aconteceu. Contanto que a palavra não se sentasse à mesa, podia se sentar em qualquer lugar, e acomodou-se no pescoço de Isa e na missa que ela frequentava na companhia de algum filho, todos os domingos.

— O que será que o papai tanto quer do Takashi, hein?

— Por que falar no japonês agora, Rosa, o que esse cara tem a ver com o que a gente tá falando?

— Ah, ele, de alguma maneira que a gente não entende, tem a ver com tudo, você não acha isso, Casé?

— Eu não acho porra nenhuma.

— Ô, Casé, deixa o cara, é só um burocrata medíocre, e sabe o quê?, acho que ele cuidou muito bem da Naty esses anos todos e, vamos combinar que, até onde a gente saiba, ele sempre se portou muito bem com a Nina, que era doidinha, né?, vai ver por isso se apaixonou por ele, por ele ser tão sem graça, por achar nele uma solidez e uma calma que ela não encontrou em nós, sei lá.

— Isso aí é bobagem, e não vamos combinar nada não, eu quero que esse japonês se foda.

— Lembro daquela noite péssima em que fomos falar com o papai como seria o dia de seu discurso final, mas não sei quem eu protegi quando segurei você, ele era forte e lutava karatê — Rosa disse e piscou para o irmão.

— Taekwondo, ele lutava taekwondo, e eu, estúpido, estava armado naquele dia, Rosa.

— Eu sei, vi o revólver dentro do teu paletó, tive um pressentimento que você ia atirar nele.

— Você viu?, mais uma coisa de que não falamos nessa vida, eu não lembro o que aconteceu naquela noite, nem lembro o que falei, ou se falei com o Takashi, simplesmente apagou da minha memória, ficou tudo preto, lembro de você me segurando forte, lembro das costas dele se distanciando, são só flashes, como se tivesse acontecido com outra pessoa, a lembrança de um filme que eu tenha visto, sei lá, lembro de você brigando com o papai, mas capaz que eu fosse atirar mesmo, eu não sei dizer, não era eu, fiquei meio descompensado depois que a Nina morreu, bom, se papai quer ver o japonês, verá, vou recebê-lo nesta casa com cordialidade, sou um homem sensato, como você disse, e você tem razão, apesar de ser um cretino, ele criou bem a Naty.

— Eu nunca entendi de onde vem essa tua implicância enorme com ele, e não era você mesmo naquela noite, pelo menos era um você que eu não conhecia, cê tava surtado, tá louco.

Carlo não comentou a fala da irmã. Foi até o armário velho de fórmica azul e apanhou um copo. Olhou-o, sempre os terríveis copos de requeijão. Chefes de nação beberam naqueles copos de vidro sem graça e práticos que ele descobriu detestar fazia tantos anos. Aqueles copos eram aquela casa. Eram aquela vida. Eram o ideal daquela família desde o primeiro Dansseto. Carlo criou os filhos com bons copos de design, de que a primeira mulher gostava e que ele descobriu, surpreso, gostar também. Talvez tenha sido ali o começo de um apartar-se da razão de ser que deveria defini-lo, a primeira negação, o primeiro gesto de poucos de que seria capaz. Separou-se. E separar-se era outro desses gestos que contrariava aquela família de casamentos definitivos e de corpos e almas imaculadas. Foi para um apartamento minúsculo no centro de São Paulo, onde morou por quatro anos até dar de cara com o japonês. Um prédio sem portaria, moradores anônimos que se revezavam e não se conheciam. Quatro anos sem receber ninguém da família, nem os dois filhos, nem os amigos próximos, se é que os tinha, nem mesmo o pai, que surpreendentemente num almoço a dois lhe pediu com veemência que o convidasse para conhecer sua casa. Ninguém tinha o endereço. Como um daqueles aparelhos onde tantos Dansseto já haviam se escondido buscando proteção e anonimato. Seus avós, tios e ele mesmo, pequeno, antes de embarcarem para a temporada de seis meses em Paris, logo depois dos tios desaparecerem e a cabeça do pai ser posta a prêmio pelo baixo escalão dos órgãos de repressão do Estado que nem o próprio Estado controlava. Pouca mobília, uma só cadeira à mesa, uma janela que dava para o edifício Copan, uma cama grande que tomava todo o único quarto onde levou tantas garotas e garotos de programa caros quanto a sobra de seus rendimentos foi capaz de pagar. Existia a palavra *trepar*. Seca, sem significados, uma palavra-ato. E aquela moça graciosa com uma criança no colo, esperando o metrô, trepava. O caixa da padaria, em seu rosto indiferente, trepava. A gorda do décimo andar de pele oleosa, os casais de namorados de mãos dadas, o porteiro do prédio vizinho, de cabelos precocemente brancos, o deputado mais influente da oposição, a japonesa de óculos da pastelaria que o recebia com um sorriso aberto na feira aos sábados de manhã, a ruiva magra da academia de ginástica, a advogada sardenta e séria que trabalhava com ele, o careca negro sempre elegante e de voz grave que por vezes participava de reuniões no sindicato e cujo nome nunca soube, suas colegas tímidas e meigas de classe na faculdade que tinham riso fácil e eram ótimas alunas, seus professores, seu médico, os entrevistadores em programas de televisão, os entrevistados, a plateia, as celebridades em capas de revista, o entregador de pizza para quem sempre dava uma gorjeta equivalente a uma passagem de ônibus, as pessoas todas que ele observava nos restaurantes a quilo nos quais comia todos os dias, sozinho, sentado à mesa mais isolada disponível. Todos trepavam, e ele quase os enxergava, e num decote mais generoso, numa calça mais apertada, na fila do correio, na rua, no elevador, sua boca salivava incontrolável e involuntariamente. Não apenas aquele ser que era apenas cio, um ser pornográfico só de carne, sem nobreza e sem espírito, sem compromisso ético com o *outro*, sem inteligência, sem moral, sem expectativas, sem sentimentos, sem ideais, o ser-bicho feito só de desejo e força, mas também havia a busca pelo espaço clandestino sem nomes e sobrenomes, um aconchego impessoal sem história, sem começo, sem fim, sem tempo, sem pertencimento. Um mundo anacrônico que o vilipendiava e aquelas moças e moços em pseudônimos, que vilipendiava os seres humanos, que vilipendiava as relações humanas puras, que vilipendiava qualquer crença, qualquer identidade, um mundo fora do mundo, um mundo maior que o mundo, do tamanho exato do seu *pau*, um ente de vida e vontades próprias, de *bucetas, peitos, cus, bocas, bundas, peles, mamilos, línguas* e tantas outras palavras proibidas, impuras, supérfluas, que suavam e o espremiam contra aquelas paredes feitas do aço forjado nas gerações de Dansseto, e de onde saía um suco inodoro, incolor, sem visco, sem culpa, sem alegria, sem tristeza. Naquele lugar mal-ajambrado, sem luminárias ou tapetes, os copos eram de cristal, as mulheres e os homens eram muito bonitos, e não se repetiam. Por vezes, a volúpia furiosa virava uma espécie de amor, ou qualquer coisa parecida, e as moças e os rapazes passavam a ter rostos, alma, cor, luminosidade nos olhos, necessidades. O tomar, e era um tomar autoritário dos Dansseto, sorrateiramente dava lugar ao doar, o doar-se formidável, desprendido e verdadeiro dos Dansseto. Uma palavra, uma refeição, um afeto, um mútuo aconchego, um gesto qualquer de solidariedade humana, porque era disso que tudo devia se tratar. Mas só às vezes. Mas só às vezes, mas só às vezes, mas só às vezes, e os quatro anos e quatro paredes, os rostos e corpos bonitos e brilhantes voltarão intactos na flor de suas juventudes eternas para se materializarem em quarenta páginas. E repetirá num sussurro, só para si, Mas só às vezes, mas só às vezes, mas só às vezes, sentado com o computador apoiado no braço da reformada poltrona vermelha de que seu pai tanto gostava. Ele ficava nu e transparente pela primeira vez na vida, pensará ao terminar de escrever, exausto, o longo capítulo. Estará vazio. Estará sem sexo. Estará melancólico como ficava quando aquelas pessoas iam embora, ignorando à época, tão pouco que era e que sabia, que deixavam com ele um pedaço delas que de alguma maneira o iam compondo, e levavam uma parte dele qualquer em decomposição. O resto dele restava só. Ele arrumava vagarosa e caprichosamente a casa e a cama. Tomava um banho. Deitava-se exausto de tudo e cobria-se com o lençol de linho. Adormecia querendo adormecer para sempre. Seu vício, perceberá então, sentado na poltrona olhando o flamboyant que plantou no lugar da sibipiruna, não era o sexo, não era saciar o cio e perder o controle, não era ser só carne, suor e força, não era a desordem e o caos entre lençóis e peles e líquidos, era, sim, aquela melancolia extrema do depois.

Uma noite, ao chegar em seu pequeno apartamento depois de uma reunião tensa em um sindicato que ele representava como advogado a pedido do partido, antes de abrir a porta, recebeu uma mensagem anônima no celular dizendo que as moças não viriam mais. Ao contrário das outras vezes em que levava cano, não se importou. Experimentou até um inesperado alívio. Entrou em casa distraído, e um quê de medo o fez parar ao ver a luz que nunca deixava acesa. Deu com o japonês sentado na única cadeira da minúscula mesa, bebendo uma cerveja sua em um de seus copos de cristal. Japonês filho da puta, pensou, controlando uma breve taquicardia que o tomou de assalto ao reviver por um momento o abrir a porta, o hesitar ao ver a luz do apartamento acesa, o encarar daquela figura sinistra, que trazia no rosto a estampa da exaustão e que, apesar disso, disse em voz firme, Você já não cansou, Casé?, tá na hora de você ser o que precisa ser. Antes mesmo de tentar entender como o havia localizado, como havia entrado, o sangue ferveu, estômago, garganta, rosto, fechou o punho em chamas para acertar as fuças daquele japonês desgraçado que lhes havia roubado a irmã e o respeito do pai, e não haveria taekwondo que o livrasse de sua fúria. Ficou sem ação ao ouvir do japonês, em voz pausada e suave, sobre a saúde frágil de Nina, a quem não via fazia meses e que morreria de ataque cardíaco na semana seguinte.

Ataque cardíaco provocado por um corpo esmaecido pelo consumo excessivo de drogas pesadas. Isso ele não saberá. Nem aparentemente ninguém, já que não havia notícia disso nos inúmeros relatos sobre a família, no livro de memórias de Carlo Dansseto, nos registros oficiais de qualquer tipo, até que João Robert da Cruz Bamalaris descubra numa daquelas pistas que Takashi Makaoka havia deixado para que ele as encontrasse mais de dois séculos depois.

O japonês saiu do apartamento sem que ele dissesse palavra. Ele se sentou, apanhou a garrafa de cerveja, deu um gole grande no gargalo, apertou os dentes, decidiu que precisava comprar uma arma, trocar a fechadura, talvez mudar de casa, deu outro gole, mais outro até que acabou a cerveja. Olhou em volta, olhou um recortado de São Paulo enquadrado na janela estreita, Sim, cansei.

Carlo abriu a geladeira e serviu-se de água. Evitou olhar a irmã, buscando refúgio na janela da cozinha. Queria se livrar do japonês que o assombrava nos últimos dias. Queria se livrar da irmã. Queria se livrar do general Roberto que havia acabado de lhe roubar a mãe. Queria se livrar da mãe que lhe havia roubado o capitão Beto, que gostaria que tivesse sido seu pai. Queria se livrar do pai colossal que não morria.

— Eu detesto essas merdas desses copos! — disse com rudeza. Rosa arregalou os olhos. Depois gargalhou. A risada da irmã o aliviou.

— Joga fora, bobão, compra uns novos, são só copos.

— Não, são muito mais que isso.

4. Ela tem fome

Havia o apetite de Jéssica. Jéssica tem fome. Desde pequena ela come. Nenê, deixa em sangue os bicos dos peitos fartos da mãe, que morde os lábios ao lhe dar de mamar murmurando cantigas em quéchua. Come o que aparece pela frente. Come os lanches dos coleguinhas que zombam dela por ter cara de índia, eles dizem, por ser gorda feito um hipopótamo, eles dizem, e come o lanche dos coleguinhas que não zombam dela com medo de apanhar. Come o lugar na fila da merenda, os brinquedos que por vezes alguém traz de casa, o lugar perto da janela por onde sopra uma brisa refrescante nos dias de calor. Come as palavras dos colegas em sala de aula, a bola nos jogos de queimada, arremesso forte ela tem. Come o namorado da menina mais bonita da classe, que a xinga aos gritos e aos prantos no recreio, e ela nem liga. Come a professora de História numa discussão ríspida que acaba em afastamento da professora. Come sem agradecer as bolsas de estudo. Da escola particular que não precisa ir de uniforme no ensino médio, mas que ela vai, já que não tem tantas roupas assim. Da escola de inglês onde todos se esforçam tanto para aprender o que lhe parece simples. Da faculdade de jornalismo na avenida Paulista, onde gosta de caminhar. É ali que se sente livre e plena. Come os cadernos, as apostilas, os livros na alquebrada biblioteca do bairro, as bolachas de chocolate, os sonhos de padaria, os churros, as linguiças, os torresmos, os pés de moleque, os jornais, as revistas de celebridades, as revistas de mulheres nuas. Come cursos, os mais diversos, dos quais não entende nada, come dicionários, come café e internet nas madrugadas em claro em que vai comendo o mundo e os conhecimentos das pessoas que um dia ela há de comer. Come com raiva. Come e quer mais. Come sem perdão e sem querer ser perdoada. Uma fome por comida e uma fome por tudo. Fome antiga. Fome ancestral que vem de sua mãe boliviana, de seu pai Silva, de sua inteligência superior, de seu rosto gorducho, de um desarranjo na tireoide que operará quando tiver 32 anos e, então, com cabeleireiros, maquiagem, academia e salário alto, ela, que sempre foi altiva, se tornará uma mulher linda e desejada, beleza exótica, dirão. Farelos de pão sobre o balcão de granito cinza, um amontoado de guardanapos de papel sujos de maionese e ketchup, um branco cremoso grudado no canto da boca, que se abre para arrancar pedaços grandes do x-bacon salada que come com as duas mãos melecadas. A fome de Jéssica os devoraria um dia, comentavam entre si com sarcasmo os associados do coletivo de jornalismo, sem saber, ou talvez pressentindo, que devoraria mesmo.

Natasha via a colega comer com certo desagrado enquanto almoçava o sanduíche de um queijo branco duvidoso e peito de peru, que era o que de mais leve tinham para oferecer naquela padaria escura que ficava perto da clínica psiquiátrica. Pediu uma faca e dividiu o sanduíche em quatro partes. Comia com as pontas dos dedos e ainda deixaria um quarto intocado no prato, ela, que era de comer tão pouco.

Depois da reunião de pauta, Natasha ficou revisando os textos dos colegas, ótima em português que era, e Jéssica foi até o prédio onde morava o cara que havia sido internado, para checar se a história era boa como parecia. Entre uma mordida e outra, um gole de refrigerante e outro, Jéssica contou que conseguiu ser recebida pela mãe dele sem dificuldade e obter sem resistência autorização para que fossem vê-lo na clínica psiquiátrica, dizendo ser colega de trabalho do morador do quarto andar, embora ela não tivesse dado mostras de que se lembrava do Zé ou de que o conhecesse. Era uma mulher de corpo definido, tinha os cabelos escuros presos em um rabo de cavalo que moldava o rosto de traços delicados, sobrancelhas e lábios finos, nariz levemente pontiagudo. Usava um vestido de linho cru, desses meio descolados, um colar de sementes marrons lhe enfeitava o colo. Esperava uma dessas donas de casa de condomínio, de cabeleireiro, bobes na cabeça, supermercado, feira, revistas de celebridades e novela das nove, e encontrou uma mulher preparada e articulada. Chamava-se Ana Valéria. Pesquisou o nome dela ao sair de lá e viu que era uma fisioterapeuta bem fera, achava até que já havia ouvido falar dela em um desses programas de esportes na televisão. Era como se Ana Valéria precisasse desabafar com alguém e, enquanto lhe servia café e biscoitos amanteigados, que Jéssica aceitou por cortesia, deixou transbordar uma quantidade de sentimentos por frases e gestos, insuficientes para formar um rio caudaloso, mas o bastante para que a represa que era se aliviasse de tanta pressão e não arrebentasse, e foi lhe contando a vida líquida que evaporava dela. Quando Jéssica disse isso, Natasha levantou as sobrancelhas, surpresa com a imagem fluvial e delicada de que julgava a dura colega de maionese no canto dos lábios incapaz. Jéssica foi toda escuta e microfone, e pôde filmar o quarto onde Sid havia se recolhido nos últimos dias antes da internação compulsória.

E Ana Valéria foi desaguando. O nome dele era Sidney Rodrigo, chamavam-no Sid, Sidney era o nome que ele já tinha. Respeitaram, fazia parte da história dele, não lhe poderiam tomar isso, e Rodrigo era o nome do seu marido, que sempre quis colocar o próprio nome no filho. Sonhavam em ter filhos, tentaram uma gravidez até o limite, ela fez tratamentos caros e invasivos, todos malsucedidos. Rodrigo era um pai maravilhoso. Pai e filho se davam bem, tinham muitas afinidades, só ultimamente é que estavam mais reservados um com o outro. Nos dias anteriores, seu filho, Sid, havia começado com um comportamento estranho. Olhava-os de uma maneira diferente, evitava-os, ficava casmurro à mesa observando-os sem falar nada. Faltou à faculdade, fechou-se no quarto, a diarista lhe contou. Um quarto que, ela pôde ver quando foi tentar falar com ele, estava surpreendentemente arrumado, mas ela então sentiu uma desordem diferente, de outra natureza, naquele espaço privado do filho. Como se fosse outro quarto, com outro cheiro que não o de Sid. As roupas espalhadas, os papéis jogados, a bagunça generalizada de sempre não estavam mais lá. Em vez da bagunça, havia outro tipo de desarrumação no quarto organizado, não sabia explicar. Alguma coisa havia acontecido ali, não soube de imediato o quê, mas foi percebendo aos poucos, e continuava a perceber até mesmo naquela hora, enquanto falava com ela, É Jéssica seu nome, né? Via que a cama havia mudado para debaixo da janela, feita com certo capricho, poucos vincos aqui e ali na colcha bem esticada. Sobre ela, estava aberto o álbum de fotografias que ela lhe deu de presente quando ele fez 18 anos. Um retrato da família que ela foi compondo desde que ele chegou, nenê. Adotara-o com seis meses. Quando ela achava que não seria mais mãe, o acaso mandou para eles aquela alegria, aquela bênção, e nem religiosos eles eram. Coladas, no álbum, fotos dos avós, dos primos, dele criança posando com a seleção brasileira feminina de vôlei, ela era fisioterapeuta das meninas. Do Rodrigo com ele no estádio para ver os jogos do Corinthians, eles não perdiam um. Dos amigos. Da última namorada, uma gracinha de moça. Das férias no Nordeste, na Disney. Do cachorro já morto. Fotos deles em frente aos carros que foram ano a ano se tornando maiores e mais caros, até a última foto, ele com a cabeça raspada pelos amigos por ter entrado na faculdade, sempre foi bom aluno. Depois não colou mais, ele crescera. A escrivaninha dele estava agora na parede oposta. O computador num canto, espaço para um caderno aberto, canetas e lápis espalhados. Fazia uns dias, quando ele estava tomando banho de manhã cedo, hábito que não tinha, ela vasculhou rapidamente aquele quarto desconhecido, achou que pudesse ter drogas mais pesadas, porque maconha todo mundo fumava. No cesto de lixo, amassadas, páginas arrancadas. Algumas frases, alguns poemas, alguns desenhos, não reconhecia sequer a letra, e se deu conta naquele instante de quanto tempo fazia que não escreviam um para o outro. No armário, camisas, camisetas, calças, meias, cuecas, casacos, cada coisa em seu lugar, não bem em seu lugar, o lugar em que a passadeira costumava colocar depois de lavar e passar, mas em um lugar outro, que ficou bom, tinha até mais lógica. Apenas o painel de cortiça em que ele espetava fotos, desenhos e escritos, como se fosse um painel íntimo e pessoal da sua vida, aparentemente não havia sido mexido, mas como ela iria saber, tanto tempo que não o olhava. Desde que ele era pequeno, quando fazia alguma coisa diferente, esquisita ou inesperada, ou ficava amuado num canto sem motivo, tinha de dizer que ela pensava, sem querer pensar, e nunca tinha dito isso para ninguém, ela pensava se aquilo não era a manifestação de algumas das privações que aquele menino sofreu quando era bebê, sabe-se lá a vida que ele teve antes dos seis meses.

Cedo, no dia anterior, Sid veio para o café da manhã deixando para trás o quarto irreconhecível, todo de branco, barbeado e com os lados da cabeça raspados, e o que havia sobrado de cabelo estava penteado para trás com algum fixador improvisado. Tinha o olhar como ela nunca tinha visto nele antes. O olhar de uma energia, o olhar, assim, irrequieto, cheio de vigor, cheio de sede, como ela via sempre nas atletas com quem trabalhava. Sid era um menino um pouco sem ânimo, ela ficava preocupada. Rodrigo não dava bola, achava que era só uma adolescência difícil, que passaria. Rodrigo e ela tomaram um susto ao vê-lo, mas se contiveram, eram pessoas contidas. Sid puxou sua cadeira com uma solenidade meio ridícula. Convidou-os com um movimento de cabeça a se juntarem a ele, um de cada lado, o que fizeram não sem certa relutância. Segurou-lhes as mãos sobre a mesa, era um outro toque, não o do Sid, um toque seguro e frio. Pediu que ficassem calmos, apertou a mão dela e a do Rodrigo, tinha uma revelação importante para fazer, mas antes queria recitar um trecho de um poema do Fernando Pessoa que lhe era caro. Soltou as mãos dos dois, tirou do bolso um papel dobrado, estendeu-o à frente dos olhos e leu. *Estou hoje dividido entre a lealdade que devo à Tabacaria do outro lado da rua, como coisa real por fora, e à sensação de que tudo é sonho, como coisa real por dentro.* Dobrou a folha e colocou-a sobre a mesa, tinha uma fisionomia estranha. Voltou a segurar a sua mão e a do Rodrigo. Fez uma pausa, uma respiração, como a que as meninas do vôlei davam antes de ir para um saque forçado. Começou a falar. Havia passado os últimos dias assustado, procurando entender, brigando com a coisa real por dentro, que era aquela sensação de que tudo é sonho, e a tabacaria, que era a sua imagem no espelho, que era aquela casa, que eram eles, que era aquele álbum de fotografias. Continuou dizendo que ambas se entrelaçavam, a sensação e a tabacaria se misturavam, se paradoxavam num amálgama impossível, opaco e caleidoscópico ao mesmo tempo, palavras dele. O que acontecia era que o real por dentro era o real de fato, e o real por fora é que era o sonho. Fez um instante de silêncio, meio teatral, apertou-lhes as mãos com mais força e falou que, por mais absurdo que pudesse parecer, ele não era filho deles, não por ser adotado, algo que deduziu logo em razão da cor da pele deles ser diferente, mas apenas por isso, que não o entendessem mal, não queria magoá-los, viu no quarto o quanto de amor havia ali. Não sabia o que estava ocorrendo, não sabia o que havia acontecido com o rapaz, ele era Gaeta Dordé, aparentemente vindo do futuro e transubstanciado naquele belo corpo forte, ele não entendia a razão e não havia ainda chegado a uma boa explicação, nem tinha memória do momento exato de sua transubstanciação.

O Rodrigo, que era um homem calmo, perdeu a cabeça de um jeito que ela nunca havia visto, mesmo em épocas de estresse extremo no trabalho ele ficava calmo. Ele soltou a mão do Sid e deu um soco na mesa que derrubou as xícaras de café. Levantou-se da mesa e gritou com o menino chamando-o de maconheiro vagabundo que não estudava nem trabalhava, só jogava videogame e ficava vendo putaria na internet o dia inteiro, que tinha é que ser grato por eles o terem acolhido, pagado escola, plano de saúde, tudo com muito trabalho e sacrifício, e que Fernando Pessoa fosse pra puta que o pariu, Desculpa o palavrão, Jéssica. Sid, que poderia não ter lá muito ânimo, não tinha sangue de barata e era meio invocado, gritou com o pai. Jamais havia gritado com ela ou com Rodrigo. Sid se pôs em pé num pulo ágil e agressivo, estendeu o braço com a mão espalmada na direção do Rodrigo e gritou Larga de ser cuzão, cara!, Desculpa falar assim de novo, Jéssica. Não foram os palavrões que um falou para o outro, ela trabalhava com esporte, palavrão era todo dia, ela mesma falava um monte, mas o Sid chamar o pai repetidas vezes de cuzão e cara naquele tom de desprezo foi muito pesado. A discussão foi violenta, gritaria, empurrões, xingamentos, uma explosão inédita naquela casa de televisão na sala, pizza para viagem, jogos de cartas e férias nos outlets de Miami e nos parques de Orlando. Ela ficou sem reação.

Ela não se levantou. Ela, que era a boa de briga na casa. Foi com a intervenção de um vizinho médico que a polícia concordou com a internação. Queriam levá-lo preso, achavam que ele era bandido, evidentemente por causa da cor da pele, e Sid ofendia e enfrentava os policiais com o dedo em riste, as veias saltando do pescoço e uma arrogância que ela não conhecia, e que, por incrível que possa parecer, intimidou um pouco os guardas.

Ela continuou sem reação quando o levaram à força. Foram necessários três homens para contê-lo, ele era um rapaz bem forte. Esqueceram-se dela, ou foi ela quem se esqueceu de todos, não se lembrava. Quando finalmente se levantou da cadeira, o apartamento estava deserto, deserto de tudo o que já havia sido, deserto de tudo o que deveria vir a ser, deserto de família, ela estava deserta.

Não foi trabalhar, não avisou as pessoas que tinham hora marcada. O Rodrigo devia ter ligado para sua secretária contando que ela não iria ao consultório, ele era muito caxias. Ela tirou a mesa, colocou a louça na máquina, foi lavar a toalha no tanque, que café manchava. Sid foi internado. Ela naquele perceber que não o conhecia. Assim como conhecia tão pouco Gaeta Dordé, claro que sabia quem ele era, quem não sabia? Sid, na adolescência, gostava demais, tinha camisetas dele e do Raul Seixas, era só o que ouvia no fone de ouvido no celular, às vezes punha para ela ouvir, eram bem fortes, não curtia muito, não, tirando a lindeza que era *Garoava, Uma multidão de náufragos já não são náufragos, são comunhão, uma comunidade em construção*, já havia usado muito esses versos da música em suas preleções. Eles assistiam juntos, às vezes, ao programa de competição musical na televisão em que Gaeta Dordé era jurado. Eu sou vocês!, Sid gostava quando Gaeta gritava isso para a plateia, mas não podia dizer que o conhecia. Sid tinha sido internado pelo pai, e Ana Valéria não sabia se algum dia iria perdoar o Rodrigo por isso. Não era ele que precisava de perdão. Era ela. Sid foi internado ontem e ainda não fui vê-lo, que mãe é essa que não vai ver o filho?

— E o que você respondeu a ela?

Jéssica apanhou dois guardanapos de papel, amassou-os limpando a boca.

— Que era só uma mãe cansada, veja aí o filme que eu fiz lá.

Natasha não conseguiu precisar o que a emocionou tanto, podia ser o assobio agudo e contínuo do vento perpassando a fresta da janela com rede de proteção que dava vista para um emaranhado de prédios, ou então uma folha de papel sulfite que voou quando abriram a porta, a câmera do celular de Jéssica acompanhando com vagar o bailar do papel até que pousasse no tapete de um azul desbotado rente à cama, era o trecho de *Tabacaria*, do Álvaro de Campos, ela reconheceu quando aumentou a imagem, ou o passeio que a câmera dava, com ligeira aproximação, na capa gasta do livro daquela sua avó trágica, Isa Prado, ladeado pelo Homem-Aranha e o Batman sobre um par de prateleiras presas na parede ao lado do armário. O próprio

Gaeta Dordé, semanas depois, não soube se foi apenas o acaso, ou outra coisa qualquer na cadeia dos acontecimentos necessários e definitivos que compõem a vida, que o fez clicar justamente naquele vídeo na internet, entre centenas de outros vídeos citando-o diariamente. Viu-se naquele quarto em que a desolação e a esperança travavam uma batalha intensa e silenciosa, viu-se deitado naquela cama arrumada como cama sua, olhando aquele teto azul com pequenas estrelas adesivadas que o lembraram do sonho e da realização de Giotto, um dia tão distante e tão próximo. Tocou-lhe sensivelmente a alma, assim como a da mulher Camila, que ele não sabia estar atrás de si e que pousou a mão em seu ombro e o apertou. Mexeu também com sua irmã, que lhe telefonou dizendo ter ficado arrepiada com o quarto do menino que estava circulando na internet, E você leu a matéria, Gegê?, então leia. Como leu Rosa Dansseto o longo texto assinado pela sobrinha e por aquela Jéssica da Silva que conheceu no dia em que o pai morreu, e ao clicar no vídeo que passeava lentamente pela intimidade do quarto de um jovem, veio-lhe o cheiro da mãe, a textura de sua pele, de seu calor, de sua voz aveludada, de seus vestidos sempre floridos sob o exuberante castanho-claro dos seus cabelos bem penteados, o sentar-se dela à beira da cama na penumbra para contar uma história de princesa de nome Rosa, que era a mais formosa, a mais forte e a mais sabida de todo o reino, e sentiu-se de alguma maneira finalmente reconciliada, e não precisou disfarçar os lábios apertados, já que estava só, na madrugada de seu quarto.

    Ana Paula Ferreira Bamalaris tremeu ao ver o vídeo, que chegou por mensagem no celular. Aquele quarto desgraçado do Sidney, que ela não via desde que ele era criança e que, por vezes, lhe aparecia num vislumbre do que poderia ter sido se tivesse dito sim, era ela. Soltou o copo d'água que estava segurando e levou a mão à boca, Meu Deus, não!, disse baixinho, antes de se levantar com urgência do sofá em frente à tevê. Uma urgência de anos, de décadas, que só naquele momento deu com ela. Apanhou com dificuldade a mala de viagem no alto do armário do corredor, colocou-a sobre a cama e começou a jogar as roupas dentro, apertando-as, amassando-as. Parou, não caberiam. Tinha quatro armários. Tinha a casa inteira. Tinha os tantos porta-retratos que foi espalhando pela sala naqueles anos todos, uma coleção que lhe pareceu tão triste. Apanhou a bolsa e partiu sem trancar a porta da entrada, sem varrer os cacos de vidro, sem enxugar o porcelanato que eles haviam acabado de colocar no chão da sala.

    Tampouco Gonçalo Ching de Souza encontrou resposta para a emoção que sentiu ao ver aquele vídeo tão antigo, emoção que João Robert da Cruz Bamalaris compartilha. Seus olhos, primeiro num marejar incômodo para depois se desfazerem num choro solto no final da tarde, o sol crepuscular atrás das montanhas, tão caladas, tão duras, tão solitárias, prenunciando o negrume da noite sem lua. Vai ver chora por outros motivos. Por cansaço. Pela vida que se esvai, sempre, dia a dia, ser trágico que havia se tornado o homem desde que os gregos o transformaram, malditos gregos. Pela lembrança da mãe que gostava de fazer pão de madrugada, de surfar, nos raros finais de semana em que não precisava trabalhar, de ler os poemas de Wisława Szymborska e de Adélia Prado, poetas já distantes dois séculos, que lhe eram tão caras. Pelos irmãos que nunca teve, pelo pai que não conheceu, pela ausência de relações duradouras, que nunca lhe interessaram e as quais sempre evitou. Pela solidão, seu vício, caubói que era, e que talvez seja, como todo vício, tóxica. Vai ver é apenas consequência da decisão de não mais tomar os remédios corretores e de desativar o modo Saúde de sua máquina individual que lhe monitorava os batimentos cardíacos, a oxigenação, o açúcar, o colesterol e tantos indicadores mais. Vai ver apenas está maldisposto, como escreveu o poeta, *E a consciência de que a metafísica é a consequência de estar maldisposto*. Vai ver chora por Montaigne, que perdeu a pata traseira atacado por cachorros da região. Um cerco feroz e rápido. Os dois bichos despedaçando Montaigne, que se encolhia e se sujava de terra e sangue. Gritou. Gritou. Não tinha mais agilidade para descer do irrequieto cavalo para chutá--los. Não conseguiria. Ou não quis. Ou teve medo. Covarde. Deu meia-volta e saiu a galope para pedir ajuda, segurando-se com força na sela para não cair, caubói de meia-pataca. O cavalo em ventania, um chuvisco no rosto suado, uma adrenalina que ele não se lembrava de quando tinha sentido pela última vez.

Quando Bento veio de moto, os cachorros não estavam mais lá e Montaigne estava quase morto. Um urubu rodava o céu. Colocaram Montaigne no veículo aéreo veterinário de emergência que veio buscá-lo, e foi levado para a cidade enquanto Bento e ele foram por terra. Perdeu a perna traseira direita, mas salvou-se, e a prótese funcionava bem. A natureza é violenta, seu Robert, disse-lhe Bento enquanto operavam Montaigne, e sugeriu-lhe que comprasse uma arma, mesmo que fosse apenas de choque ou de ondas magnéticas, e uma faca de caça, tem de sempre ter uma faca boa. A humanidade e a ciência foram tão longe e a gente precisa de uma arma, foi o que pensou João Robert, lembrando-se de uma de suas primeiras conversas com Bento, que já era pai de uma menininha de dois meses. E todos os dias a pata sintética de Montaigne o lembra de seu ato de covardia. Já não saía sem a faca que Bento deixou de presente para ele. Às vezes, antes de dormir, empunha a faca e olha-se no espelho fazendo enrijecer os músculos já sem definição na pele que sobra. Encara seu corpo mole e o rosto trabalhado por décadas pelo tempo, esse ladrão desgraçado, procura exibir-se mau, faz movimentos com a rapidez que lhe é possível, imitando filmes antigos e bobos de ação, para logo, já suado, embainhar a faca. Se Montaigne o flagra na pose e na encenação, sente-se meio palerma. Num dos passeios a pé, Montaigne, ainda se recuperando, preso por uma corda na coluna da varanda, deu com os cachorros, que, depois de latirem, vieram abanando o rabo e se achegaram. Não eram as feras aumentadas pela imaginação. Dois cachorros magricelas e pouco maiores que Montaigne, e quando ele gritou Fora daqui!, sumiram com o rabo entre as pernas que deu dó. Que a natureza é violenta, claro que sabe. Das ondas de calor que mataram milhões, do devastador Grande Fogo que arrasou as florestas e as pequenas cidades do Ushuaia ao Alaska no final do século XXI, dos tsunamis, dos furacões, das pandemias, da reação do planeta para extinguir o vírus que era o homem. Mas aquela violência pequena, selvagem, feroz, viva. Por território. Por uma fêmea no cio. Microtratado de Sociologia, a História da humanidade. E Montaigne com uma pata postiça, uma grande cicatriz no focinho. Se não tivesse ganhado tanto bacon de graça, talvez tivesse sabido se defender, e João Robert da Cruz Bamalaris afaga com os pés o cão adormecido embaixo da mesa. Vai ver está tão e somente bêbado, depois de beber três copos da aguardente envelhecida em barris de umburana que Bento lhe deu de presente, e bêbados são sensíveis, bêbados choram, perdem o controle. Ele, que nunca foi de beber mais de uma ou duas taças de um bom vinho tinto que tanto apreciava, que nunca foi de perder o controle. Termina de ver o vídeo, o sol já se pôs, a tristeza, que ele bem sabe ser um processo químico do cérebro, continua lá, misturada com álcool, cansaço e um princípio de enjoo.

— Tá tudo bem aí?

— Tá, sim — Natasha diz, passando a mão no olho —, ficou muito bonita sua filmagem, parabéns.

— Eu sei, obrigada, faz parte do nosso trabalho, vamos lá, está quase na hora.

— E a Ana Valéria deixou a gente usar o vídeo?

— Ela gostou, fiquei de mostrar para o Sidney, ela acha que pode até ajudá-lo, foi combinado que ele precisa autorizar, mas poderemos usar, sim, e vamos usar.

— Você não tem como saber se ele vai autorizar.

— Poderemos usar, e vamos usar, você vai ver, você não vai comer esse último pedaço? — Jéssica perguntou, apontando para o prato de Natasha.

— Não, pode pegar..., ô, Jéssica, não consigo entender por que ela deixou a gente falar com o filho dela, se nem ela foi, e é claro que ele pode não querer nos receber, explica melhor isso.

Jéssica toma o pedaço do sanduíche nas mãos e o leva à boca. Porque Jéssica tem fome. Porque Jéssica, acima de tudo, tem horror a desperdícios. Acha que o único pecado verdadeiro é o desperdício. De comida. De tempo. De talento. De oportunidades.

— Pra falar a verdade, não sei bem por que ela deixou, não, mas acho que deixou por sua causa, e ele vai nos receber, sim — disse Jéssica de boca cheia.

— Como assim, por minha causa?

— A mulher leu tudo da sua avó na faculdade, Nascitocracia e tals, e é dos poucos ensaios sérios que o Sid gosta, falei que você era neta da Isa Prado, sabia tudo dela, e que vinha junto comigo, acho que ela levou isso bem em conta.

Natasha não teve reação imediata.

— O poema do Fernando Pessoa, que é do Álvaro de Campos, você fez de propósito? — Natasha disse irritada, depois de um momento, sem comentar o estratagema que Jéssica havia usado para conseguir a entrevista. Não a condenou em pensamento, sabia que talvez também tivesse feito a mesma coisa. O Zé tinha razão, as duas não tinham limites.

Jéssica fez que não ouviu.

— Eu dei uma pesquisada no Gaeta Dordé enquanto você não chegava, mandei uns links pro seu celular, vale a pena dar uma espiada, tem um monte de coisas lá que eu não sabia, como o fato de ter escapado por pouco de skinheads que...

— Eu conheço bem as músicas, as poesias e a vida dele, meus pais se conheceram num Bailão Perifa que o Gaeta fazia nos ginásios do bairro, na década de 1990, bem antes de ele estourar no Brasil todo com *Garoava* — Natasha disse, interrompendo Jéssica.

— Que legal!, pelo que li, aquelas apresentações são lendárias, e como foi? — Jéssica disse, acabando de mastigar.

— Como foi o quê?

— Como foi que seus pais se conheceram?, deve ser uma boa história.

— Não, foi bem banal na verdade, meu pai, que nunca foi de beber, parece que exagerou naquele dia e sobrou pra minha mãe levá-lo pra casa, eles já se conheciam do cursinho, aí começaram a namorar.

— Que massa, cara, é tudo circular, seu avô de certa maneira é responsável pela existência do Gaeta Dordé, eu li uma entrevista em que ele diz que ouvir seu avô discursar num comício das Diretas Já mudou a vida dele, aí, passam os anos, e esse Gaeta é responsável pelo encontro dos seus pais, então é responsável por você existir.

— Não viaja, vai, Jéssica, ô, você tá ligada que a gente não tá indo entrevistar o Gaeta, e sim o cara que pirou, né?

— De qualquer jeito, a gente tem de entrar na cabeça dele, olha, a gente não vai lá pra desmascarar ninguém e, sei lá, vai ver o cara é o Gaeta transubstanciado, vai saber.

— Transub o quê?, acho que quem pirou foi você.

Jéssica ri com uma leveza que Natasha desconhecia.

— Eu não piro nunca, Naty, você já devia saber isso de mim.

— Ninguém sabe nada de você, Jéssica, e tem maionese no canto da sua boca.

Não havia maionese. Jéssica apanhou distraída outro par de guardanapos de papel, amassou-os e passou pelos lábios limpos.

— Saiu?

— Saiu, sim, mexe com você ir a um hospício, Jéssica?

— Não é hospício, Naty, é uma clínica, e das mais caras, eu já olhei na internet.

— Mas mexe com você ver gente louca?, eu fico mexida com gente fora do eixo, não sei bem por quê.

Jéssica pensou um pouco antes de falar.

— Acho que mexe um pouco, sim, mas não me assusta.

— Ô, diz aí, o poema do Álvaro de Campos, você fez de propósito.

Jéssica piscou o olho para Natasha, que lhe devolveu uma careta com o rosto contraído.

— Bora escrever uma história, Naty — Jéssica disse e riu.

— Uma matéria que espelhe a verdade dos fatos, você quer dizer, isso de inventar *narrativas*, essa palavra péssima que está tão na moda é só uma outra maneira de inventar e legitimar uma farsa, de dizer mentiras.

— Ô, flor, a verdade são histórias, nada mais que histórias.

— Isso aí é a famosa epígrafe do *Viva o povo brasileiro*.

— Puta livro, né, flor?, flor, vou tomar um picolé de brigadeiro no caminho, você quer?

Porque Jéssica quer tudo, picolés, abajures, esparadrapos coloridos, bucetas, x-saladas, torresmos, cadeiras de praia, bolachas de chocolate, presidentes, blusas de seda verde, calcinhas novas, perfumes da moda, águas de coco e as águas de Veneza, pinguins de porcelana, cavalos-marinhos, unicórnios, grilos falantes e histórias. Porque ela está sempre faminta de histórias. Porque está sempre enjoada da verdade, a verdade não existe, flor, a verdade é um desperdício, flor, a verdade é aquilo que a gente quer que seja verdade, porque ela sabe o que a verdade é, ela é sem reboco, flor, ela é feia, ela é Silva, ela é gorda, ela é um hipopótamo, flor, ela é boliviana, ela usa roupas de segunda mão, sabonetes fedidos, colônias de camelô, livros usados rabiscados, come as sobras das casas em que a mãe trabalha, ela é a entrada da clínica psiquiátrica, que outrora fora um palacete, com paredes de tinta gasta, cheiro de gente gasta, doença contagiosa, ela é irrelevante, ela é fatal, flor.

5. Pessoas confortáveis

Nós, os Bamalaris, somos pessoas confortáveis para os outros. Roberto ouviu da voz fraca da sua tia mais velha às vésperas da morte, num quarto simples de hospital, falando ao irmão, seu pai, segurando suas mãos, e aquela frase, e aquela expressão cansada no rosto enrugado do pai, que parecia concordar e entender, marcaram-no a ferro em brasa. Tivesse ouvido a frase antes, vinte, trinta, quarenta anos antes, talvez sua vida tivesse sido toda outra coisa. Talvez não tivesse sido goleiro nos jogos de futebol, desde garoto. Talvez tivesse tido menos amigos e amigas, e mais namoradas. Talvez não tivesse entrado para a difícil academia de oficiais, como quis o pai, desejando que o filho tivesse uma história diferente da dele, um homem que tinha dificuldade em dizer não e que achava que só se fodia na vida. Podem não ter medo da gente, não gostar da nossa cor brasileira, do nosso cabelo ruim, mas todos vão ter medo da farda, Beto.

Talvez não tivesse se casado com Ana Paula, que tinha duas covinhas enfeitando as bochechas bonitas, um sorriso luminoso, uma personalidade forte e contida, uma pele alva que contrastava com a sua, e que lhe deu as três filhas e alguma alegria, algum afeto, algum sexo, algum entusiasmo, algum humor nos primeiros anos, que lhe serviu o pão de cada dia, que lhe coou o café das horas em que precisava de café, que comprou os sofás numa boa promoção e depois trocou o tecido, mais de uma vez, que criou bem as meninas e cuidou bem dos cachorros, que regou as plantas e foi à feira, que consertou os botões caídos de suas camisas, os liquidificadores, as máquinas de lavar roupa, que encheu a casa que ela escolheu de muros, armários, mais armários e bugigangas, e que se tornou, justiça seja feita, uma Bamalaris pelo casamento.

Sua vida talvez tivesse sido toda outra coisa. Talvez não tivesse caído nas graças de um coronel moderado, que enxergou qualquer coisa de diferente nele e usou sua influência para torná-lo capitão precocemente. Talvez não tivesse fugido dos olhos castanhos de Isa Prado Dansseto e gaguejado ao se apresentar quando ela lhe apertou a mão por mais de um instante. Talvez as palavras tivessem sido ditas. Talvez não houvesse chuva. Talvez não tivesse sido procurado por Julio Dansseto, depois de tantos anos, nem atendido a seu pedido para que levantasse informações sobre o rapaz misterioso de ascendência japonesa que estava namorando a Nina.

Ou talvez não, porque era um Bamalaris, uma pessoa confortável para os outros, e isso o determinava. Assim como aquela força descomunal hereditária determinava os Dansseto, família mítica que teria de proteger dos seus pares do Exército, das polícias e de grupos paramilitares. Me permite uma pergunta, general? O general permitiu. Algum motivo para essa escolha ter caído sobre mim, senhor? Porque o coronel disse que você era um homem competente, honrado e de confiança, e o presidente não quer que Julio Dansseto e sua família sejam tocados, seria dar moral pra esse comunista filho da puta, queremos ver ele sangrar, matar seria incendiar esse país e torná-lo um deus. O general poderia ter respondido apenas Porque você é um Bamalaris, e os Bamalaris são pessoas confortáveis para os outros.

Era um sobrado dos anos 1930 em uma rua estreita de paralelepípedo, na Vila Pompeia, escondido por uma grande sibipiruna cujas raízes levantavam parte da calçada de grandes pedras miracema. Chegou no próprio carro e os cinco soldados que havia selecionado para o turno da manhã o esperavam sob a árvore. Quando o viram, ficaram com corpo rijo e bateram continência. Eram soldados que não haviam completado 20 anos e que não faziam ideia de quem fosse o morador daquela casa onde deveriam montar guarda por tempo indeterminado. Dois deles estavam vestidos com roupas civis, como ele havia ordenado. Achou graça que vestiam provavelmente o melhor traje, ambos com paletós sisudos que não combinavam com suas juventudes. O doutor Dansseto?, um deles perguntou com voz insegura, quando o capitão Roberto lhes revelou o nome do dono da casa. Um em cada extremidade da mureta, e o terceiro do outro lado da rua, junto do jipe em que haviam chegado. Não queria que fosse uma proteção agressiva, não precisavam pedir identificação para quem quer que fosse, não estavam ali para constranger nenhum civil. A presença deles já deveria bastar para intimidar qualquer possível atentado, mas se julgassem algo suspeito, como um carro passando por ali várias vezes ao dia, ou alguém fazendo vigia disfarçada, que lhe mandassem um rádio na hora. Deveriam obedecer somente a ordens diretas dele, nem de tenente, nem de general, nem de delegado de polícia, e isso era essencial, vocês me entenderam? E não se preocupassem em recolher informações, espionar a família, não havia nada de que já não soubessem. Os dois em roupas civis acompanhariam o homem que ia a pé diariamente até o consultório, não tão perto para não incomodá-lo, não tão longe para que não pudessem intervir em caso de algum atentado ou aproximação suspeita. Depois que Julio Dansseto entrasse no consultório, eles poderiam ir para o quartel. Perguntou se estavam armados de pistola, eles responderam mais uma vez Sim, senhor.

 Quem abriu a porta foi o próprio Julio Dansseto. Roberto teve a primeira de muitas estranhas sensações fortes que o impactariam naquele dia. Sabia tudo sobre aquele homem dez anos mais velho que ele, sim, um homem, não um deus, ou um demônio, não um ser mítico, apenas um homem, foi se convencendo na madrugada anterior enquanto andava na sala de um lado para o outro, Ele é só um homem, Beto, ele não é o Pelé, ele é só um homem. Apesar de já ter visto alguns de seus discursos, nunca estivera frente a frente com ele. Os cabelos vermelhos penteados desregradamente para trás contrastavam e se sobressaíam ao asseio e ao equilíbrio do rosto, ao paletó escuro, à camisa muito branca, como se daqueles cabelos emanasse um brilho feito o do sol que lhe ofuscaria a visão, que o cegaria, se insistisse. E ele insistia, não podia desviar dos pequenos olhos azuis daquele homem ou estaria para sempre perdido. Não sabia se estava diante de um gigante ou se era ele quem havia encolhido, ou ambos. Dois movimentos concomitantes em sentido contrário, perpetuando-se, até que ele desapareceria sob os pés do outro. Ainda assim, ficaria olhando para cima até que seu pescoço se quebrasse. Era como se a monumental presença, já descrita em textos e livros, *uma presença que ocupa todos os espaços e que torna sagrada a atmosfera*, esperasse que dele viesse algo que se sentiu incapaz de prover, palavras, atos, ou desculpas por culpas que não eram suas, mas que eram suas, sim, porque ele era o Exército, o punho armado e impiedoso da ditadura. Teria sido esmagado e ficado cego não fosse o eclipse da lua naquele sol poderoso, lua que se pôs entre eles e estendeu-lhe a mão.

— Bom dia, eu sou a Isa, você deve ser o capitão Roberto Bamalaris.

E foi aí que gaguejou, que finalmente baixou os olhos e fugiu dos acolhedores olhos castanhos que o atravessaram no toque das mãos, que durou mais que um instante.

— Doutor Dansseto, é uma honra conhecer o senhor — ele disse em voz recomposta, depois que Isa Prado Dansseto soltou sua mão, depois de ele ter gaguejado e olhado para o chão, movimento de olhos que Isa não percebeu porque também olhou para baixo.

— Não sou o seu médico, Roberto, não me trate por doutor, você não está aqui para se consultar nem para me proteger, mas para me vigiar.

— Minhas ordens são para protegê-lo, ao senhor e à sua família, e apenas na sua casa e em sua caminhada ao consultório, sei que o senhor não abre mão dela, mas para eventos ou outros deslocamentos, não, isso seria atribuição da Polícia Federal, que não está envolvida.

— Proteger de quem?

— Não me disseram, acho que proteger contra alguns de nós, seu Dansseto.

Julio Dansseto fez um meneio de cabeça.

— Precisamos dessa proteção, capitão?

Roberto não respondeu de imediato. No pequeno silêncio entre eles, ouviu as vozes das crianças que vinham de um corredor que dava para enxergar ao fundo. Já as conhecia dos arquivos confidenciais, e conhecia bem a planta da casa. Uma casa modesta que não combinava com o tamanho de Julio Dansseto, embora os móveis, os quadros na parede, as estantes de livros e objetos conferissem àquela sala uma solenidade ainda mais intimidadora que nas fotografias. A namoradeira de madeira com assento de palhinha com bolsas, mochilas e bagunças, encostada na parede da escada. A mesa redonda de canto com uma toalhinha bordada que escorria para fora e sobre a qual um vaso branco com astromélias muito coloridas era atingido pelo sol da manhã que entrava em feixes por alguma janela. As vozes das crianças em algazarra. Figurinhas de jogadores de futebol espalhadas no tapete ao lado do álbum aberto. Bonecas em vestidos de chita sentadas desajeitadamente no sofá. Um a um, cada mínimo de vida que se fazia ali confrontava a figura altiva e séria que morava no imaginário de uma nação e que esperava uma resposta sua. Dois cheiros que conseguiu sentir ao mesmo tempo e decupar. De bacon, que vinha do corredor. E uma fragrância, que associou ao aroma de uma flor vermelha, e que sabia que vinha dela.

— Quem me designou acredita que precisam, sim, seu Julio — Roberto Bamalaris disse, tomado por uma leveza inesperada e desconcertante.

— Três soldados e um capitão não são páreos para essa gente que vocês acham que quer nos fazer mal, não estou certo?

— E mais dois soldados à paisana que o acompanharão a certa distância em sua caminhada matinal diária para o consultório.

— É uma proteção simbólica, você e eu sabemos disso, Roberto.

— Mas o senhor mesmo diz que os símbolos, às vezes, são o que há de mais importante.

Julio Dansseto esboçou um sorriso.

— Não confio no Exército, capitão.

— De acordo, preciso apenas que o senhor confie em mim.

— E por que eu devo confiar em você?

Se a pergunta fosse feita muitos anos depois, já teria ouvido sua tia à beira da morte falar com o pai, e poderia ter respondido Porque sou um Bamalaris e os Bamalaris são pessoas confortáveis para os outros. Talvez Julio Dansseto, homem afiado que era, perguntasse em seguida se além de confortáveis os Bamalaris eram também pessoas confiáveis. Roberto não saberia o que responder, porque, desde que entrou naquela casa, naquele dia de outono de 1980, tudo se modificou.

— Vocês me dão licença, vou acabar de tomar café com as crianças — antes que o capitão Roberto respondesse a Julio Dansseto, Isa pediu licença, e suas costas e seus cabelos escuros compridos, e seus braços muito brancos tingidos por uma fina camada de pelos pretos, e suas pernas longilíneas que sobravam embaixo do vestido estampado com grandes flores estilizadas, e seus pés em sandálias de couro marrom deixando aparecer as unhas dos pés largos pintadas de vermelho, e seu cheiro, que estranhamente permaneceu, uma infinidade de detalhes que dia a dia o fizeram voltar naquela casa por dois anos, mesmo sem precisar. Pele, ossos, sangue, olhos, cabelos, garganta, cada pedaço e o corpo inteiro. Não sabia o que era aquilo. Claro que sabia o que era aquilo. Mas, simplesmente, não poderia ser. Os gestos silenciosos e os Bom-dia das primeiras semanas, a respiração a galope quando saía no fim do dia e que não ralentava com o passar dos meses. Antes de ir para a casa que haviam acabado de comprar com financiamento bancário, antes de ir para o aconchego, para as angústias, para a novela, para as reclamações, para as reformas, para as risadas incontidas, para o conforto, para os medos, para a paz, para a coragem, para o desassombro, para as opiniões sempre sensatas, para os peitos, para o calor, para o tempero de Ana Paula, para as filhas pequenas que correriam para ele assim que abrisse a porta da frente, passava no quartel e, no centro de treinamento de tiro, descarregava muitas vezes a pistola, poh!, poh!, poh! Oficiais e soldados iam assistir, faziam apostas às escondidas. Poh! Às vezes, depois de um tiro cujo som era suavizado pelo protetor auricular, vinha o silêncio de alguns segundos, as mãos imóveis na pistola. Às vezes, esvaziava o tambor de uma vez só, poh!, poh!, poh!, poh!

Pash, pash, pash. Era desolador ver o menino chutando com habilidade a bola no portão de ferro da casa, que estrilava. Ficava lá, só, todos os dias, a tarde toda, tentando fazer o maior número de embaixadinhas que conseguia, correndo com a bola, driblando jogadores imaginários no espaço que havia entre o portão e a porta da frente, onde à noite a mãe guardava o carro. Pash, pash, pash, gooooool, gritou, esticando os braços e olhando-o rapidamente junto à sibipiruna.

— Você é muito bom, Casé, pra que time você torce? — Roberto repetiu a pergunta que vinha fazendo dia sim, dia não, sem obter resposta.

— Pro Corinthians, e você? — disse Casé, sem olhá-lo, chutando a bola contra o portão, pash.

— Pro Santos, quando eu tinha a sua idade, sempre que o Pelé jogava no Pacaembu meu pai me levava, aí eu virei santista, e ó que meu pai era palmeirense.

— Meu pai também gosta do Pelé, ele me deu uma foto dele com o Pelé — disse Casé sem tirar os olhos do chão de cacos de azulejo vermelho.

— Muito bacana, um dia você mostra pra mim?
— Quer ver agora?
— Você está jogando bola, não quero atrapalhar.
— Eu vou buscar, quer ver? — disse, finalmente olhando-o nos olhos.

Casé largou a bola, entrou correndo pela porta da frente e voltou ofegante com a fotografia na mão. Dia após dia, vieram as partidas de gol a gol, as conversas sobre a escola, os super-heróis americanos que o jornaleiro disse que os meninos gostavam. Não sabia nada de meninos, tinha três filhas. Poh!, poh!, poh!, pash, pash, pash.

— A mais velha tem 5 anos, a mais nova faz 2 mês que vem.

— E como se chamam?

— Valéria, Lavínia e Sílvia.

— Parabéns, e que nomes bonitos, você tem fotos delas aí?

— Não tenho, dona Isa.

— Ah, traz para eu ver, capitão.

— Trago, sim.

— Que bonitas, parabéns, qual é qual?

— Esta é a Sílvia, esta, a Valéria, a mais velha é a Lavínia.

— São lindas, parabéns, a Lavínia é a sua cara.

— Gosto de pensar que as três puxaram à mãe.

— Então elas têm uma mãe bonita.

— Deixa que eu carrego.

— Não precisa, imagina, Casé, me ajuda aqui.

— Pode deixar, eu pego, coloco em cima da mesa?

— Sim, obrigada, Roberto.

— Não por isso.

— Eu vou no estádio esse fim de semana, vai ter Corinthians e Santos, se vocês me permitirem, gostaria de levar o Casé, se ele quiser ir.

— Você sabe que ele vai adorar, pode ir, sim, o Julio não volta antes de terça, obrigada, viu?

— Dona Isa, posso pedir uma dedicatória pras meninas?

— Então foi você que comprou meu livro!, obrigada, Valéria, Lavínia e Sílvia, né?, e a Lavínia é a sua cara.

— Obrigado, elas vão gostar de ler quando tiverem idade, eu gostei muito, Nascitocracia, um conceito interessante.

— Puxa, que gentil, obrigada por ter lido.
Pash, pash, pash, poh!, poh!, poh!
— Ana Paula.
— E vocês se casaram faz muito tempo?
— Há sete anos.
— Você não tem foto dela?
— Não tenho.
— Droga, droga, merda de carro, merda de carro, merda de carro!
— Se vocês quiserem, eu posso levá-los.
— Não, obrigada, meus filhos não vão entrar num jipe do Exército, espero que jamais!, sem querer ofendê-lo, Roberto.
— Posso pedir um táxi pra vocês, melhor, toma a chave, leva as crianças no meu carro, a gente vê um mecânico pra você, vai tranquila.
— Não sei.
— Então espera, vou pedir pra um dos soldados pegar um táxi lá na avenida.
— Tá uma tarde bonita, né?
— Tá, sim.
— Toma um café comigo?
— Não, obrigado.
— Aceite, me faça companhia.
— Então aceito, obrigado.
— Açúcar?
— Puro, obrigado.
— Pitão Beto, é muito bonitinho ver a Nina chamar você.

— Ela é uma criança muito bonita e muito sabida.

— Sabida mesmo é a Rosa, espero que o gênio dela não a atrapalhe na vida, vai ter uma infância difícil se continuar assim, mas é um azougue de inteligência, essa menina.

— Ela é mesmo, vai ser doutora como a mãe.

— Ah, vai superar a mãe de longe..., Roberto, se você fosse jogado em qualquer lugar do mundo, de maneira aleatória, e só pudesse levar três coisas, o que levaria?

— Como assim?

— Se por acaso, por mágica, você fosse teletransportado, como no seriado *Jornada nas estrelas*, pra algum canto do planeta, sem saber qual seria, podia ser um deserto, podia ser o Polo Norte, ou uma ilha no meio do mar, e só pudesse levar três coisas que te permitissem sobreviver, contando tudo, até peças de roupa, o que você levaria?

— Uma faca bem boa, um cobertorzão branco, um bom par de coturnos?

— É uma boa resposta.

— E você?

— Eu levaria um volume com as obras completas de Shakespeare, outro com as do Drummond, aliás, se você não conhece o poema *A máquina do mundo*, leia, está no livro *Claro enigma*, leia, é muito bonito, sobretudo o final, eu levaria também um vestido.

— Acho que você não sobreviveria.

— Eu não sobreviveria sem.

— Não conheço o poema, vou comprar o livro.

— Não precisa, te dou uma antologia que eu tenho, tenho também as obras completas, livro a livro.

— Roberto, cadê o Casé?

— Ele está na sala de cirurgia, vai sair já, mas está tudo bem.

— O que aconteceu?

— Caiu o muro, de tanto chutar a bola, aquela mureta que dá para o fundo caiu e um pedaço da alvenaria machucou o pé dele, me ligaram no quartel, não conseguiram falar com você nem com o doutor Julio, os médicos aqui são muito bons, e quem está operando é o chefe da ortopedia, pode ficar tranquila, Isa, ele está bem.

— Eu quero ir vê-lo!

— Ele está em cirurgia, a enfermeira acabou de passar e dizer que foi tudo bem, já estão costurando.

— Cirurgia pra quê!, costurando!, você tinha que me esperar, puta que pariu!, como vão pôr o meu filho pra operar sem falar comigo, ou com o Julio, ou com algum dos nossos amigos médicos, vocês estão loucos!, o médico aí sabe que está operando o filho mais velho do doutor Julio Dansseto?!

— Sabe, sim, foi uma fratura exposta, Isa, sangrava, tinha urgência, como eu disse, tentamos falar com vocês, tomei a decisão, tiveram de pôr o osso no lugar, costurar a veia, pra depois costurar o corte, mas me disseram que em quatro meses ele vai estar jogando bola outra vez.

— Me leva até ele, merda, diz que eu sou a mulher do Julio Dansseto!, até parece que vocês não sabem quem ele é!

— Todos sabem, Isa, e todos estão cientes da responsabilidade e o que significa operar seu filho, o filho do doutor Julio Dansseto e da doutora Isa Prado, num hospital do Exército, a gente tem de esperar aqui, ele é um menino bem valente, ele está bem.

— Não preciso de você pra dizer que meu filho é valente!

— Não precisa mesmo.

— Beto, eu devo desculpas por aquele dia no hospital, e eu nem agradeci, obrigada.

— Imagina, não tem nada que se desculpar, eu fiz o que tinha de fazer.

— Gozado, o Julio disse exatamente a mesma coisa..., você tem sido importante pro Casé nesses últimos meses, ele está até mais solto na escola, começou a fazer amigos, você viu como ele é reservado, e parece que com o pé quebrado, sem a bola, ele teve de se abrir ainda mais para os outros, o que foi bem legal.

— Eu sei como ele é, sim, é um menino bem bacana.

— É, sim, um menino bacana.

— Isa!

— Oi, diga.

— Nada, não é nada, não, bobagem minha, não é nada.

Poh!, poh!, poh!, poh!, poh!

— A Lavínia gostou muito do presente que você mandou pra ela de aniversário.

— Que bom que gostou, comprei com carinho, ela é a sua cara, Beto.

Poh!, poh!, poh!, poh!, poh!

— Isa!

— Diga, Beto.

— Melhor levar o guarda-chuva, talvez chova hoje à tarde.

— Por que vocês, militares, não usam guarda-chuva?

— No quartel, dizem que o militar é superior ao tempo.

— E você, é superior ao tempo?

— Não.

— Espera, vou buscar aquela antologia do Drummond que eu fiquei te devendo.

— Imagina, você não ficou me devendo nada.

— A gente sempre deve alguma coisa.

— Puxa, obrigado, é sobre o quê?

— É sobre tudo, Beto.

— Leva o guarda-chuva, vai chover.

— Não choverá, Beto.

— Sempre chove, Isa.

— Você não sabe de chuvas.

— Sou um homem treinado para as tempestades, Isa.

— Tempestades são fáceis, quero ver nas garoas.

— Vou ser transferido para o Rio.

— É perto.

— É longe.

— Não se esqueça de comprar um bom guarda-sol.

— Nós, os militares, somos superiores ao tempo.

Poh!, poh!, poh!, poh!, poh!, poh! Ficava tudo ali, no coração e na cabeça do alvo, até acabar a munição.

— Não tenho como responder se o senhor pode confiar em mim, a não ser com o dia a dia do meu trabalho e com a correção das minhas atitudes.

— Para sermos honestos um com o outro, capitão, saiba que pedi informações a seu respeito, você tem boa reputação, caso contrário, não o teria deixado entrar nesta casa, muito menos chegar perto da minha família, eu sei me defender, me defendi a vida toda, de gente bem mais perigosa que esses abobalhados que querem o retrocesso.

— Eu sei que o senhor sabe se defender, mas enquanto eu estiver aqui, não precisará.

— Preciso sempre.

6. O tudo das coisas

O silêncio.

Ausência de som. Ausência de movimento. Ausência de luz. Ausência de qualquer significado. O nada. A transparência total e absoluta. Silêncio sem tempo. Silêncio sem espaço. Silêncio infinito. Silêncio anterior. Silêncio vazio. O vazio das coisas. E vem, então, a sensação. Uma sensação inexata e indefinível, uma espécie de torpor, e ele finalmente percebe. Não é o vazio das coisas, é o tudo das coisas. Aquela espécie de paz, não a paz dos remédios que corrigem as tantas inconstâncias do cérebro ou as dores cada vez mais fortes nas solas dos pés nas primeiras pisadas do dia, uma outra paz. Uma paz diferente. A paz do tudo das coisas. E tudo se ajusta. Há harmonia e justeza na parte e no todo. As montanhas da Serra da Bocaina que desenham curvas escuras no horizonte, as cinco palmeiras centenárias que se impõem na frente da casa, o gordo Montaigne a dormir sob a mesa, o céu de um azul excepcional, qual o céu por cima das dunas de areia do imenso deserto árabe, ou como o mar visto de cima das plataformas de petróleo em desconstrução, mar para tudo que é lado, mar dentro, mar fora, mar de sua mãe, o vento, o mar nos ouvidos, o incêndio acidental na desconstrução de uma enorme igreja do século XXII na Argentina, uma parede de fogo à sua frente, uma força avassaladora e murmurante. Apenas é, sua mãe dizia, quando ele lhe pedia explicações sobre as coisas da natureza.

Foi buscá-las longe do mar e longe da mãe, no curso de engenharia de estruturas, porque nada podia apenas ser. Uma certa solidão cósmica, a mãe dizia ao se sentar na praia ao seu lado olhando as estrelas, sua mãe que gostava tanto do mar, do fogo e da noite escura estrelada. Solidão cósmica é a comunhão de tudo, a gente é só e a gente é tudo, a mãe dizia e ele nem mais olhava para cima, sem paciência. Não havia nada que não pudesse ser decomposto por fórmulas e enunciados lógicos pelos supercomputadores, pelos scanners de cérebros, conhecimentos de mais de um século que desvendaram o misticismo e a dimensão religiosa e sagrada daquele tal tudo das coisas. Está na menor pedra, no caracol, na flor amarela que colore o ipê, no vento, no galho retorcido de um neem, no pó que o vento levanta na estrada de terra seca e polvilha o ar e os sentidos, na canção, no parágrafo de um grande livro, no poema. É algo que apenas é, algo sentido, uma sensação, é algo que apenas é, ela insistia sem se importar com seu desdém cético e arrogante. As máquinas mostram as alterações no cérebro, e as explicam como processos químicos, ela dizia saber, ela não era tola, Mas é mais que isso, filho.

Viver é algo assombroso, aquela frase de Julio Dansseto na sua despedida da vida pública, João Robert claro que entende, é uma constatação intelectual. Mas sua mãe entendeu mais. Aquela experiência que vivencia, aquela dimensão que sua mãe não conseguiu lhe ensinar, pois isso não se ensina, uma camada mais profunda que havia sido incapaz de atingir, aqueles assombros sensoriais das pequenas e grandes coisas, o tudo das coisas em que tudo se ajusta, viveu-a outras tantas vezes sem dar importância ou sem perceber. E vive de novo, como se fosse a primeira vez, está lá, o tudo das coisas, sente. Um passeio despretensioso no parque num domingo de sol em São Paulo, apenas para sair do hotel, quase por obrigação, sentou-se no banco e olhou o movimento das pessoas em seus lazeres, um momento tão simples e singelo, absolutamente corriqueiro e esquecível, mas que o acompanha faz décadas, uma apresentação do balé Bolshoi na Moscou gelada, a dançarina, uma menina séria e compenetrada, seu corpo inteiro, cada músculo, cada olhar, cada mínimo gesto, cada fração, um esforço para a precisão a serviço da beleza, como a precisão de centenas de pessoas no som ritmado e alegre das escolas de samba do Rio de Janeiro, um som de trezentos anos, passado de geração a geração, como numa embriaguez, dois dias tão diferentes e tão iguais, o carinho e o sexo quente da mulher de quem nunca soube o nome, ele que tão feio, ele que tão inapropriado, ele que tão avesso às gentes, ele que tão cego para percorrer as trilhas sempre pedregosas das relações humanas e dos afetos, seu abraço vívido e suave, seus olhos verdes de lentes de contato, seus cabelos compridos, sua pele queimada de sol que ardeu nele, seu desejo intenso que ele nunca soube se foi dissimulado ou não, seu Tchau, se cuida, menino dito à porta, para ele, que nem menino era mais, o siri-mole, proibido, em um restaurante sem letreiro numa rua afastada do centro de Tóquio, que foi escorrendo e derretendo na língua e deitando sabores e texturas, o coquetel de drogas que tomou na Califórnia, na juventude, dias de mansidão e harmonia com as pequenas coisas e com um leão-marinho que não sabe se foi real ou alucinação, o cheiro da comida da sua mãe por toda a pequena casa de frente para a praia em que cresceu, quando ele desconstruiu a casa, a pedido dela, e fez dali um jardim, que doou para a cidade, o cheiro permaneceu, uma borboleta azul, uma mulher grávida, uma água matinal da moringa, Amanda no colo da mãe, Mariana, moça tão graciosa, ou com o pai, Bento, chamando-o de tio Robet. Só alterações no cérebro. Ele bem sabe. Mas foi a sensação que fez do homem, homem. E daí foram criados os deuses, porque não poderia haver outra explicação para o tudo das coisas. Aquele tipo de paz sem tempo. De algo que talvez seja descrito como felicidade sem porquê. Apenas é. Olhar o céu, a vida de tantos lugares e cores e cheiros, as montanhas, as estrelas ao lado de sua mãe, a sensação poderosa que ele finalmente entende na camada mais profunda.

Um milhão e meio de pessoas no Vale do Anhangabaú, que ficava sobre o canalizado rio Anhangabaú, cujas águas maléficas fizeram adoecer os índios de séculos e milênios anteriores. Um milhão e meio de pessoas que depois de gritar, chorar e cantar *Diretas já!*, *Diretas já!*, *Diretas já!*, um canto vinte anos represado, ficou em silêncio. Rosa apertou a mão de Casé, que apertou a mão de sua mãe. Nina assustou-se com o silêncio ameaçador e pediu colo, puxando o paletó do pai, sem saber que o silêncio poderoso era para ele. O tempo havia parado. O tudo das coisas. Todos olhavam o homem de cabelos vermelhos que pegava a filha pequena nos braços. Roberto Bamalaris, em roupas civis, a trabalho, olhava com saudades e com preocupação. O menino Takashi Makaoka estava sobre os ombros do pai, Shhhh, shhhh, shhhhh, ele vai falar, o homem vai falar, ouviu as vozes das pessoas antes do silêncio que parecia silêncio de igreja. Olhou para baixo e viu o pai, que o segurava firme nas pernas. Tinha os olhos umedecidos, como quando ficava resfriado. O que está acontecendo, pai, por que tá todo mundo quieto?, Porque o silêncio é mais poderoso e transformador que o grito, filho, seu pai disse, e ele se lembrou do calendário com frases que seu pai recitava todos os dias para ele no café da manhã. Na certa, aquelas frases que o haviam ensinado a ler. Voltou a olhar por sobre a cabeça das pessoas e veio a sensação que lhe marcaria a vida e as ações. O tudo das coisas. Precoce, no menino de 6 anos. Ficou uma semana sem dizer palavra. Ficou de cama com febre. A lembrança viva da multidão emocionada o transformou dia a dia, era como se pudesse absorver sua força, suas almas, como os super-heróis, ou os supervilões. Não prestou atenção nem se lembrou das palavras do homem que falava no palanque, único som rompendo aquele silêncio todo. Não reparou que tinha uma menina em seu colo. Não imaginou que se casaria com ela dali a dezoito anos.

Até os 14 anos, Takashi Makaoka foi considerado um gênio, depois suas notas na escola caíram e ele virou um aluno comum. Com 14 anos, ele entendeu e começou a pôr em prática seu plano de mudar o mundo, Gonçalo Ching de Souza teve certeza, e João Robert da Cruz Bamalaris confirmou. Ambos, com capacidade cerebral comprovadamente altíssima, se impressionaram não apenas com a genialidade de Makaoka, mas com sua maturidade. Parece que ele nasceu velho, Gonçalo Ching de Souza escreveu em seus apontamentos. Não, ele ficou velho no dia do comício, aos 6 anos, fenomenal!, João Robert disse para si, depois de ler um trecho de uma espécie de memórias que foi inserido nos arquivos de um grande jornal em 2045, passando-se por uma crônica sem assinatura. Aquele artigo não teria como ter sido publicado originalmente em 1984, como dizia o texto, e a supermáquina logo confirmou.

Era Takashi Makaoka falando com ele. Então, em 2045, o desaparecido Takashi Makaoka ainda estava vivo e continuava a mudar e a manipular a História, como vinha fazendo na sombra fazia quase meio século.

Já Gaeta Dordé viveu diferente aquele 16 de abril de 1984. Não quis o silêncio e ouviu as palavras de Julio Dansseto, cada uma delas, e cada uma delas era uma porrada, cada uma delas o fazia confrontar-se ferozmente consigo mesmo e o modificava, espremido por gente que olhava fascinada o homem de cabelos vermelhos. Compreendeu que ele era do grito, não do silêncio. Que era fúria, não paz. Que sua fúria era contra os poderosos, todos uns filhos da puta, e a favor dos oprimidos, que eram meio bananas, que esses bananas teriam sua própria voz em grito, e essa voz seria ele. Que sua música não era o baião de Tião Cruz do Acordeom que ouvia na infância nas festas da sua cidade, nem a MPB bunda-mole e o choro virtuoso que tocava num bar de coroa do centro e que ele podia escutar do lado de fora, nem o samba de roda da lanchonete ao lado do ponto final do ônibus, perto da pensão, nem o rock burguês que as mina de salto e os engravatados cantavam. Sua música era outra. Uma que não existia e que ele iria inventar. Que o brilho nos olhos das pessoas, um dia, seria para ele, e a multidão seria maior que aquela. E a multidão cantaria se ele quisesse, pularia se ele quisesse, e jamais ficaria em silêncio.

Primeiro, córregos, depois, rios de gente a deixar o vale e a tomar as ruas, uma massa contínua e lenta que aos poucos ia se espalhando, sumindo nas escadas escuras que levavam ao metrô, perdendo-se em becos, em prédios, enchendo os ônibus, os carros e as calçadas esburacadas da cidade. Ele ficou parado. As pessoas, feito uns zumbis, marchavam sem expressão no rosto e esbarravam nele sem se desculpar. Já era madrugada quando finalmente se levantou de uma mureta improvável de pedra, no meio de São Paulo, na qual não se lembrava de ter se sentado. Não se levantou vagarosamente. Não se levantou com calma. Seu levantar-se foi um pulo, uma urgência. Pôs-se a caminho com passos duros e apressados. Fincados na mão, os envelopes pardos do escritório. O centro estava vazio. Ele havia perdido o último ônibus. Ele andava cada vez mais rápido. Ele queimava. Ele era muito pouco para o que ansiava explodir dentro dele. Ele era flama. Ele poria fogo. Sua música incendiaria. Não mais trabalharia de boy. Não mais o chamariam Geraldo de Souza, ou Gê da Gaita, Geraldinho do xerox, ou Gegê, como a família que havia ficado na Bahia o tratava desde criança. Havia acontecido algo e ele era outro, teria outro nome, outra vida. Ele nascia naquela madrugada e o fogo o batizaria. Jogou no chão os envelopes incrustrados na mão, com as certidões que o tinham mandado buscar no cartório, e fez delas labaredas que coloriram de laranja seus olhos escuros. Dois mendigos deitados sob a marquise de uma loja de departamentos, enrolados em pedaços grandes de papelão, chegaram perto para se aquecer.

Não teve medo, não teria mais medo, nunca mais. Agora, finalmente, entendia sua tia, que dizia com firmeza nada temer. No curso técnico, não deviam ter notado sua ausência, e na pensão, não sentiriam sua falta naquela noite, e que se fodessem aqueles engravatados e aquelas mina de salto que passavam por ele no trabalho, sem enxergá-lo. E ninguém mais no mundo esbarraria nele sem se desculpar.

> *O sol derrama ácido na terra*
> *não,*
> *o sol desponta na pele da terra*
> *não,*
> *o sol doura a pele da terra*
> *a pele que erra*
> *a terra que pela*
> *a guerra que arde*
> *a pele que late*
> *a guerra que morde*
> *a pele*
> *a terra*
> *a morte*

Gaeta Dordé parou o lápis e tirou os olhos do papel. A vista da janela era o mar de Ipanema. Viu o mar, tinha 14 anos. Agora, via o mar todos os dias. Um mar comprado. O melhor do mar. O melhor mar. No melhor do Rio de Janeiro. O sol doura a pele da terra, o sol fode a pele da terra. O sol fode tudo. O homem fode tudo. Não adiantava forçar, a fúria não estava mais lá, nem resquício dela. Tampouco o vulcão de erupções aleatórias e pujantes que ele foi um dia. *O sol doura a pele da terra*, o Gaeta Dordé que havia comprado aquele mar com seu ódio, ressentimento e com aquele sentimento do mundo que deu origem ao CD *Garoava*, cuspiria em um verso daquele.

Suas roupas pareciam simples, despojadas, porém eram bem-cortadas e sofisticadas, pensadas para se tornarem tendência, e se tornavam, duas gerações de fãs imitando-o. Se raspava os cabelos, raspavam os cabelos, se deixava a barba, deixavam a barba, se usava bata, as batas esgotavam nas lojas. Nos últimos anos, tinha uma mina que contratou só pra isso, escolher o que ia vestir, nos shows, nas entrevistas, no elevador, na porra do reality show em que era jurado. Até o caralho do calção que devia usar nas suas caminhadas no calçadão no comecinho da manhã, a mina comprava pra ele. Era o mais profissional dos profissionais, não cansavam de elogiar. Seus carros eram de um luxo alternativo, mais caros que os carros caros. Seu cheiro agora era o de perfumes franceses. Nem feder, fedia. Camila era de família de classe média alta, pele marrom-clara, cabelos encaracolados de xampus caros e cabeleireiros de renome, doutora. Não as mina linda recepcionista de prédio do começo de carreira, nem as periguetes tingidas, de cílios postiços, dos primeiros anos de sucesso. Doutora. Usava os talheres direito. Tinha gosto refinado e bom senso. Usava as vírgulas e os verbos direito. Falava quatro línguas. E fodia melhor e mais sujo do que ele.

> *Me bate que eu perduro, me bate que eu*
> *perduro, me bate que eu perduro, me*
> *bate que eu perduro*
> *Nada de justiça, a justiça é de nada*
> *Nada de justiça, a justiça é de nada*
> *Justiça é pão*
> *Justiça é almoço e limonada*
> *Justiça é uma cueca enrijecida, uma*
> *calcinha molhada*
> *Justiça é a faca*
> *Justiça é sangue*
> *Justiça é matar os poderosos, todos os*
> *chefes de gangue*
> *Justiça é matar Deeeeeeeeeus*
> *Justiça é matar Deeeeeeeeeus*

Justiça porra nenhuma!, cara, seu cuzão, você é chefe de gangue.

> *Porque Deus é branco*
> *Porque Deus é rico*
> *E eu sou um cara de tamanco*
> *Que só cago em penico*
> *Vou furar teus olhos*
> *Esmagar teu crânio*
> *Te pegar na esquina*

Pegá teus manos
Pegá tuas mina
Status quo é latim
E eu chego ladrando, eu chego no latido
O meu tempo é urgido
As coisas definitivas não fazem sentido
As coisas definitivas não fazem sentido
As coisas definitivas não fazem sentido

E o Brasil inteiro a colocar aquela raiva tosca e simplória nas pistas de dança das festas de casamento das colunas sociais, nas baladas mais concorridas e exclusivas, nos rodeios, no carnaval. Os filhinhos e filhinhas de papai cantando suas músicas de juventude, como seu casal de filhos, uns filhinhos de papai que nunca pisaram na periferia e que ele só não mimou mais porque Camila não deixou, mãe severa que foi desde que as crianças nasceram. Seus maus modos, sua fúria, ele meteu o lôco, fez pular gente que se achava sem pernas, aí vieram as mina de salto e os engravatados e pularam também. Foi seu papel na engrenagem, rebelde, palhaço, guru, poeta doido, o contraponto necessário que se tornou o estabelecido, estudado nos vestibulares, seus versos com palavras chulas declamados pelos deputados mais canalhas, que merda, quem era ele?, onde foi parar?, o que a tia diria dele se estivesse viva?, onde foram parar as periferias que um dia tiveram por voz a sua voz, por rosto o seu rosto, por ambições e lutas as suas ambições e lutas?, elas continuam lá, foi ele quem mudou, outras lutas, outras vozes, outras ambições, outros deuses, e agora ele era profissional, o mais profissional dos artistas profissionais, amadureceu até apodrecer, morava em Ipanema, uma mina escolhia suas roupas, só comia pão de forma sem casca, ele tinha mais razão do que pensava, nunca estamos prontos pra nada, que porra, Gaê...

Gaeta ficou em pé e foi até a janela. O tempo feio havia espantado as pessoas da praia e dava ao mar de Ipanema uma serenidade e uma paz que, aos poucos, arrefecia aquela melancolia com momentos de irritação que o dominara nos últimos dias. Espalmou as mãos para fora, sentiu-as umedecer delicadamente. Acompanhou uma mulher atravessando a rua, o calçadão. É uma senhora de cabelos castanho-escuros presos em coque. Veste com elegância um vestido de senhora cinza-claro bem-cortado, tem as formas de senhora, que contrastam com a firmeza no caminhar. Ela chega na areia, tira as sandálias, solta os cabelos lisos que lhe cobrem os ombros. Fica imóvel. Sua imagem é a própria solidão, ou é apenas ele quem está triste e vê desconsolo onde pousa os olhos, onde pode haver alegria, redenção, ou sabe-se lá o quê. O cinza-claro do vestido escurece em pontos de água que o céu e o vento trazem. Mais do que a cultura já incorporada pela tradição, cultura que foi apreendendo, foi vivendo, foi apreciando, como a um bom vinho, quando seu fogo já não podia, ou não queria, ou não precisava destruir tudo, delicadeza, foi isso que Camila lhe deu. Um ácido que o foi corroendo aos poucos, ano a ano, e ele foi ficando pior e melhor. Ele, que sempre se soubera tempestade que lava a terra, destrói as casas, inunda as ruas, derruba as pontes e as árvores centenárias, mata as gentes e os bichos, estava a virar chuva mansa e criadeira.

A capela de Giotto em Pádua. Foi Camila quem o levou. Era um dia de outono, a noite se avizinhava. Aquele vídeo que circulava na internet do quarto do rapaz que dizia ser ele o envelheceu. A capela pintada nos primeiros anos do século XIV o envelheceu. Chegaram de trem vindos de Florença, onde ele havia encerrado uma turnê de sucesso pela Europa, quinze shows com casas lotadas, gente pagando caro para ir vê-lo, gente gritando suas músicas e seu nome, gente desmaiando. Somente os dois, sem produtores, músicos, secretários, seguranças. Não disse a ela, mas sentiu-se desprotegido, uma inexplicável fragilidade que disfarçou fingindo dormir com a cabeça no ombro dela na viagem de trem. Devia ser o cansaço, estava exausto. Vai te fazer bem, acredita em mim, Gaê, é das coisas mais bonitas que tem no mundo, ela disse. Não acreditou, e fez a viagem por ela, que havia chegado do Brasil para as últimas duas apresentações e que nem deu bola para seus resmungos.

Assim que a viu entrando no teatro enquanto passavam o som, encontrou com ela o significado daquela palavra tão besta que desprezava, saudades. Sentiu-a de corpo inteiro, umas saudades que não havia sentido em todo o mês, em toda a vida. Devia ser mesmo o cansaço.

Foram andando de mãos dadas da estação central de Pádua até a capela, por vezes um braço de vento gelado lhe esbofeteava o rosto e ele puxava o gorro para proteger as orelhas. Havia prometido a contragosto, depois de terem visto as maiores e mais esplêndidas igrejas da Europa, construídas por séculos por um povo sem rosto, sem voz, sem direitos, para enaltecer o ego de famílias poderosas e louvar um deus que não se importava com ele. Eram imponentes, enormes, lindas, demonstravam ao homem sua ridícula pequenez e feiura.

Entraram em silêncio. Camila se soltou da sua mão, girou em volta de si, seus olhos se iluminaram, sua boca abriu-se de leve. Dava passos lentos, parava, entrelaçava as mãos à frente do corpo. Ele foi se sentar num banco lateral. Não olhava as pinturas, olhava Camila. Sentiu ciúme daquele olhar dela de admiração e contemplação. Era diferente dos olhares em ebulição com que o olhavam nos shows, chama que era. Olhava-a, por inteiro e no detalhe, os cabelos cacheados soltos desregrados, os brincos de argola prateados, grandes, nas orelhas um pouco para fora, as rugas precoces, as sardas, as pequenas cicatrizes, foi parando demoradamente em cada imperfeição daquele rosto concentrado, de sobrancelhas grossas, nariz pontiagudo, lábios nem delgados nem carnudos, os olhos castanhos que enxergavam uma outra dimensão. Atrás dela, a obra sobrevivente no tempo exíguo dos homens, Giotto, séculos de Giotto, séculos de homens e mulheres naquele mesmo espaço, mais antigo que o Brasil, e se o Brasil acabasse, e se os cristãos se fodessem todos, Giotto sobreviveria naquela dimensão que o olhar dela alcançava. Voltou os olhos para o teto azul. Era o azul do fim de tarde da sua infância. Da sua imaginação. Dos seus pais e irmãos. Da sua querida e rigorosa tia que o levou para São Paulo e mudou sua vida. Sentiu como que uma garoa a umedecê-lo lentamente, já que era um homem seco, seco de todo o sempre, de toda a esperança, de toda a bondade, de toda água, parido em uma terra seca, em um país seco. E então veio-lhe a sensação fortíssima. Etérea e ao mesmo tempo física. Era a intensidade da vida. A intensidade da existência. Uma intensidade especial, absoluta e pacificadora. Camila e os afrescos de setecentos anos se fundiram em algo que bastava e preenchia até a borda. No olhar dela estava o tudo das coisas. Soube, ou descobriu, ou desvelou-se uma camada que o enevoava. Era ela o tudo das coisas. Seu coração disparou sem querer e se sentiu intimidado, como jamais antes ou depois. Estava encharcado quando ela o notou e veio rápido em sua direção. Tá tudo bem, Gaê, o que aconteceu?, Camila disse assustada ao vê-lo chorando. E ele quase disse, mas não disse. Balançou a cabeça envergonhado, Deve ser o cansaço, ando meio esgotado... Ela se sentou ao seu lado e o abraçou.

O mar da garota de Ipanema, o fragor do mar, a maresia do mar, Camila, o filho e a filha que dela nasceram perto do mar, numa boa maternidade privada, a sala de parto, ele em estado de graça ao levar ao colo aqueles milagres supremos pela primeira vez, a capela de Giotto,

Julio Dansseto citando seu verso em seu discurso de despedida da vida pública, o cheiro bom de perfume daquela senhora forte que o resgatou e para quem compôs *Garoava*, o quarto do rapaz que viu pela manhã. A garoa bate em seu rosto. A garoa bate no rosto da mulher na praia. Seu vestido cinza-escuro grudado ao corpo, os cabelos sem volume dão forma à cabeça, voltada para o mar. Como ela, está encharcado.

Toca o celular, até que desiste de tocar, para recomeçar outra vez. Ele dá as costas à janela, enxuga as mãos nos bolsos atoalhados do calção de andar e apanha o aparelho sobre a mesa. É o nome da sua irmã mais próxima que aparece no visor, ele atende. Ela fala rápido. Ficou arrepiada com o quarto do menino que estava circulando pela internet.

— E você leu a matéria, Gegê?

— Não li, não.

— Então leia, e depois ouça o podcast das meninas, é muito bacana.

7. A vírgula e a exclamação, brutalidades

As periferias do mundo não estão à margem, elas não existem, murmurou para si, levantou o olhar do livro e alcançou um pensamento, uma ideia. Estava sempre só. E não estava só. Ninguém nas outras mesas de tampo de madeira com ranhuras e rabiscos de caneta. Ninguém percorrendo os estreitos e encardidos corredores fantasmas que se formavam entre as estantes enferrujadas. O chão se desfazia em tacos soltos, livros publicados em diferentes idiomas se desfaziam em páginas soltas, esparramados à sua frente, povoando os espaços da sua mente. Releu seu caderno de anotações com números e estatísticas, observações sem pontuação, por vezes apenas uma palavra que serviria de gatilho para um sem-número de considerações. *Nascitocracia*, leu nos ensaios de Isa Prado Dansseto, na biblioteca da escola, na oitava série, nos recreios, o sistema que sobrepujava a mais legítima das democracias, ou de qualquer outra organização política já inventada pelos seres humanos. O conceito podia parecer ingênuo, e até um pouco banal, naqueles dias, como disse a professora de sociologia, mas teve impacto quando foi publicado, e quando ele o leu. A função essencial do Estado, diziam os ensaios, deveria ser de minimizar o determinismo genético e social dos destinos, porque toda a sociedade humana é estamental e absolutamente determinada pelo nascimento, porque não era verdade que todos nasciam iguais e livres, o mantra do liberalismo. Todos nascem diferentes. Todos já nascem com cargos e funções definidos, o que ela chamou de *Hierarquia dos homens*. Nascem com nacionalidade, tradição, língua e religião. Nascem com função social estabelecida. Nascem filhos de alguém. Nascem escravos. Nascem tímidos. Nascem feios. Nascem sardentos. Nascem pretos. Nascem mulheres. Nascem ricos. Nascem inteligentes. Nascem anões. Nascem nas periferias, onde se vivia 24 anos a menos que nos bairros de classe média, onde ele vive, nascem com 65% de possibilidade de não completar o ensino médio, 54% de serem pais adolescentes, 18% de terem morte violenta, nascem de pais e mães despreparados, nascem de pais e mães preparados e generosos, nascem sem pai, nascem sem mãe, como ele. Ao nascer, estava determinada a vida, herança de genes, herança material, herança sociológica, herança de espaços e afetos. Não havia mérito, não havia justiça, não havia propósito, não havia esperança, não havia Deus. Será que seus famosos ensaios não eram quase como apenas dizer que a única lei que existia era a lei do mais forte, lei suprema da natureza? Takashi entendeu. Há sempre a hierarquia dos homens. Meneou a cabeça, mordiscou a caneta, o olhar no alto, o relógio na parede, esticou os braços sobre as costas e sentiu dor, o treino tinha sido puxado. Era hora de ir para casa, chegar antes do pai, que se preocuparia se ele não tivesse chegado, Você vive num mundo fantasioso, filho, que é o mundo dos livros, mesmo que sejam essas sociologias aí que você gosta, você não sabe do mundo real, não sabe da brutalidade das coisas. Seu pai sabia tão pouco dele...

Batiam-se. Empurravam-se. Guerreavam. Cotovelos, ombros, tronco, pés pisando seus pés, bêbados e bêbadas desconhecidos segurando-o pela cintura, obrigando-o, de certa maneira, a interagir com eles. Para entender aquele fenômeno cultural que vinha das periferias, que ele conhecia tão bem sem nunca ter estado nelas, que estava chacoalhando a cidade e mexendo tanto com os colegas de faculdade, decidiu que precisava sentir aquilo. E sentir era uma experiência sensorial que podia ser decomposta em uma série de variáveis que permitiria estabelecer equações e relações de causa e efeito. Como sentiu o primeiro porre que se obrigou a tomar, depois de ter estudado os efeitos do álcool no cérebro, no comportamento e como mediador social.

Takashi entendeu. Sua droga era outra. O pai diria que eram apenas curiosidades da juventude, tão simplório seu pai...

Daquela vez, aceitou o convite que a turma sempre fazia para se juntar a eles, talvez por gratidão às notas 10 que ele garantia nos trabalhos de grupo, para ir ao Bailão Perifa. Voltou para casa com o pé roxo depois de um pisão mais forte que levou. Olhou com enfado e não reagiu, o cara era grande, mas podia derrubá-lo com facilidade. Digo sempre pros meus alunos que a raiva é importante, é motor, só que ela tem de ser controlada, curioso, parece que você não tem raiva, você é diferente, você parece ser de gelo, às vezes penso se você seria capaz de tirar sangue de alguém, Takashi, muito precoce, muito maduro, já sabe respirar até, respirar é difícil, respirar é a chave, dizia-lhe intrigado o mestre, 6º dan, que vira e mexe ficava nervoso por bobagens. Dizia também que lhe faltava brutalidade, repetindo a palavra do pai, sem ela não seria capaz de ganhar torneio que fosse, no ringue ou na vida. O mestre estava enganado. Sua imensa indignação com a desigualdade entre as pessoas era uma espécie de raiva. Não tanto pelo mal às pessoas, foi entendendo, mas pela injustiça em si, que feria a lógica de como as coisas deveriam ser. Uma raiva poderosa, como o silêncio naquele distante comício das Diretas Já que por vezes voltava-lhe à vista como uma miragem. Seu motor sem ruído. Todavia, era uma raiva fria, cerebral, matemática. O revolucionário, o verdadeiro e mais completo revolucionário traz no peito um coração de pedra, é a única forma de se proteger do mal que se fará a ele e, principalmente e mais importante, é a forma de se proteger do bem que quer fazer à humanidade, ninguém pode ter a pretensão de carregar os males do mundo nas costas, eles te arrebentam, essa arrogância é a mortalha da revolução, e jamais esquecer que dramas e tragédias pessoais e todos esses psicologismos baratos são irrelevantes se comparados aos dramas e tragédias sociais, Julio Dansseto disse numa entrevista no jornal clandestino do Sindicato dos Metalúrgicos, que foi reproduzida de boca em boca e depois em jornais do mundo inteiro. O homem de coração de pedra. Julio Dansseto foi um verdadeiro revolucionário, mas foi um revolucionário sem revolução, que não lutava taekwondo, não chutava a cara de ninguém, não matava tsares, não jogava bombas. Talvez tivesse sido um verdadeiro revolucionário, um dia, nos tempos em que foi preso e torturado, que desafiava os poderosos nas avenidas e portas de fábricas, ou com sua greve de fome que havia parado o país. Mas isso foi antes de ser domesticado pelo casamento burguês e pela constituição da sua família. Porque o revolucionário não é um homem doméstico. Um revolucionário não pode criar laços que não possam ser cortados em segundos. Não pode ter cônjuge ou filhos. É preciso punhos além de palavras. *Todo poder é bruto*, ele dizia. Um coração de pedra. Um coração bruto capaz de brutalidades e de sofrer brutalidades. Como devia ser o coração de Deus, caso existisse. Deve ter sido isso que o professor de taekwondo viu dentro dele. Uma rocha inquebrável, impermeável, inexpugnável. Única herança da mãe bruta que não conheceu. Não poderia treinar nos próximos dias, capaz que até mancasse um pouco. Por fim, o roxo sairia e o pé sararia. Já Gaeta Dordé se cristalizaria.

Das outras tantas vezes foi sozinho e manteve o corpo firme, deu ombradas nos que se aproximaram demais, assimilou trancos mais fortes sem perder o equilíbrio, como bom lutador que era. Era bobo. Era ridículo. Era necessário. Sua voz gritada se perdia entre as vozes todas, um só coro, uma só voz em compasso e sem medo. Era um transe. Como num templo. Como um culto dos que passavam de madrugada na televisão com um pastor enlouquecido e grotesco exorcizando aos berros os demônios. Como numa revolução. Naquele espaço escuro e vibrante que acontecia nos finais de semana das periferias, que ele ansiava por chegarem logo, para ir ao encontro da vida, nas horas sem geografia, diante daquele cara impressionante, ele próprio era um demônio descontrolado, eram todos demônios, vultos sem identidade se debatendo na festa primitiva e bruta comandada por Gaeta Dordé, o pajé anarquista do apocalipse. Vivia. Vivia tudo o que lia nos livros. Vivia o tal de mundo real. Vivia o demasiadamente humano. Vivia a presença de um poder supremo, uma pujança, como a do silêncio que seu pai dizia, Era em silêncio que se combatia o bom combate, seu pai dizia, e mesmo assim o colocou para lutar taekwondo. Uma pujança que ele nunca tinha experimentado. Entendeu.

Justiça é matar Deeeeeeeeeus, Justiça é matar Deeeeeeeeus, e o cara num repente tirou a camiseta branca que grudava em seu torso, soltou o microfone e se jogou de costas na plateia, e ele ajudou a segurá-lo. Sentiu o peso leve de Gaeta Dordé, sentiu sua pele escorregadia, sentiu como jamais havia sentido antes. Sentiu a comunhão de mãos compartilhando o corpo magricela, potente e molhado. A eletricidade que a todos alimentava com a carga de alta voltagem daquele Thor que gerava raios que faziam pulsar tudo o que tocava. Toda energia emanava dele, como podia ter tanta força, não era possível, não era lógico, não entendia, como?

De braços abertos, como uma oferenda em sacrifício, foi suspenso no ar, a multidão passeando com ele para que todos pudessem tê-lo um pouco, e as dezenas de mãos sobre as cabeças o reconduziram ao palco. Gaeta foi içado por dois músicos da banda. Passou uma toalha no rosto e a jogou para a turba. As luzes convergiram para ele e tudo mais apagou, som, luz, tempo. Apanhou o microfone. Vocês estão prontos pra beber o sangue dos chefes de gangue?, disse baixo e pausado, num ritual que todos conheciam bem. O ginásio inteiro se agachou e respondeu num sussurro Nããããão. Vocês estão prontos pra tirar o pé do chão e meter o pé na porta?, disse outra vez no mesmo tom burocrático, sem vida. Nããããããooo, todos responderam a meia-voz.

Eeeee pooooor queeeeeê!!?, urrou envolto em jatos de fumaça que saíram de diversas partes do palco, um brado do demônio-mor que devia habitar aquela figura franzina e irrequieta. Porque nunca estamos prontos pra nada!!! E a plateia que ele regia feito uma orquestra, maestro absoluto que era, gritou e pulou. E o som sujo da guitarra e da bateria rebentaram ao mesmo tempo, e enquanto todos entoavam o refrão Me bate que eu perduro, me bate que eu perduro, ele atacava com sua voz messiânica, Nada de justiça, a justiça é de nada!, Nada de justiça, a justiça é de nada!, Justiça é pão, justiça é almoço e limonada.

Era o Big Bang, a explosão, e se os cientistas ainda não haviam descoberto o estopim que a gerou, uma faísca aleatória que se fez do acaso, um sopro de alguma divindade plena e total, um economista com coração bruto de pedra e uma consciência cósmica e matemática inalcançável para os seres viventes e que se fazia sentir no tudo das coisas, ou apenas um a mais, um micro a mais daquele tudo junto, espaço, presente, passado e futuro, os elementos químicos todos, suas infinitas combinações, todos os números e razões, as relações de causa e efeito, luz, micróbios, a História dos povos do universo, e sabia-se lá o quê mais naquela sopa por certo racional e lógica que estabeleceu padrões para tudo o que é canto, um micro a mais que provocou o trasbordamento como uma gota que transborda o copo, o corpo, o oceano. Gaeta Dordé era essa gota, essa faísca, essa consciência absoluta de pura energia. Big Bang em seu universo interior, que se expandiu, se expandiu, remodelando-o, alargando fronteiras, desatando nós, derrubando muros, construindo pontes, destravando bloqueios nas autoestradas das suas artérias e terminações nervosas, acelerando seu coração, fazendo-o suar, modificando-o velozmente. Naquela noite, depois de sentir a vibração da pele de Gaeta Dordé na palma das mãos sobre a cabeça, uma sobrecarga do que vinha experimentando nas últimas semanas atingiu seu auge. Era o limite exato e instransponível. Seus fusíveis internos estouraram. Takashi parou de pular. Parou de gritar. Fechou os olhos. Entendeu.

Como um sonâmbulo, saiu vagaroso da multidão, esbarrando nas pessoas que dançavam hipnotizadas na catarse coletiva. Uma percepção melancólica e exata. Jamais, jamais seria Gaeta Dordé, a mais pura, pujante e verdadeira exclamação. Aquilo lhe era impossível, ele não era puro, tampouco verdadeiro, tampouco pujante. Não jogaria as bombas que já sabia construir. Não mataria tsares do mundo moderno. Não lideraria revoluções. O Che Guevara que ele se soubera, quando, desde os 12 anos, se olhava no espelho com a camiseta com o desenho do rosto do revolucionário argentino, e que nasceu das palavras de Julio Dansseto, era uma ilusão. E jamais seria Julio Dansseto, ponto final nas sentenças do que tudo deveria ser. Seu pai tinha razão, vivia num mundo fantasioso.

Abriu passagem na penumbra, desviou de casais que se beijavam, afastou copos de plástico e latas amassadas de cerveja, sentou-se no segundo lance da arquibancada de cimento que ficava na lateral do ginásio de esportes fechado para o show. Olhou para o alto, pontos de luz coloridos corriam o teto no ritmo do som que reverberava sobre o mar de cabeças que se movimentava sem parar, rumorejou um pensamento, ventilou uma ideia. Takashi levou a mão à boca, contraiu as sobrancelhas. Porque o silêncio é mais poderoso e transformador que o grito. A voz do pai. Porque a vírgula é mais poderosa e transformadora que a exclamação e que o ponto final. Voz sua. É a vírgula que define o sentido da frase, a grandeza do número, a equação do mundo. A vírgula muda a direção da reta. Constrói verdades. Constrói significados. É a vírgula que tudo transforma. Não Gaeta Dordé. Não Julio Dansseto. A vírgula. Takashi entendeu. A vírgula muda a sentença de vida da Nascitocracia. A vírgula é...

— Me leva embora daqui — pareceu ouvir.

Combater o bom combate. Frase bonita. Frase idiota. Fazer justiça, basta isso para matar Deus. O Estado sou eu. O Estado é a vírgula. A vírgula sou eu. A vírgula é...

— Me leva embora daqui — ouviu outra vez, mais alto. Ela estava na sua frente, em pé, no primeiro lance da arquibancada.

— Me leva embora daqui — ela repetiu e apoiou a mão em seu joelho, como que para confirmar que estava falando com ele. Não estava firme, e ele a segurou pelo braço, com receio de que ela caísse para trás. Estava muito diferente, mas a reconheceu, não de imediato, porque não se lembrava de tê-la visto com os cabelos presos em um rabo de cavalo ou presos do jeito que fosse. Estavam soltos. Lisos. Brilhantes. Vermelhos.

Conhecia-a do degrau da porta de sua casa. Conhecia-a de vista do pré-vestibular. Os cabelos vermelhos, as sardas, o sobrenome Dansseto que lhe era tão familiar, cochichado como se fosse o de uma artista de novela quando ela passava nos corredores ou se sentava com seu bando, que falava e ria alto na lanchonete. Foram da mesma classe na turma de outubro, curso que o pai o obrigou a fazer, no final do terceiro colegial, para passar em um exame no qual ele passaria fácil. Claro que ela não sabia quem era ele, já era quase mestre na arte de ser invisível. Uma invisibilidade treinada junto com o taekwondo.

Procurou com o olhar alguém próximo que a pudesse estar acompanhando, amigas, amigos, aqueles caras metidos a intelectuais com quem andava e que formavam uma tropa de burros. Ninguém prestava atenção nela, ninguém para socorrê-la. Ajudou-a a se sentar ao seu lado. Ela apoiou as costas contra o encosto de concreto. Perscrutou-a. Um coração de pedra. Virou de costas para se afastar com uma dureza incerta, ela segurou sua mão.

Bastaria ter soltado sua mão.

— Me leva embora daqui — ela disse outra vez, sem que ele pudesse ouvi-la, entendendo pelo movimento labial, pelo toque da mão trêmula, pela profundidade dos olhos semicerrados e cansados, um olhar que acompanhava seus movimentos lentamente e que teve poder imediato sobre ele. E dali, para sempre, aquele olhar, mesmo em memória, o desconstruiria sem que ele entendesse verdadeiramente o porquê, e permaneceria como a única dúvida, a única questão sem resposta e sem solução de toda a sua vida, por mais explicações que desse ao longo dos anos. Uma questão psicológica óbvia qualquer, o sobrenome Dansseto, os feromônios dela agindo no animal que existia nele, uma atração adolescente que ele não se permitiu nos tempos do cursinho, época em que às vezes passava a pé em frente à casa dela para ver Julio Dansseto em alguma janela e, num inconsciente qualquer, talvez quisesse mesmo era vê-la, como a tinha visto sentada no degrau apoiada com as costas na porta da entrada, quando, ainda menino, foi espiar a casa onde morava a lenda. Ela sentada no degrau era uma imagem que foi crescendo ao longo dos anos, e ele a foi modificando, idealizando, envelhecendo naquela casa que era sempre a mesma. Não, não foi a mesma sensação que sentiu nos ombros do pai no Diretas Já, nem a erupção possante que Gaeta Dordé lhe causou, nem a revelação semântica que havia acabado de ter. O que havia de mais demasiadamente humano, de mais fraco nele, entendeu, veio daquele olhar, e não era amor, essa palavra de significados tão imprecisos, não podia ser, não fazia sentido, mas *As coisas definitivas não fazem sentido*, ou talvez fosse um amor piedoso, uma esperança. Sem a sua ajuda, ela não sobreviveria. Àquela noite. A todas as noites. E bastaria ter soltado sua mão. Um coração de pedra. Um coração bruto. Todo poder é bruto. Ela era uma variável desconhecida, que não podia ser controlada ou entendida. Era algo diferente.

Entendeu três anos depois, quando viu Naty nascer, não fazia sentido, as coisas definitivas nunca faziam. Não soltou sua mão naquela noite, num ginásio lotado na periferia de São Paulo, mesmo que seu coração fosse de pedra, e sabendo que estava cometendo o erro da sua vida, que estava sendo domesticado, porque entendeu, de alguma maneira inexplicável, que naquele contato de mãos já estava Naty. E Naty era maior que qualquer coisa ou pessoa que pudesse ter imaginado.

— Me leva embora daqui — ela repetiu num clamor brando, uma réstia de alguma luz que poderia haver dentro dela, e apertou debilmente sua mão.

Ele concordou com um gesto de cabeça. Ajudou-a a se levantar, e ela o enlaçou pelo pescoço, apoiando-se. Ele não pôde deixar de sentir os seios dela contra seu peito. Desceram com cuidado os dois lances da arquibancada de cimento. Foram atravessando a fumaça, desviando das pessoas que se chocavam umas contra as outras. Suor, cerveja e ácido que se misturavam num odor azedo e violento. Vez por outra, quando um esbarrão mais forte quase os desequilibrava, ela levantava a cabeça, olhava-o, demorava um momento. Só então notou, quando ganharam a rua e suas narinas pararam de queimar, e seus olhos pararam de arder, que as camisetas pretas que vestiam, estampadas com uma caveira ornando uma coroa de espinhos, eram idênticas. Será que foi por isso que ela o escolheu? Teriam de andar umas três quadras, ele disse, e ela nada respondeu, fixando mais uma vez os olhos nele, deixando-se levar, Cuidado para não tropeçar.

Seu coração de pedra estava acelerado e o mundo estava em câmera lenta. Um zunido nos ouvidos. Um arremedo de vento que lhe acariciava e refrescava o rosto. Hesitou, desorientado, e então, amparando-a, voltou a andar vagarosamente pelas gentes que lotavam as ruas. Passaram pela fila formada em volta de uma churrasqueira portátil improvisada na calçada, com seus espetinhos de carne, frango e linguiça, um amálgama de cheiros e cores, pela Kombi remendada de onde saía um carrinho de cachorro-quente, por uma barraca montada e apoiada no muro sem reboco, ladeada por cadeiras de plástico, onde pastel e caldo de cana eram vendidos e consumidos. Ambulantes com isopores ofereciam cerveja em lata, refrigerante, água em garrafas de plástico, que Takashi comprou, Bebe, vai fazer bem pra você. Ela não reagiu.

Segurou-a firme pelas costas, achou a chave perdida no bolso, abriu a porta. Colocou-a dentro do carro, que havia pegado emprestado do pai, afivelou o cinto de segurança. Ela deixou a cabeça pender. Bebe, vai te fazer bem, ele insistiu. Ela ergueu a cabeça, contraiu os olhos nele, estavam sérios, apanhou a garrafa de sua mão, bebeu um longo gole sem parar de encará-lo, obediente, e a devolveu num gesto vagaroso.

A periferia desapareceu no retrovisor, os ouvidos não zumbiam, ela dormia com a cabeça apoiada na janela que já trazia uma indiferente, rica e, para eles, cotidiana cidade de São Paulo. Não se atreveu a ligar o rádio, nem a puxar conversa, nem a fitá-la. Dirigia com cuidado para não perturbar seu descanso. Ela precisava de descanso. Deu por si, estavam nas ladeiras da Vila Pompeia.

— Não tem ninguém e eu perdi a chave — ela disse, e ele se surpreendeu que ela estivesse acordada. Estavam quase à frente da enorme árvore. Takashi passou devagar, a casa dos Dansseto estava escura. Na batalha de decisões improvisadas que ele travou consigo diante daquela situação inesperada, o carro, autômato, foi dobrando esquinas, percorrendo ruas cada vez mais familiares até embicar na garagem do seu prédio, e ele entrou, sem saber bem o que fazer.

Estacionou. Deu a volta, abriu a porta para ela, desafivelou o cinto de segurança e, ao fazê-lo, aproximou-se de seu rosto e sentiu seu hálito doce, Vem. Ela se levantou com dificuldade, enlaçou-o outra vez pelo pescoço. Estava mais mole, e ele teve de segurá-la pela cintura, firmá-la com força para que se mantivesse em pé. Tomaram o elevador, e o tempo dos cinco andares pareceu infinito. Um infinito bom. Esbarraram no aparador com o vaso de flores de papel que enfeitava o hall de muitas portas, e Takashi esticou rapidamente a mão para que não caísse.

O pai acordou com o barulho e apareceu na sala no momento em que entravam. Olhou-o com espanto.

— Não se deve trazer moças para esta casa — disse ele.

— É uma amiga, ela precisa de ajuda — disse Takashi, no mesmo tom sem emoção com que conversavam. Deitou-a no sofá.

O pai ficou em silêncio. Saiu, para voltar em seguida e entregar-lhe um lençol, com o qual Takashi a cobriu.

— Vocês estão cheirando a álcool, respeitem esta casa, e se respeitem.

Não retrucou e pôde ouvir a porta do quarto do pai sendo trancada. Foi ao banheiro, urinou um jato forte, escovou os dentes, mirou-se no espelho, alcançou um pensamento, uma ideia. Entendeu. Apanhou seu travesseiro e seu lençol, deitou-se sem se trocar no tapete ao lado dela, ficou vendo-a dormir. A aura cristalina que rebrilhava. A pureza. A fragilidade. O calor. Os seios dela contra seu peito enquanto caminhavam. A cintura macia contra seus dedos indecisos. O hálito doce. Talvez seu pai tivesse razão e ele vivesse num mundo fantasioso.

— Takashi — ela estava de olhos abertos. Ela sabia seu nome, não fazia sentido, *As coisas definitivas não fazem sentido.*

— Oi, você tá na minha casa, você vai ficar bem, não é bom avisarmos alguém da sua família? — ele disse.

Ela esticou o braço e passou a mão delicadamente em seu rosto.

— Me come — ela disse.

— Não! — ele disse assustado, e afastou-se batendo as costas na mesa de centro da sala.

Ela sorriu com vagar, recolheu a mão, aninhou-a sob a cabeça, voltou a fechar os olhos, ressonou.

O mundo real. Brutalidades. Entendeu. Olhou a porta fechada do quarto do pai. Olhou para ela. *Porque nunca estamos prontos pra nada!*, e foi pensando em um monte de coisas que se embaralharam, até que adormeceu sem perceber. Quando a luz da manhã clareou a sala do pequeno apartamento, Takashi acordou. Ela havia vomitado no braço do sofá e já não estava mais lá. Nina tinha essa habilidade de levantar-se em silêncio e sumir. E Nina sumia. Um dia, um mês.

8. Garoa na noite

Teve um dia imaterial e vaporoso, ilógico na decomposição das horas e segundos não sequenciais, dia desarticulado em que, mesmo sem perceberem, todos se tocaram. Gotículas suspensas de água em constante conspiração, que desafiam a gravidade e flutuam para todas as direções e para direção alguma, como palavras sem origem e sem destino. Aproximam-se e se afastam, avançam e recuam, sem discernimento, sem intenção. Impregnam e não se deixam apanhar. *Suor da testa da Terra quando precisa de descanso e acalanto*, um dia alguém escreveu. Imaterialidade de uma nuvem baixa. Garoa. Garoa no rosto enrugado de João Robert da Cruz Bamalaris quando volta de seu passeio matinal. Sim, teve um dia em que, mesmo sem perceberem, todos se tocaram, ele pensa, e coloca as mãos na cintura, sentindo nos braços nus uma onda daquela folia úmida de delicadeza. Está de costas para a varanda, de frente para as palmeiras cujas folhas no alto se movimentam com lentidão. Ao fundo, mal se vê a vastidão da Serra da Bocaina, tornada linhas imprecisas pelo céu branco em ligeiro movimento. Montaigne dorme enrodilhado sob a mesa. Garoa, como garoou no rosto pálido de Isa Prado quando ela parou na calçada, perto da Praça da República, e soltou o cigarro aceso que queimou a ponta dos seus dedos, despertando-a de certa paralisia. Estava sem guarda-chuva. Atravessou a rua atrapalhando o tráfego, foi entrando num prédio antigo para fugir do chuvisco sujo das fumaças de São Paulo, ou só para fugir. Garoa, como garoou no rosto de Carlo Dansseto. Ele se apoiou na janela, olhou o verde da copa da enorme sibipiruna que parecia agradecida, quis distrair-se dos estudos para o vestibular e, também, de uma espécie de culpa e vergonha por seu desejo latente e pelas revistas *Playboy* e suecas escondidas no fundo do armário. Garoou no rosto de Roberto Bamalaris por vários minutos. Ele estava em frente ao pequeno portão de ferro, escorria água de seus cabelos ao rosto, porque os militares são superiores ao tempo, e não conseguia apertar a campainha. De dentro da casa, o som da televisão. Sempre que garoava, Rosa Dansseto subia ao topo do prédio e buscava algum vestígio da mãe, alguma compreensão, alguma mágica, algum remédio, alguma conciliação. Quase já não garoava em São Paulo, tornara-se cidade de tempestades, mas garoou nos rostos de Jéssica e Natasha quando elas saíram da clínica psiquiátrica depois de conversarem por duas horas com Sidney Rodrigo. Caminharam encobertas por uma grossa camada de silêncio, como o silêncio que Natasha sempre buscava, terra, silêncio pleno e absoluto, até a proteção de um toldo da farmácia em frente ao ponto de ônibus. Quando chegou o ônibus de Jéssica, Natasha dessilenciou, pareceu-lhe que tudo o que precisava era dessilenciar naquela hora e para sempre, e disse, Me encontra hoje às sete na frente da casa do meu avô. Jéssica fez-lhe um aceno de cabeça e subiu no ônibus. Garoou com vento e maresia no rosto de Ana Paula Ferreira Bamalaris. Como se esperasse o aproximar de alguém, ela olhou para trás, sem susto, ao sentir a mão de Gaeta Dordé pousar em seu ombro, e ele, sem se lembrar de imediato, ruim de guardar fisionomias que era, retribuía o tão fundamental gesto de acolhimento e proteção de dezenove anos antes.

Takashi cantou para Naty num ritmo lento algumas músicas de Gaeta Dordé que haviam ficado em seu espírito. Sua voz foi esvanecendo. Calou-se e deixou-se estar no ressonar da filha. Olhou o contorno do móbile de dobraduras em papel colorido já desbotado que Nina havia feito no último mês de gravidez. Tentou, em vão, alcançar algumas lembranças, algum pensamento, alguma ideia. Ouviu a campainha. Debruçou-se sobre a cama da filha, beijou-lhe a testa.

Antes de sair de casa, buscou o tchaco no fundo da gaveta de meias e meteu-o no bolso de trás da calça, encobriu-o com a camiseta. Nas prateleiras dela, pegou um conjunto de moletom cinza, um par de meias de lã, um par de tênis. Tirou do porta-retratos, que ficava em cima da mesa de cabeceira do seu lado da cama, a fotografia de Nina, guardou na carteira. Pegou também uma minilanterna que Naty ganhou de brinde na barraca da pescaria da festa junina da escola. Desligou o computador, olhou no relógio. Apanhou a capa de chuva, o celular, a chave do carro, pensou por um momento e apanhou também a chave do apartamento de Carlo. A moça assistia à novela na sala, ela já conhecia as rotinas da casa. Boliviana, fazia faxina em alguns apartamentos do prédio, vinha à sua casa uma vez por semana, Nina gostava dela e de sua filha. Naquele dia, contratou-a para que ficasse até que ele voltasse. Nas férias, às vezes ela trazia a filha, quando não tinha com quem deixar no bairro distante onde morava. Se estivesse em casa, Nina sempre se oferecia a acolhê-la enquanto a moça fazia faxina em outros apartamentos. A menina, que era da idade da Naty e que teria uma história tão diferente da dela, pelas diferentes oportunidades que a vida oferecia a cada uma, era muito esperta e gostava de comer. Trocaram algumas palavras. Caso ele se atrasasse desta vez, lhe daria um dinheiro a mais, e lhe pagaria um táxi, e que levasse para a filha aqueles dois pacotes de bolacha dentro do saco de supermercado em cima da mesa. O último ônibus para a casa dela passaria à meia-noite. Antes de sair, pegou o saco de bombons de chocolate que havia deixado na geladeira.

Garoava quando o carro deixou a garagem. Takashi esperou até que o vidro embaçasse por completo, deu um toque na manopla e fez funcionar uma vez o limpador de para-brisa. Olhou no relógio. O trânsito num anda e para. Na calçada da rua da Consolação com a avenida Paulista, um senhor de boina xadrez lia jornal em pé, um casal de mãos dadas, um vendedor de balas, um grupo de estudantes, olhou para um ou outro cartaz de filme, as cores se misturando no para-brisa e na memória. Buzinaram com insistência. Ele engatou a primeira, deu outro toque na manopla e fez funcionar uma vez mais o limpador de para-brisa.

Parou em um estacionamento no começo da rua da Consolação. A gente fecha às oito e meia, disse o manobrista quando ele embicou o carro, Eu volto bem antes disso, Pode parar ali e levar a chave, pagamento adiantado. Largou a mochila no banco de trás. Vestiu a capa de chuva cobrindo a cabeça com o capuz. Pagou ao manobrista, pegou o recibo, guardou no bolso da frente da calça. Olhou no relógio. Caminhou um par de quadras com o passo duro, as mãos em punho, os músculos rijos. Tirou a capa de chuva e vestiu-a do avesso, que era de um amarelo forte. Entrou em uma rua de lojas fechadas e pouco movimento. Avistou o homem que esperava por ele sem saber que era por ele que esperava. Alto, de meia-idade, gordo, deveria ter sido forte na juventude, usava camisa xadrez azul, segurava um guarda-chuva preto, certamente tinha uma pistola ao alcance da mão. A barba por fazer e os olhos sobre duas bolsas de gordura tornavam seu rosto ainda mais gasto. Fumava.

Aproximou-se. Passou pelo homem, tirou o tchaco do bolso e desferiu um golpe potente e rápido contra sua nuca. O homenzarrão se desequilibrou, soltou o guarda-chuva e bambeou, o cigarro caiu aceso. Quando se virou levando a mão à pistola, Takashi o desarmou com outro golpe de tchaco, que deve ter-lhe quebrado os dedos. Chutou-lhe a cara, um chute de frente, o calcanhar atingiu o queixo. Girou em torno de si e deu um chute rodado no rosto, que finalmente derrubou o homem. Dois ou três gritos do outro lado da rua e Takashi gritou de volta que não se metessem. O homem se apoiou nos braços para se levantar e Takashi chutou-lhe o fígado com toda a força e ódio de que foi capaz. O homem estatelou-se no chão se contorcendo sobre a barriga. Takashi inclinou-se sobre ele, esmurrou-lhe o rosto até sua mão ficar tingida de sangue. Estava aí a raiva, toda aí. A violência em estado bruto. Demasiadamente humano. Selvagem, mundo-selva, por mais civilização que pareça existir. O mundo real.

Levantou a cabeça do homem pelos cabelos e as palavras começaram a sair, lentas, perigosas, de algum lugar desconhecido, do inferno dos homens. O homem por fim respondeu que, sim, tinha entendido, nunca mais, nunca mais, nunca mais. Takashi largou a cabeça e chutou-a, ela ricocheteou na guia produzindo um som seco e grave e o homem perdeu os sentidos. O mal só se combate com o mal, o bom combate não existe!, disse entredentes mais para si do que para as poucas pessoas que se protegiam atrás de um carro estacionado do outro lado da rua e que pediam ajuda pelo celular. Estavam com medo dele e com pena do homem. Virou a esquina e olhou para trás, a mão suja de sangue segurando o tchaco. Não o seguiram. Não o seguiriam. Pôde ouvir as sirenes. Levariam o homem escarrapachado para o hospital antes de o levarem preso. E procurariam por ele. Tirou a capa de chuva, o avesso do avesso, e vestiu-a outra vez do lado marrom. Caminhou com pressa por alguns minutos, entrou na Praça da República, perdeu-se na multidão que saía do trabalho. Olhou a mão direita, tinha o sangue do homem, a maldade e a perversão daquele homem colorindo-o, maculando-o. Era, sim, capaz de tirar sangue dos outros. Sim, era capaz de brutalidades.

Olhou no relógio. Andou mais um pouco até o prédio onde Carlo acreditava que morava escondido. Digitou o código de acesso, atravessou a grande porta com ornamentos em ferro protegendo o vidro jateado. O hall com um piso de mármore encardido, tapete desbotado, paredes forradas de pau-brasil sem vigor e cera, um lustre no teto de pé-direito alto, elegância de outrora. Cheirava a guardado. Apartamentos grandes de famílias ricas que foram divididos em quitinetes, alugados a preços populares. Tomou o elevador de porta pantográfica. Usou a cópia da chave que tão facilmente havia subtraído fazia alguns anos. E Carlo sequer percebeu. Nina dizia que se preocupava com o irmão, a quem adorava e dizia ser a pessoa mais pura e ingênua que ela jamais conhecera, e das mais sofridas. Por Nina, olhou por Casé, a quem desprezava. Ingenuidade era um pecado sem remissão. E sofrimentos todos têm. Nunca havia estado lá, e sua raiva e suas brutalidades foram se amainando ante a visão daquele apartamento. Sem quadros ou fotografias nas paredes brancas, sem livros, sem aparelho de som, sem plantas, sem gatos, uma mesa redonda com uma cadeira, uma pequena cozinha com piso de cerâmica vermelha, inteiro trincado, a geladeira antiga, o fogão de quatro bocas puído, a pia velha do banheiro de azulejos azuis rachados em que lavou o sangue da mão. Como se aquela bobagem de peças de dominó de raiva escorresse ralo abaixo à medida que ia se ensaboando e que seus músculos retesados iam relaxando. Secou-se na toalha branca sem deixar vestígio em vermelho. A cama de casal com espaldar de mogno tomava quase o quarto todo. Era ali que devia receber aquelas tantas pessoas. Pensava-a suja, desarrumada, cheirando a sexo, a libertinagem, a depravação, a esperma. Estava arrumada com esmero, uma colcha branca de algodão com motivos florais em relevo, uma fragrância suave no ar cuja origem ele não descobriu. Era daquele jeito que imaginaria o quarto de uma freira velha. Abriu o armário que fazia jogo com a cama. Uma fileira de ternos de tecido escuro e ruim, camisas brancas. Nem uma camisa azul. Nem uma listrada. Uma gaveta cheia de preservativos, uma de cuecas e meias, uma de gravatas, as outras três não abriu. Era como se esperasse encontrar carne e, em vez disso, tivesse encontrado espírito. Olhou no relógio. Pegou na geladeira carente de víveres uma cerveja, e no único armário da cozinha, revestido de uma fórmica rosa esgarçada, um copo de cristal que contrastava com o entorno. Sentou-se. Foi invadido por uma candura, por uma ressaca daquela raiva toda. Abriu a garrafa, serviu-se. Uma angústia poderosa e umas saudades de Nina, uma urgência de Nina. De maneira brutal, Nina começou a doê-lo no corpo todo. Deu um gole, a cerveja gelada desceu-lhe feito acalanto. Talvez tivesse ido ao apartamento não para se esconder por alguns minutos da polícia, mas para pedir socorro. Apanhou o celular e enviou a mensagem anônima para Carlo, e pôde ouvir um celular apitando no corredor pouco antes de a porta da entrada se abrir. Recompôs-se, se estava no fim de si, era apenas o começo da noite.

— Você já não cansou, Casé?, tá na hora de você ser o que precisa ser — falou sobre a saúde debilitada de Nina, e saiu, sem compreender bem o que havia dito, nem se Casé havia se dado conta de sua busca por amparo.

Pegou o elevador. No hall, ficou olhando as gentes que passavam apressadas nas calçadas, tornadas imprecisas devido ao jateamento do vidro da porta. Sentia-se desmontado e retorcido como elas, que se olhassem para dentro do prédio veriam não mais que um borrão de homem. Apanhou o celular no bolso e ficou revezando o olhar da porta à tela do celular, às paredes forradas de pau-brasil. Tentava alcançar um pensamento, uma ideia. Por fim, telefonou.

— Alô.
— Pois não?
— Coronel Roberto Bamalaris?
— Sim, quem é?
— É Takashi Makaoka.

Houve um momento de silêncio.

— Tá tudo bem, Beto, são as meninas? — disse Ana Paula ao ver a expressão que tomou o rosto do marido.

— Tá tudo bem, sim, coisa de trabalho — Roberto disse à esposa, fez um sinal espalmando a mão e levantou-se da mesa, indo para a entrada do restaurante.

— Como você tem esse número?, quem te passou?, é meu número pessoal, rapaz...

— É sobre a Nina.

Ana Paula colocou o guardanapo branco de linho sobre os joelhos e serviu-se do antepasto, da beringela sobressaía o aroma do alho, de que o marido não gostava, mas que deveria provar, estava muito boa, levemente ardida, os pães da cesta que o garçom trouxe faziam vista, redondos, baguetes, pretos e brancos, com ervas, com calabresa, com azeitona, com texturas e gostos diferentes, chegaram as bruschettas com queijo de cabra que haviam pedido de entrada, buscou com o olhar o marido, que continuava sério ao telefone, andando de lá para cá na entrada do restaurante, serviu-se de uma, pão italiano crocante, tomate bem temperado, queijo de cabra que derretia na boca, agora que Lavínia e Toninho estavam frequentando a casa aos domingos, poderia fazer para eles, poderia experimentar um queijo meia-cura que vendia na feira, talvez desse certo, podia derreter o meia-cura na água e jogar por cima do tomate picado na hora de servir, colocar uma folhinha de manjericão fresco, um fiozinho de azeite, seria outra bruschetta, mas ficaria gostoso, o garçom trouxe a garrafa de vinho e lhe mostrou o rótulo, outra vez buscou com o olhar o marido, o moço serviu-a para que provasse, e ela provou, e ele completou sua taça e deixou cheia a taça do Beto, que nos últimos meses estava com aquela mania de conhecer restaurantes novos, achava que eles deveriam aproveitar mais a vida, dizia essas e outras coisas sem nexo, não combinavam com ele, nem com a patente de coronel à qual havia sido promovido, não gostou de ser coronel e, em vez de contente, ficou casmurro, por esses dias em que ficou melancólico, recolhia-se logo depois do jantar sem assistir ao jornal na televisão, flagrou-o mais de uma vez de pijama e com o cobertor até o peito, lendo de óculos na cama aquele livro que deve ter encontrado pela casa, à porta do quarto, olhava-o por um momento, um abatimento que o havia envelhecido de uma hora para a outra, como se o tempo, que sempre havia sido generoso com ele, tivesse vindo reclamar a fatura de uma vez, era um senhor, e o livrinho de capa feia, papel desbotado, uma antologia do Carlos Drummond de Andrade, cujos poemas estavam todos com anotações a lápis, na certa comprado em um sebo para a escola de uma das meninas, surpreendentemente o emocionava, homem de pedra que era, e ele mal disfarçava, como havia feito desde sempre, Nós, os Bamalaris, somos pessoas confortáveis para os outros, disse para ela com voz fraca em uma daquelas noites de leitura, contando o que tinha ouvido a tia dizer, não combinava com ele, jamais o havia visto se queixar, e aquilo era uma queixa, por aqueles dias, também, se acertou com Lavínia, ela percebeu um esforço, como se quisesse se acertar também com a vida, acertar alguma conta que achava que estava em aberto e precisava quitar, com as escolhas na carreira, com seus mistérios, com ela.

Não percebeu isso sozinha, tampouco foi nos sermões dos padres, para os quais tinha cada vez menos paciência e atenção, quando Lavínia insistiu que fosse para a terapia, ficou ofendida, acabou indo, obedeceu à filha, mestra em Educação, professora em universidade, um pouco arrogante, sabe-tudo, que havia feito uma inseminação artificial e criava o filho sozinha, que brigou aos gritos com o pai sem que o pai brigasse com ela, Briga comigo, porra!, ela berrou para ele naquela casa sem berros e sem palavrões, ele apenas saiu, pegou o carro e retornou horas mais tarde, foi até Santos e voltou, não parou nem para abastecer, Lavínia era a cara do pai, mas não tinha puxado em nada a calma e um certo distanciamento e proximidade mornos dos Bamalaris, que eram de fato aconchegantes, talvez tivesse saído à sua alegre e tinhosa prima caçula, que era Ana como ela, esse nome de gente desesperançada, nome que Ana

Valéria redimiu, nunca mais a tinha visto, Lavínia mal a conheceu, a mulher mais forte e independente da família original que deixou para trás, família de Anas e Joões, de donos de vendas machistas e brutos, de ótimas costureiras e cozinheiras que não levantavam a voz, pessoas com casas de chão de cimento queimado vermelho sempre encerado que jamais poderiam ter ido a um restaurante daqueles, uma pena a prima não ter conseguido ter filhos, fisioterapeuta reconhecida, já a havia visto dando entrevista na televisão, orgulho de todos, soube que até havia se mudado para um daqueles conjuntos de prédios novos na Barra Funda, e tinha um bom marido, algo que Lavínia jamais quis.

Ana Paula bebeu mais do vinho, esvaziou a taça, aquelas duas sessões de análise por semana eram as duas horas menos solitárias que existiam, se deu conta que ia lá não para as percepções, de si e dos outros, que iam lhe movimentando o espírito, e sim para escapar da solidão, e se deu conta que ia às missas de que não gostava pela mesma razão, se deu conta da solidão, entretanto se deu conta depois de vários meses, e lá estava ela, sozinha à mesa, olhou para Beto, que estava aflito andando de um lado para o outro na entrada do restaurante falando ao telefone, o celular tinha isso, como se estivesse no quartel a toda hora, a toda hora um superior a dar ordens, vidas que pertenciam a quem tivesse a patente mais alta, o maître veio à mesa e ofereceu-lhe bolinhos de peixe de cortesia, que estavam começando a servir na casa, ela aceitou e agradeceu, tomou um bolinho entre os dedos e antes mesmo de levá-lo à boca antecipou-se ao sabor o aroma que invadiu suas narinas e embaralhou o tempo, o cheiro dos bares do Rio de Janeiro e da maresia, o calor intenso e úmido que a fazia suar tanto, aquele achado a preço bom que foi o pequeno apartamento num prédio baixo sem elevador em Ipanema, as filhas pequenas e dependentes dela em vestidos, fivelas, castelos de areia, febres, cataporas, festas de criança, sorrisos e choros e novidades a cada dia, os passeios com os pés no mar nos finais de tarde, os passeios a pé de mãos dadas com Beto junto à mureta da Urca e ao pôr do sol, as desnecessidades diárias, o sexo desprendido, urgente, afetuoso, suave, frequente, leve, jovem, as conversas sobre as filhas, sobre os futuros, os chopes gelados com espuma, os bolinhos de peixe, a melhor época de si, a melhor época do Beto, a melhor época das meninas.

    Beto sentou-se à sua frente, vindo do nada, e a trouxe de volta do Rio de Janeiro, não precisou perguntar, ele não precisava responder, todo o corpo dele falava, o olhar no vazio boiando no semblante pesado, os braços que largou sobre as pernas quando se sentou, os ombros que colocou lentamente para trás, como se doessem, a taça de vinho que bebeu de uma vez e quando acabou ainda engoliu em seco, ele não estava ali, tantas vezes, naquelas décadas todas, ele não estivera ali.

— Quer me contar?
— Não se preocupe, não é nada.

— É claro que é alguma coisa, dá pra ver na sua cara, Beto, me diga o que é — Ana Paula disse naquele tom de agressões veladas e cotidianas que vinham se acentuando nos últimos meses.

— É coisa de trabalho, Ana — Roberto falou, sem força.

— Tá, experimenta a bruschetta, tá muito boa, e você deveria comer também essa beringela com pão, tem muito pão bom aqui na cesta — Ana Paula disse tomando para si o outro bolinho de peixe e entregando para o marido uma bruschetta, que Roberto levou com indiferença à boca. Ela colocou pimenta no bolinho, deu uma mordida e continuou.

— Eu tava aqui pensando na Lavínia.

— O que tem ela, tá tudo bem com ela? — disse Roberto, depois de mastigar e engolir.

— Tá, sim, fico me perguntando a quem ela puxou, ela é tão brava, tão decidida, tão corajosa, eu a admiro.

— Eu também a admiro, e ela puxou a você — ele disse, e colocou o que restava da bruschetta na boca —, vamos pedir? — disse de boca cheia.

Pegaram o cardápio, os óculos foram colocados, os pratos foram pedidos. Esperaram inventando assuntos.

Os netos.

A empregada.

O preço do limpador de tecido dos sofás.

A máquina de lavar roupa que precisava ser trocada, já havia sido arrumada duas vezes, não tinha mais conserto, e havia agora aquelas que eram máquina de lavar e secar numa só. Boa ideia.

O absurdo do preço do tomate. Um absurdo mesmo.

O capitão novo que se separou da mulher, corria o boato de que era homossexual, vinham pressões veladas para que ele o afastasse, mandasse para a reserva, para o Acre. Não ia fazer nada disso, era um bom oficial, enquanto seu comportamento continuasse exemplar, ficaria, era isso o que importava. Era isso mesmo o que importava.

A festa de batizado da neta do general, que não tinham como não ir. Um bom presente.

E alguns silêncios tão familiares que havia muito não lhes causavam incômodos. Os pratos chegaram. Ela comeu. Ele comeu. Ela bebeu. Ele bebeu. Sobremesa? Café? A conta chegou e ele entregou o cartão de crédito sem olhar a fatura. Desta vez, ela não pegou da mão dele para conferir.

— Me diga o que é?

— O que é o quê?

— Isso do trabalho que te deixou tão preocupado, me diga o que é.

Estavam em pé esperando o manobrista trazer o carro. Garoava em São Paulo. Roberto desviou do olhar de Ana Paula e olhou a rua molhada.

— É a Nina Dansseto, ela corre perigo, acho que preciso ir até lá — ele disse, voltando a olhar a mulher.

— Lá, onde?, assim, se você tem de ir, vá, Beto, aquelas crianças sofreram muito, essa família é seu carma, cada um tem o carma que merece, né? — Ana Paula disse com impaciência.

Roberto não retrucou.

Passa por eles um homem correndo, os cabelos em trancinhas, negro, corpo magro, forte, uma agilidade de gato, saltando da calçada à rua, desviando dos carros, pulando os sacos pretos de lixo, veste um colete de couro cheio de broches, um jeans todo rasgado. Conseguem ver seu rosto de relance, parece sujo, parece desesperado. Acompanham-no, até que se dissolva atrás dos postes de luz, dos carros parados no trânsito, da garoa que relenta a realidade, que faz descer sobre eles uma penumbra, que torna o tempo e o espaço etéreos. Uma ausência temporária de si mesmos. Voltam a se olhar, têm fisionomias cansadas.

O carro deles se aproximou e parou em frente ao restaurante. Roberto deu uma gorjeta generosa ao manobrista, que já abria a porta para Ana Paula entrar. Ela se aproximou do marido, alisou seu peito sob o paletó xadrez de lã, sorriu.

— É a ruivinha, né, a Nina?

— Sim, é a caçula.

— Uma menina de sorriso triste, vai ajudar a moça, você é um homem que cuida das pessoas, você é um bom homem, Beto, a gente se encontra em casa — disse Ana Paula já tranquila.

Roberto segurou a mão da mulher, apertou-a de leve.

— Ela é viciada, está faz dias na Cracolândia.

— Nossa, que pesado.

— Foi o marido dela quem me ligou agora há pouco e me contou, eu não sabia, e acho que ninguém sabe, eu nunca falei com ele, nem sei como tem meu número, faz uns anos o seu Julio Dansseto, que eu não via desde aquela época, me ligou pedindo pra eu investigar o rapaz, e o que eu encontrei foi estranho, era tudo muito certinho, muito limpo, muito correto.

— O que isso quer dizer?

— Não sei, mas a gente sempre acha alguma coisa, de qualquer pessoa, dele não tinha nada, e agora ele me liga, é muito esquisito ele ter meu número, saber quem eu sou e a ligação que eu tive com os Dansseto.

— Mas isso todo mundo sabe.

— Isso é.

O manobrista está de pé com a porta do carro aberta.

— Por que você está me contando tudo isso?

— Acho que precisamos falar mais.

— Obrigada.

— Me liga quando chegar em casa, Ana.

— Eu ligo.

Soltaram as mãos. Ana Paula deu a volta e entrou pelo lado do motorista. Pôs o banco um pouco para a frente, ajeitou o espelho retrovisor. O manobrista olhou para ele indeciso, e ele fez sinal para que fechasse a porta do passageiro. Ana Paula saiu com o carro sem dar tchau.

Takashi estacionou em uma esquina, uma quadra afastada das ruas escuras. Um caminhão-pipa passou por ele, seguido de um caminhão de lixo e uma dezena de garis e lixeiros vestidos de laranja com faixas fosforescentes. Andavam sem pressa, empurrando carrinhos de lixo e segurando vassouras. Risadas que vinham do grupo venceram o barulho dos motores dos caminhões quando ele abriu a porta do carro. Mesmo ali, as lâmpadas dos postes também tinham sido quebradas, mas havia bares com certo movimento e luzes que vinham de alguns poucos prédios residenciais de fachadas pichadas, tingidas pela fuligem. Pegou a mochila com as roupas da Nina, meteu dentro o saco de bombons. O tchaco que estava no banco, escondeu-o junto às costas. Vestiu a capa de chuva, sem vestir o capuz. Num dos bolsos dela, fechado a zíper, a carteira, o celular e a chave do carro. No outro, algumas notas de dez reais, a fotografia, a lanterninha. Caminhou em direção a alguns policiais junto a duas viaturas que faziam brilhar em vermelho nervoso o asfalto recém-lavado. Não o abordaram, como já haviam feito em outras ocasiões, e não o abordariam mais. Aproximou-se tirando lentamente do bolso a fotografia de Nina. Um deles se adiantou ao grupo e colocou uma das mãos na arma, presa à cintura, a outra esticou e fez sinal para que ele parasse.

— Boa noite, o coronel Roberto Bamalaris avisou que eu vinha.

Um policial tocou o ombro do colega que tinha a mão na arma. Baixaram a lanterna cujo feixe de luz forte atacava seu rosto.

— Acabou de avisar, o melhor é voltar amanhã cedo com os agentes da assistência social, você entra, fica mais fácil, não tem perigo de confusão.

— Vou entrar hoje, vocês a viram?

Entregou-lhes a fotografia e o feixe de luz da lanterna incidiu sobre ela.

— Ela é ruiva, um pouco mais baixa que eu, bem magra.

Passaram a foto de mão em mão e devolveram a ele.

— Todos são muito magros, sinto muito, ninguém viu, e você acha que ela está aí?

— Está, eu sei que está.

— Nós não podemos entrar à noite.

— Eu sei.

— Tente na pensão da Loira, na rua principal, todos sabem onde é, se te amolarem, diga que o tenente Gasolina te deu salvo-conduto, e toma cuidado, são uns coitados, mas tem bandido ali, bandido da pesada, máfia.

Fez um gesto de cabeça enquanto lhe devolviam a fotografia. Quem é?, É alguém protegido do Exército, não disseram o nome, mas é nego fodão..., ouviu falarem às suas costas. Vestiu o capuz. Entrou nas ruas escuras que se esboroavam, como se o mundo terminasse ali.

As trevas se avolumaram. Terra devastada. Em decomposição. Restos de papéis, sacos plásticos, isopores, sofás rasgados, carros depenados, bichos mortos, alimentos apodrecidos, fezes e urina nas guias, nas calçadas que esfarelavam junto aos muros quebrados. Terra de gente quebrada, em decomposição, sonambulando de um lado para o outro no escuro. Um cheiro onipresente, forte e violento. O cheiro do fim das coisas. Achava que nunca se acostumaria. Acostumou-se. Um cheiro que lhe embrulhou o estômago e lhe causou ânsia de vômito quando o sentiu pela primeira vez. E não havia sido lá. Havia sido em Nina. Em suas roupas que haviam se tornado trapos. Em seus cabelos vermelhos que haviam endurecido. Em seus dentes brancos que haviam escurecido. Em suas unhas carcomidas. Em seus olhos azuis que haviam perdido a cor e que o fitavam, acompanhando com atraso cada um de seus gestos e movimentos. Um cheiro uniforme que não acabava, por mais sabonete que passasse com cuidado na pele dela machucada que ia soltando uma água cinza. Lavou-lhe os cabelos. Embrulhou-a na toalha ainda sob a neblina do vapor. Sentou-a em um banco alto em frente ao espelho embaçado de moldura laranja de plástico que haviam comprado juntos numa feira num sábado de sol, pastel, caldo de cana e mãos dadas. Escovou-lhe demoradamente os dentes. Penteou-a usando o pente de cerdas grossas e espaçadas. Cortou e lixou suas unhas. Limpou-lhe as feridas com algodão embebido em antisséptico. Nos nós dos dedos, nos joelhos, nos cotovelos. Assoprou. Fez curativos. Vestiu-a desajeitadamente com o pijama surrado em que ela se sentia confortável. Abraçou-a e fechou os olhos, segurando-a firme por um momento. Deu a ela de comer na mesa redonda da cozinha recoberta com a toalha de que ela mais gostava. Ela comeu pouco. Bebeu pouco do seu iogurte de morango favorito. Bebeu muita água. Ele a colocou na cama arrumada com lençol de flor, ela disse Obrigada, e dormiu por dezoito horas. E em parte delas, Naty dormiu ao seu lado. Ele jogou fora as roupas, borrifou perfume na casa, mas o cheiro não acabava. Continuava por todos os dias, nos dias bons e nos dias ruins, à espreita.

    Takashi aproximou-se de um amontado de caixas de papelão desmontadas que se integravam umas às outras e ao que parecia a porta de ferro de uma loja abandonada. Sob a marquise, formavam uma espécie de tenda com menos de um metro de altura, ladeada por um carrinho de supermercado sem rodinhas que servia de suporte para a parede de papelão e de apoio a uma garota de sutiã preto e shorts curtos e rasgados sentada no chão. Você viu essa mulher de cabelos vermelhos?, Takashi perguntou à garota inexistente, dona de um olhar inexpressivo. Um olhar velho conhecido. Um olhar de Nina. Ela não respondeu, não prestou atenção na foto que ele iluminava com a pequena lanterna de bolso. Ele tirou da mochila alguns bombons e estendeu a ela, que não se mexeu. Deixou-os ao seu lado. Ficou de cócoras e olhou pela abertura atrás dela, na tenda de papelão, e viu um bebê dormindo, enrolado num pano branco que surpreendentemente parecia limpo. Fez involuntariamente um gesto de cabeça. Colocou lentamente a mão na testa do bebê, parecia estar bem, protegido do frio e da garoa. Levantou-se, buscou na mochila o casaco de moletom que havia trazido para

Nina. A garota inclinou o tronco para trás e o encarou pela primeira vez. Toma, coloca o casaco, faz assim, eu preciso que você estique um braço, isso.

Vestiu-a como vestia Nina, uma manga, a cabeça, outra manga, desceu a malha pelas costas. Pegou um dos bombons que ela havia ignorado, tirou a embalagem e ofereceu-o outra vez. Ela aceitou e o colocou na boca. Obrigada, moço, ela disse, agradecendo como Nina fazia.

Deixou-a e foi para o meio da rua. Os vultos surgiam de trás dos postes, brotavam das esquinas, surgiam do nada e para o nada iam. Sozinhos. Em bando. Produziam um zumbido, um murmúrio ininteligível quase inaudível, um lamento. Os corpos deitados nas calçadas, sob cobertores cinza e marrons, iam se multiplicando a cada passo que dava. A claridade onipresente e fosca de São Paulo vencia, com certa relutância, a escuridão. Ela podia ser qualquer um, ela era todos.

— A verdade é o seu reino de Hades, né?, você faz o que quiser da sua vida, me deixa em paz com minha filha, eu já cansei! — ele disse para ela no último café da manhã. Disse entredentes. Disse com ódio. Disse descontrolado. Disse na frente de Naty, que, concentrada, passava requeijão em uma fatia de pão. Disse antes mesmo de dizer bom-dia, quando chegou à mesa e a viu sorrindo para a filha, já vestida para ir à escola. Já de maria-chiquinha e lancheira pronta. Uma imagem que cotidianamente o alegrava, fazia seu dia, foi o gatilho, foi o sopro que derrubou a primeira peça de dominó de uma fila infinita. Um fila das pequenas raivas, a começar pela mãe que não conheceu. Raiva do pai pela calma e por ser tão bunda-mole. Raiva das injustiças do mundo. Peça a peça, foram caindo todas, e deu numa peça sem tamanho, que era aquela raiva gigantesca que sentia de si mesmo. Uma raiva que sempre esteve ali, turva, fugidia, uma miragem que nem seu professor de taekwondo conseguiu enxergar nele.

— A verdade é o seu reino de Hades, né?, você faz o que quiser da sua vida, me deixa em paz com minha filha, eu já cansei! — disse ríspido olhando-a nos olhos. Nina tinha duas xícaras de café com leite nas mãos e ficou estática por um momento, e então, lentamente, lhe entregou uma, sem desviar o olhar. Disse para agredi-la. Disse pronto para revidar com um tapa na cara, que a machucaria, caso ela o atacasse com socos e unhadas, ou jogasse objetos, como já fizera, antes de abraçá-lo e chorar. Disse para que discutissem outra vez, ela com a ferocidade, o sarcasmo e a inteligência que ele admirava, ele com a serenidade que a deixava mais furiosa, como vinham fazendo nos últimos meses fora da vista de Naty. Disse porque, na semana anterior, tinha procurado e achado. Demasiadamente humano, saiu no meio da tarde do trabalho, quando o apartamento estava vazio, e procurou freneticamente em cada possível esconderijo, e encontrou as pedras de crack e haxixe em um fundo falso da gaveta em que ela guardava as calcinhas. Disse porque vira e mexe ela ligava pedindo para ele buscar Naty na escola porque se atrasaria no trabalho, e chegava no começo da madrugada, esgueirava-se nua na cama em que ele fingia dormir, achegava-se a ele exalando calor e álcool pelos poros, que o banho demorado e o perfume não haviam conseguido esconder, e metia a mão por baixo de seu pijama, o corpo de sardas em chamas, a invasão da língua em seu ouvido, em sua boca, e logo estavam se atracando num sexo pegado, úmido, urgente, necessário, e ela dormia, e ele a cobria com o cobertor leve, friorenta que era, e ia para a sala com tristeza, insônia, pelo gozo, por não conseguir modificá-la, por não conseguir ajudá-la, por não ser capaz de abandoná-la, por ser demasiadamente humano. Disse porque, quando ela ligou para sua casa agradecendo e querendo combinar um cinema, fazia tantos anos, dias depois de a ter levado embora do Bailão Perifa, Você já viu *Paris, Texas*?, ele topou sem nem mesmo perguntar como havia conseguido seu número, sem nem mesmo hesitar, sem nem mesmo pensar com seu coração de pedra. E enquanto falava ao telefone, sua respiração estava pesada, seu coração estava rápido, sua palavra estava trêmula e ele se sentiu todo ridículo.

Quando ele virou a pé a esquina da Paulista com a Consolação, arrependido de ter aceitado o convite para o encontro e procurando uma desculpa para dispensá-la e seguir para a Biblioteca Mário de Andrade, ela já o esperava na frente do cinema Belas Artes. Vestia uma blusa verde sem manga, calça jeans. Tinha os cabelos vermelhos soltos. Cumprimentaram-se meio sem graça, dois beijos indecisos no rosto e, antes que ele pudesse dizer algo, ela já foi dizendo que se sentiu envergonhada, que esperava não ter feito muita bobagem, que se lembrava de flashes, apenas. Ele usando uma camiseta igual à sua, sentado na arquibancada do show do Gaeta Dordé, algo como uma rua cheia de gente se trombando e um cheiro de churrasco, uns semáforos, uns ônibus, as fachadas de algumas casas com grades nas janelas, uma garagem de um prédio, até acordar de manhã na sala daquele apartamento que ela não conhecia e vê-lo dormindo ao seu lado e... Takashi a interrompeu, disse que não se preocupasse, ela não tinha feito bobagem alguma, e ele também não estava lá muito bem naquela noite. Mas estava melhor do que eu, Acho que estava. Ela estendeu-lhe os ingressos, era uma retrospectiva do Wim Wenders. Foi um momento. Bastava dizer não. Bastava achar aquela desculpa e descer a rua. Ele disse que não conhecia. Ela achou um absurdo. Ela gostava tanto que, se um dia tivesse uma filha, ela se chamaria Natasha, em homenagem à atriz que deu vida àquela obra-prima escrita por Sam Shepard e L. M. Kit Carson. Ele não lhe disse que ia muito pouco ao cinema, que achava uma diversão para tolos, que preferia as bibliotecas, e os livros que lia eram de não ficção, que preferia o taekwondo e a programação de computadores, a solidão às companhias, que ia mudar o mundo nas vírgulas, não nas exclamações, que só não fora embora porque ela já havia comprado os ingressos e porque, diante dela, se deu conta de que era impossível ir embora. Comprou um saco grande de pipoca para ter o que fazer com as mãos, mesmo não gostando de pipoca. Presta atenção agora, olha que lindo, *I knew this people*, ela disse junto com a tela, inclinando a cabeça, falando ao seu ouvido, e a Jane de Nastassja Kinski olha-se no espelho e ouve a história contada pelo cliente atrás do espelho, que poderia vê-la sem ser visto, que ela não sabe ser o Travis de Harry Dean Stanton. Takashi, então, teve vontade de segurar a mão dela, e o fez, como um bom e pensado golpe de taekwondo, e ela permitiu, a mão dela se aconchegou. E Travis continua, ele acordou no fogo, não encontrou a mulher que havia deixado amarrada, não encontrou o filho, e correu por cinco dias, e Jane se aproxima do espelho, e Nina apertou sua mão e disse, Olha, os dois agora são um só na imagem, os rostos estão sobrepostos. E a vida seria toda outra, um Takashi terminava e outro começava no calor da mão dela. O mundo real. Seu maior erro. Sua maior dor. Sua carne. Seu espírito. Sua tristeza. Sua salvação. Sua esperança. Sua perdição.

— A verdade é o seu reino de Hades, né?, você faz o que quiser da sua vida, me deixa em paz com minha filha, eu já cansei! — disse porque, no dia anterior, Nina disse que ele não suportava vê-la bem, que não suportava sua autonomia, que sem cuidar dela ele se sentia um inútil, e que no fundo era o Travis amarrando em seu tornozelo um sino para controlá-la. Não gritou, apenas disse, com calma, segurando uma xícara de chá, apoiando os cotovelos no caixilho da janela e olhando para São Paulo, que ventava em seus cabelos vermelhos, depois de ter feito Naty dormir cantando músicas do Chico Buarque. Isso não é verdade, ele disse. Verdade, o que você sabe da verdade?, *mudar a verdade é mudar o mundo*, ouvi muito dessas ladainhas lá em casa, cresci ouvindo essas groselhas, *a verdade é uma construção de significados, construindo significados você constrói a verdade*, e você é *o* construtor, sei, mudar o mundo é mudar a vida de quem está perto, é mudar o mundo da moça que trabalha aqui e da sua filha, e você nem sabe o nome delas, você não sabe nada do que seja verdade, fui sacando que isso vale para o jeito que você me vê, me inventa, me quer, ou quer que eu seja. Ela disse sem alterar o tom de voz, e passou por ele sem olhar, largou a xícara na pia da cozinha e, sem dizer boa-noite, foi para o quarto. Xícara que ele lavou, com a louça do jantar. E continuou ouvindo as frases dela até de madrugada, até adormecer no sofá sem ter conferido se ela estava coberta. O dominó caiu.

— A verdade é o seu reino de Hades, né?, você faz o que quiser da sua vida, me deixa em paz com minha filha, eu já cansei!

Ela parou por um momento. Entregou-lhe a xícara de café com leite. Antes de sair com Naty, voltou e tomou sua cabeça nas mãos, recebendo dele um olhar duro como ela jamais havia visto.

— Não cansa de mim não, amor, perdão — ela nunca havia pedido perdão.

E fazia seis dias que não sabia dela, cinco que ficou sem procurá-la. Não entrou nos sistemas de computador da empresa em que ela trabalhava e forjou licenças, não deu as desculpas usuais para a família, não atendeu o telefone que tocava nas noites. Pediu que seu pai buscasse Naty na escola. Não mentiu para a filha, tampouco disse a verdade, fosse a verdade que fosse. Sim, a verdade era o que ele quisesse que a verdade fosse. Sim, a verdade era uma criação sua. E noite após noite dormiu um sono profundo. Um coração de pedra. E assim talvez tivesse permanecido, inquebrantável, maciço, congelado, não soubesse que naquela noite Carlo seria emboscado por duas mulheres e três rapazes, capitaneados por um bandido perigoso que agia no centro e que descobrira sua identidade. Iriam fotografá-lo, filmá-lo, drogá-lo, assaltá-lo, espancá-lo, chantageá-lo, para depois expô-lo. Era a sardinha que retalhariam para pegar o tubarão que era Julio Dansseto, a quem atravessariam com todos os arpões que existissem. A moral, sempre ela, avassaladora, invencível, demolidora. Para apedrejá-lo até a morte não pelas ideias, pelos ideais, pelas lutas, mas pela moral. Pela tradição dos costumes. Pelo pior dos pecados. Que vai aos sussurros de porta em porta, de olhar em olhar, que é rumor de bar em bar, que se espalha feito pólvora em rastilho, feito cupim que corrói por dentro, que desmorona o teto, a reputação, a História. Que condena. Que massacra. Contra a qual nem Julio Dansseto pode. Ele sabia disso. E eles sabiam disso. E Carlo sabia disso, por mais ingênuo que fosse. Como se quisesse destruir a família.

    Takashi vinha monitorando e escolhendo mulheres e homens de programa que Carlo contratava pela internet. Checava-os, ouvia suas conversas. Tinha a consciência de que o patrulhamento invasivo, quase obcecado, em cima do cunhado havia virado uma espécie de jogo que o entretinha feito um videogame. Por vezes, conseguia para aquelas pessoas um emprego, de modelo, de segurança, de balconista de loja, de corretor de imóveis, bolsas em faculdades, de tudo um pouco. A vírgula. Cada vez que Carlo procurava mulheres e homens, era a ele quem encontrava. Cada cano que Carlo levava nas noites naquele pequeno apartamento no centro da cidade que achava ser clandestino, cada pessoa diferente que aparecia no lugar da pessoa escolhida, cada vez que era chamado para uma reunião no sindicato no final da tarde que ninguém sabia quem havia marcado, cada vez que havia uma batida policial perto da sua casa, cada vez que seu celular parava de funcionar, cada vez. Era ele. Manobrava-o para poupar Nina de algum mal que poderia ser feito a ele, o irmão boçal de quem ela tanto gostava. Olhava, de quando em quando, por todos da família Dansseto. Para poupar Nina, a quem nunca havia conseguido proteger. Nem poupar. Nem modificar. Demasiadamente humano.

— Paga um lanche pra nós, tio — dois meninos disseram juntos, quase encostando nele. Deu-lhes alguns bombons, eles o acompanharam por alguns passos e sumiram.

Viraram em uma dessas travessas mais estreitas parecidas entre si que aconteciam no emaranhado de ruas de São Paulo. Takashi a pé, Ana Paula de carro, distantes alguns quilômetros um do outro, a percepção do entorno enevoada por uma espécie de torpor.

Surgiu um, depois outro, e mais um, um bando. Subiam nos carros, chutavam sacos de lixo. Eram jovens, musculosos, carecas, de camisetas lisas, alguns de suspensórios, outros de camisas xadrez, portavam correntes, porretes, socos-ingleses, barras de ferro. Um ou outro urro saía do bando. Ana Paula não sentiu medo. Estava desprotegida, sem marido, sem escolta, e não sentiu medo. Precisava depois falar sobre isso com a psicóloga magricela, porque era para ter sentido medo. Não sentiu. Um dos carecas colou o rosto no para-brisa do carro, encarou-a, mostrou a língua furada com um piercing, uma careta agressiva, deu um soco no capô antes de seguir. E ela não se assustou. Estava tomada de uma coragem repentina, como experimentava quando as meninas eram pequenas e dependiam dela.

Tampouco Takashi sentiu medo dos três homens de rosto incerto que o cercaram, e quando um deles se pôs à sua frente e impediu-o de prosseguir, não teve raiva.

— Estou procurando uma pessoa.

— Qual que é?, aqui tudo tem um preço, mano.

— Estou com salvo-conduto do tenente Gasolina, se tocarem em mim, dá ruim.

O homem abriu-lhe passagem e disse qualquer coisa que Takashi não registrou. Nas calçadas, aqueles rabiscos de gente. Olhou para o alto, alcançou um pensamento, uma ideia. Todos ali eram a Nina de alguém. Veio-lhe uma angústia de que podia passar os olhos em Nina e não a reconhecer.

Viraram em uma rua mais larga, Takashi a pé, Ana Paula de carro. Junto a uma lixeira aberta, sentada no chão, apoiada num muro pichado de blocos de concreto que fechava a entrada do que deveria ter sido uma loja, uma chama de isqueiro, e no átimo da chama Takashi viu Nina prostrada. E Ana Paula, presa no engarrafamento, viu no mesmo átimo, junto à caçamba de entulho, debaixo de um amontoado de sacos de ráfia vazios, a cabeça do jovem negro de trancinhas que havia passado assustado por eles na porta do restaurante. Emergiu dos sacos, olhou para a frente com cuidado, abaixou-se um pouco atrás da caçamba. Tremia. Assim como tremia Nina, que levantou o rosto com suavidade quando Takashi apoiou a mão em seu ombro. Ele tirou a mochila, desvestiu a capa de chuva e envolveu-a. Recolocou a mochila. Levantou Nina pelas costas. Pegou-a no colo. Devagar. Ela o enlaçou pelo pescoço e pousou a cabeça em seu peito. Ana Paula abriu a porta e ficou com meio corpo para fora do carro para ver direito o porquê daquele trânsito. Viu mais adiante os carecas musculosos que se reuniam pouco depois da esquina bloqueando em parte o tráfego. Eram uns vinte. Voltou a sentar-se, fechou a porta, inclinou-se sentindo um pouco as costas e abriu a porta do passageiro.

— Ei, ei, entra! — Ana Paula disse suficientemente alto para ser ouvida. Assobiou, e o rapaz finalmente olhou para ela. Fez sinal com a mão, chamando-o.

— Vem, vem, vem! — disse outra vez firme. Ele hesitou, olhou, protegido pela caçamba, para o grupo que não parava de aumentar, olhou para trás. Desvencilhou-se de sua camuflagem e afastou-se um pouco da caçamba.

— Não, vem, entra aqui!, eles estão lá atrás também, vem! — ela sussurrou, séria. Agachado, Gaeta Dordé ficou estático pelo lapso de um segundo, para em seguida esgueirar-se carro adentro.

— Deita lá atrás — Ana Paula disse, como se falasse às filhas.

Takashi atravessava com Nina no colo aquela terra devastada e triste de gente quebrada. Não sabia dizer se era a garoa que lhe molhava o rosto ou se chorava. Demasiadamente humano. Ana Paula deixou o carro da frente se distanciar uns quinze metros, então engatou a primeira marcha e arrancou fazendo gritar os pneus, engatou a segunda, o bando de carecas animalescos à sua frente vindo de encontro a ela, segurou com força o volante, virou na contramão, engatou a terceira. Não ouviu os gritos, os socos e pontapés dados na lataria do carro, não piscou quando uma barra de ferro trincou o vidro de trás. Ultrapassou sinais vermelhos.

A moça já estava sem o moletom. Estava desacordada em seu sutiã preto sobre o cobertor cinzento em frente ao pequeno barraco improvisado. Takashi a viu, mas não parou. Ela ficou para trás, sumiu na bruma como todo aquele mundo em desconstrução constante que se desmanchava no ar a cada passo, a cada segundo, a cada pensamento, a cada gotícula de garoa. Uma profusão de luzes piscando se aproximava. Eram vários carros de polícia, uma ambulância, uma unidade de emergência dos bombeiros. Assim que os viram, houve uma agitação e vários vultos começaram a vir em sua direção. Takashi diminuiu a passada e apertou Nina contra o peito. Divisou alguns policiais, reconheceu o coronel Bamalaris num paletó xadrez ladeado por um homem de avental branco e, à frente deles, Julio Dansseto, que quase corria. Quando estavam perto, Takashi parou e deu um passo atrás, virando o tronco, protegendo o rosto de Nina. Julio Dansseto mostrou a palma da mão para o grupo, que se deteve, e andou os poucos metros que os afastavam. Esticou com vagar a mão em direção à filha, alisou sua perna mal coberta pela calça em trapos. Segurou o braço de Takashi e apertou-o de leve, fez um gesto de cabeça, começou a puxá-lo com delicadeza. Takashi cedeu e acompanhou o sogro. Deixou que lhe tomassem Nina do colo. Dela se ocuparam, dele se esqueceram. Passou as duas mãos no rosto e percebeu que seus braços e suas costas doíam muito. Sem falar com ninguém, tirou a mochila e deixou-a no chão, e sob a garoa sólida voltou numa marcha dura e urgente para aquela terra inexistente perdida no nevoeiro.

Chegou na moça inexistente. Não, ela não era Nina para ninguém, e talvez jamais tenha sido. Agachou-se. Pôs a mão em sua testa, estava gelada. Aproximou os dedos de seu nariz, respirava. Olhou dentro da pequena tenda improvisada com papelão que ela guardava com seu corpo. O nenê dormia embrulhado no moletom com o qual ele a havia vestido. Apertou-a no braço, sacudiu-a de leve, A gente precisa ir, seu filho e você precisam de cuidados. Ela despertou, assustou-se e rastejou para trás, bloqueando a fenda entre os papelões. Takashi apoiou de leve sua mão na dela. Ficaram por alguns instantes trocando silêncios. Como chama seu filho? Ela não respondeu e logo desfaleceu. Alguém se aproximava, Takashi levantou de sobressalto, a perna direita em alerta pronta para a violência. Era o coronel Roberto Bamalaris.

Só ao virar na avenida Rebouças e levar um susto ao quase atropelar um transeunte distraído que Ana Paula diminuiu a velocidade. Virou numa rua mais calma, parou em frente a uma garagem de prédio. Respirou algumas vezes.

— Tá tudo bem com a senhora?

— Tá, sim, e você tá bem, moço?

— Tô, tô, sim.

— Você precisa de dinheiro, como vai para casa?

— Não preciso, não, e a senhora pode ter salvado minha vida hoje, e de maneiras que a senhora nem imagina, a senhora é uma mulher muito corajosa.

— Somos dois náufragos — Ana Paula disse mais para si e sorriu sem mostrar os dentes.

Takashi chegou com a moça, como havia chegado com Nina, Roberto Bamalaris trazia o bebê. O aparato para Nina socorreu a moça e a criança. Sidney, a moça balbuciou, o nome dele é Sidney, e não disse mais nada.

Gaeta Dordé saiu, fechou a porta, virou-se para ela.

— Não vou esquecê-la — juntou as mãos em prece e baixou a cabeça em direção às mãos.

Ana Paula retribuiu o gesto de cabeça. Uma exaustão a tomou e se impôs. Sentiu vontade de se encolher e chorar. Mas engatou a primeira, fez andar o carro, não olhou no retrovisor. E, se se esqueceu do rosto de Ana Paula, ficou para Gaeta Dordé, além do cheiro doce e encorpado de perfume daquela senhora elegante e altiva, a sensação, que não sabia se era de coisa real ou de coisa real de sonho, como no poema de que gostava tanto. E aquela sensação, aquele sentimento do mundo, foi um ponto de inflexão. Poderia, então, haver algo de bom na humanidade.

9. Existências

Ana Paula desceu do táxi e ficou parada na calçada olhando o mar, sentindo a brisa que lhe umedecia o rosto.

Garoava.

Como garoou naquela noite, a noite mais longa de todas as noites. No caminho de casa, foi tomada por uma tremedeira de corpo inteiro, o medo cobrando a conta da coragem que o havia enfrentado. Embicou o carro na frente de casa. O guarda da rua saiu da guarita e veio abrir o portão da garagem para ela. Teve dificuldade para sair do carro, as pernas bambeavam, o chão estava impreciso. A mão não acertava a chave na fechadura da porta da entrada. Entrou em casa chorando, com raiva daquela merda de fechadura, daquela merda de celular que lhe escapou das mãos e caiu no tapete do hall. Quando foi pegá-lo para ligar para o Beto, tocou, era ele, numa sincronicidade que os acompanhava desde sempre naquela jornada em comum que eram suas vidas.

— Oi, Polé, estou aqui no hospital da base, você pode vir agora pra cá?, é importante, posso mandar alguém ir buscá-la.

— Você tá bem? — ela disse, escolhendo não dizer.

— Estou.

— O que aconteceu?

— Eu te conto aqui, e você, tá tudo bem?, você não tá com a voz boa.

— Não precisa mandar ninguém, vou de carro, beijo — disse Ana Paula com a voz mais firme, sem responder ao marido, com receio de que ele a ouvisse chorar.

Fazia tempo que não a chamava de Polé, apelido que lhe deu logo que começaram a namorar. Foi até a cozinha, tomou um copo d'água, tomou outro. Foi até o lavabo, fez um xixi demorado. Ao levar água ao rosto, veio uma sequência de suspiros que a chacoalhou. Secou-se com a toalha, sujando-a de maquiagem. Subiu as escadas, Valéria acordou quando ela abriu a porta do seu quarto.

— Oi, mãe — disse sonolenta.

— Boa noite, filha, vou sair de novo pra buscar o papai na base.

— Tá bom, tá tudo bem, mãe?

— Tá, sim, boa noite.

Surpreendeu-se consigo mesma por estar tão recomposta saindo de casa naquela madrugada. Como se o caleidoscópio que era aquele asfalto molhado que refletia e fazia rebrilhar as luzes das lanternas dos carros e das lâmpadas dos postes não fosse real, fosse coisa de sonho.

Não havia o real.
Era tudo sonho.
Coisa real de sonho.
Nada existia.

A campainha tocou. O dia anterior era sonho. Coisa real por fora. Coisa real por dentro. Ana Valéria estava sentada na beirada do velho sofá verde-escuro da sala olhando para o chão de carpete de madeira desbotado e encerado sem vê-lo, as mãos imóveis entrelaçadas. As palavras do filho. O papel sobre a almofada. Desdobrou-o, leu mais uma vez. Um pedaço do Sid cuja existência ela sequer imaginava e que de algum jeito também era ele, era Gaeta Dordé, era talvez seu sonho de ser Gaeta Dordé, como ia saber? Eu sou vocês!, Gaeta dizia sério no programa de televisão a que assistiam juntos. Vai ver que era mesmo. Tudo era sonho. Tudo era uma sensação, tudo era um segundo. E aquele segundo não podia ser Deus. Não entendia de filosofia. Não entendia de poesia. Não entendia de Deus. Não receitava orações para seus atletas. Não ia aos cultos com Rodrigo, que passara a frequentar uma igreja evangélica ali perto todos os domingos, buscando sabe-se lá o quê. Deus, para ela, morria em cada tendão estourado, em cada ligamento rompido, em cada menstruação que chegou todos os meses por anos a fio. E Deus não voltou com Sidney. Não voltou com as curas improváveis de pacientes sem bom prognóstico. Deus não voltou nunca mais. Nada era um segundo. Nada existia.

A campainha tocou de novo. Ana Valéria permanecia imóvel. E soou mais uma vez. Até que ela se levantou, autômata, e abriu a porta numa toada de sonho. Era uma moça gorducha de cabelos escorridos e feições indígenas que não conhecia, mas que lhe causou impacto imediato. Pulsava energia e realidade naquele sorriso de dentes muito brancos que se sobressaíam no rosto. Como se irradiasse luz, uma luz que clareou seus espaços tão sombrios. No olhar da moça reconheceu o olhar poderoso e assustador que havia visto no dia anterior, era o olhar daquele Sidney que veio do quarto transformado, um olhar elétrico, um olhar sedento, era o olhar do Gaeta Dordé que via na televisão com Sid, o olhar da foto dele que Rodrigo mostrou para ela no celular sem que ela demonstrasse o menor interesse, querendo reconfortá-la, puxar conversa, reconfortar-se. Era o olhar de Ana Paula, o olhar que a transformou quando criança, como se ela tivesse passado a existir a partir do olhar da prima.

Não falou com Rodrigo no dia anterior, e ele não insistiu. Ao se deitar ao seu lado na cama cujo estrado rangia fazia tantos anos sem que tomassem providências, ele a abraçou, chorou em soluços, sussurrou sofregamente que era o melhor para o Sid, que ela acreditasse, era o melhor para o filho deles, ele ficaria bem, que o perdoasse por ter explodido, acreditasse, era o melhor para o Sid. Ela ficou estática de corpo e alma, sua pele, e por dentro da sua pele, uma ojeriza daquele calor e daquela dor que ele emanava. A raiva era tão grande que não brigou com ele, ela, que era boa de briga. Deu-lhe as costas, dormiu, e dormiu bem, como havia muito não dormia, como se fosse ainda criança na casa dos pais rodopiando pela sala, tornada mágica pela imaginação, numa saia rosa de bailarina, tentando imitar os passos e trejeitos de Ana Paula, sua prima mais velha e a primeira pessoa que ingressou em uma universidade na família, de quem herdou a saia, o collant, um certo espírito livre, que foi sua inspiração, e foi como se as coisas ruins do mundo não existissem. Não prestou atenção se Rodrigo teve insônia ou não. Acordou dura, seca, sua pele uma couraça grossa, como aquela que foi se formando a cada uma das infinitas vezes que o vermelho, quente e líquido, desceu de seu ventre defeituoso e foi posto para fora por aquela vagina que não era nem pecado, nem promessa. Não disse bom-dia, não foi preparar seu café, não respondeu ao seu Tchau, amor, eu tô indo na clínica ver o Sid, você não quer vir comigo? A repulsa e o nojo tinham dado lugar à indiferença. Ele ficou um pouco à porta olhando-a sob os lençóis, até que saiu. Já era meio da manhã quando ela tomou um banho quente e demorado, lavou duas vezes os cabelos, passou duas vezes condicionador. Largou a toalha em cima da cama desarrumada. Sem se deter nas roupas brancas de trabalho, escolheu um vestido de que gostava. Apanhou um colar que o Sid comprou para ela em uma aldeia indígena, numa viagem que fez com a escola, havia alguns anos. Respirava com dificuldade. Cada mínimo movimento exigia-lhe o máximo de esforço. Seu peito parecia querer mergulhar-se nele mesmo, engolindo-a por completo, fazendo-a desaparecer. Deixou o quarto, atravessou morosamente a sala. Seu celular, ao lado da televisão, apitou algum recado, e ela não foi olhar. Foi até a porta da cozinha. Rodrigo havia lavado a louça e limpado a pia. Em cima da mesa, sob a xícara no lugar arrumado para ela, um bilhete com a letra dele, que ela não leu. Sentou-se no sofá da sala, entrelaçou as mãos, ficou olhando o chão, já não arfava. Estava tomada de uma dormência na pele, e por dentro da pele. As palavras do Sidney. Os versos de Fernando Pessoa. *E à sensação de que tudo é sonho, como coisa real por dentro.* Nada existia. E vai ver Sid fosse mesmo Gaeta, ou Gaeta fosse mesmo todos os Sids desse mundo. A campainha tocou mais de uma vez até que Ana Valéria se levantasse e fosse atender. A empatia inesperada que teve pela desconhecida, que irradiava uma energia que a despertou, a ela, que estava perigosamente dormente, fez com que convidasse a moça para entrar naquele lar de poucos convidados.

Talvez a moça a lembrasse de si mesma numa dessas coisas reais de sonho, antes de tudo ir despedaçando, a cada dia, a cada ano, a cada coisa real, a cada quilo aumentado na balança, a cada conquista profissional, a cada fio de cabelo branco que pintava a cada três semanas, a cada marca do tempo na pele, e dentro da pele.

    A moça se apresentou como Jéssica, falou em voz suave algo a respeito de seu trabalho, mostrou uma carteirinha qualquer, perguntou se podiam conversar, perguntou se podia entrar, e entrou desenvolta como se fosse casa sua. Deixou a bolsa na poltrona, elogiou o bairro, o condomínio, a rua arborizada, pediu para ir até a varanda, disse gostar muito de vistas de sacadas e janelas. Cada uma era um recorte daquela cidade gigantesca tão hostil e tão acolhedora, disse. E aquela leveza calculada, aquela conversinha dissimulada, aquela invasão maldisfarçada, aquela frieza em relação à sua dor, em vez de agredi-la, estranhamente lhe trouxe conforto. Jéssica mostrou-lhe no celular a vista da janela da sede do coletivo de jornalismo do qual fazia parte, uma foto bonita do Vale do Anhangabaú em um dia de sol e céu azul.

    Ao sentarem-se à mesa da cozinha, amassou e jogou no lixo sem ler o bilhete que Rodrigo havia escrito para ela. Jéssica perguntou se poderia gravar a conversa, ela consentiu. Foi falando, falando, falando, de modo meio atabalhoado, servindo os biscoitos importados e caros que Rodrigo trouxera, e que ela não tinha aberto, nem agradecido, enquanto preparava para a moça gorducha e simpática um café expresso da máquina que ganhou no último Dia das Mães e que lhe roubou os cafés solitários que tanto gostava de tomar nas docerias, nas tardes de sábado.

— Sidney Rodrigo, a gente chama de Sid, sabe, Sidney era o nome que ele já tinha, a gente respeitou, acho que fazia parte da história dele, Rodrigo é o nome do meu marido, que sempre quis colocar seu nome no filho, a gente sonhava muito em ter filhos, tentamos muito, com tratamento e tudo, e foi caro e doloroso, e não era eu ou ele o problema, nós dois não funcionávamos, uma incompatibilidade química, sabe, tínhamos desistido, eu já estava passando da idade, acabamos sendo pais por um desses acasos maravilhosos, e você tem de ver como eles sempre se deram bem, eles têm muita afinidade, só ultimamente é que andam mais reservados um com o outro.

Foi falando, falando, falando, folheando as fotos do álbum do filho que Rodrigo deve ter levado para a bancada da cozinha para que ela o encontrasse, se reencontrasse, os encontrasse, ou talvez apenas tivesse esquecido ali, e ela encontrou e mostrou para Jéssica sem efetivamente senti-las, como se fossem imagens de outra família, ou de um filme. À medida que falava, revivia uma singela vida real por dentro. Percorria aquela estrada real por fora dos acontecimentos e sentimentos pregressos com trechos tão dessemelhantes, às vezes de passageira, às vezes ao volante, e a cada solavanco, a cada aclive, a cada ladeira, a cada breve campo de girassóis encontrando o azul do horizonte como um cartão-postal ou uma foto de revista, a cada janela de mar que admirava entre as magnólias floridas no acostamento, a cada reta longuíssima e monótona de paisagem insossa e céu cinza, a cada profusão de buracos sem fim em meio a tempestades, no asfalto indeciso, irregular e perigoso que era a vida, aquela vida real por dentro ganhava musculatura vigorosa. A coisa real de fora e a coisa real de dentro. Ambas reais, ambas irreais e desimportantes, foi se encontrando e foi se reconciliando lentamente e tão rápido, duas velocidades, antagônicas e complementares, tendo por testemunha a moça de olhar esperto e sorriso brilhante que se servia à vontade dos biscoitos amanteigados. Reconciliou-se com os pais simplórios que já haviam nascido velhos, com os irmãos, tão bonzinhos, sem energia, sem ambição e sem graça, e que tiveram filhos como coelhos, com as ruas calmas da sua infância ladeadas por árvores minguadas que mal floriam, com as aulas de balé naquele salão de bairro de tacos sempre encerados, as paredes sempre pintadas, com sua cabeça nas nuvens, coisa real de sonho, e com tantas e tantas coisas reais de fora que se impuseram e em algum momento venceram, com Ana Paula, a admiração, as decepções, a gratidão e os ressentimentos em relação à prima que nunca mais tinha visto e que fora tão determinante na sua formação, na sua existência, na existência daquele lar, daquela vida. Reconciliou-se com Rodrigo.

— É assim, Beto está com um nenê pra adoção, vocês querem?

Era um dia de um azul esplêndido no céu. Ela estava na varanda regando os vasos de temperos que haviam comprado na véspera. Uma brisa fresca e agradável acariciava seu rosto e refrescava São Paulo, que se espraiava com leveza e alguma lentidão pacífica no horizonte. Haviam acabado de se mudar para o prédio recém-construído. Condomínio com quadra, salão de ginástica, piscina com raia e piscina aquecida. Cheiro de tinta. Dívida de vinte anos. Um brinde de champanhe. O primeiro carro zero-quilômetro na garagem. A promoção dele. A contratação dela pela Confederação Brasileira de Vôlei. Carpete de madeira da melhor loja. Box de vidro temperado nos banheiros. Tudo novo. Mobiliário novo. Televisão nova. Computador novo. Toca o novo telefone sem fio. Ela sai da varanda em shorts e camiseta novos, comprados para vestir aquele corpo outra vez longilíneo, firme, forte e desinchado. Um corpo que outra vez existia.

E Ana Paula disse assim, Oi, prima querida, que saudades, tudo bom com vocês?, depois do seu alô. Aquela felicidade que vinha experimentando nas últimas semanas se redobrou ao escutar a voz tranquila e envelhecida da mulher que tanto admirava, e Ana Paula foi dizendo, Pensei em você ontem mesmo, eu a admiro muito, sabe?, e continuou contando histórias de quando era criança, e a alegria se avolumou, e quando achou que era alguma dor nas costas que Ana Paula sentia e que ela trataria com prazer, ou alguma indicação de médico, Ana Paula disse ...vocês querem?, e continuou dizendo, mas já não a ouvia. Vocês querem? Faltou chão. Ela tremeu. Ela hesitou.

Ana Paula não usava tranças como as outras meninas. Ana Paula fez ginásio, fez colegial a contragosto da mãe, que queria lhe ensinar o ofício de costureira, enquanto trabalhava na venda com o pai, um homem irascível que criou os filhos na vara de marmelo. E diziam que ela não chorava e por isso apanhava muito, ao contrário dos irmãos, que abriam o berreiro antes mesmo do primeiro golpe e mal eram castigados. Estudava nos ônibus. Estudava nas madrugadas. Estudava aos domingos. Prestou escondida o vestibular. Cursou sem ninguém saber os primeiros meses da faculdade de Geografia, acobertada pela professora de Geografia da escola a quem tanto admirava. Enfrentou aquele pai que todos temiam e terminou a faculdade. Quando se formou, a família inteira se arrumou em roupa de festa para sua formatura no anfiteatro da faculdade. Até ela, a mais nova dos primos, foi. Nem precisaram falar para se comportar, ficou sentada absorvendo aquilo tudo, aquilo tudo existia, sonho e real, e no porta-retratos passou a ter a foto de Ana Paula de beca com diploma na mão. Ana Paula começou a dar aulas em uma escola no centro. Ana Paula começou a fumar e usar saias mais curtas. Ana Paula começou a namorar um tenente moreno. Os adultos falaram mal, os tios falaram palavrão, mas ninguém abriu a boca quando ela apresentou o militar alto e forte de olhar sério. Mesmo o pai dela pareceu intimidado. Ana Paula se casou com uma pequena recepção no salão de festas da igreja e se mudou dali. Foi-se embora para nunca mais. Já não ia aos churrascos no quintal da casa da avó, aonde iam nos fins de semana, numa área ainda com ruas de terra em plena cidade de São Paulo. Já não mediava as brincadeiras das crianças, já que não era mais criança fazia tanto tempo. Como se nunca tivesse sido. Como se aquela foto que via da prima mais velha no collant de balé que herdara fosse de um mundo de fantasia, um mundo outro que não aquele árido em que viviam. Um mundo que Ana Paula fez existir por sua simples existência. Ana Paula largou o magistério, teve três filhas que mal frequentavam a família, morou alguns anos no Rio de Janeiro. O marido se tornara coronel. Ela já era avó. Ela lhes telefonou. Vocês querem?

Sentou-se no novo sofá verde-escuro da sala e ficou olhando o carpete novo de madeira. Num gesto automático, colocou a mão no ventre. Sua pele se arrepiou. Ouviu a porta da área de serviço abrir. Rodrigo devia estar deixando a mochila, com a chuteira e a camisa do futebol, ao lado do tanque, ele tinha voltado a jogar bola com os amigos de adolescência. Devia estar descalçando os chinelos de dedo, expondo os dedos e unhas agredidos pela chuteira. Ouviu-o abrir a geladeira.

— Amor, marquei quatro gols hoje, joguei bem pácas, você tinha de ver!, mas, ó, você vai precisar consertar minha panturrilha, tá doendo à beça — ele gritou de lá.

Chegou na sala com um copo d'água na mão e um sorriso, que se desfez assim que seus olhares se cruzaram.

— O que aconteceu? — ele disse, e seu rosto suado endureceu.

— A Ana Paula, aquela minha prima, ligou.

— Quem morreu?

— Ela perguntou se a gente quer adotar um nenê, eu fiquei de falar com você e telefonar para ela.

— Claro, é nosso filho que chegou, liga pra ela!

Rodrigo não tremeu. Rodrigo não hesitou. Rodrigo não fez perguntas. Rodrigo deixou o copo na mesa e, fedido e melado, abraçou-a e rodou-a no ar. Ela chorou. Desaguou todos os anos de menstruações. Todos os sexos de hora marcada em que nenhum dos dois tinha desejo. Todos os tratamentos que a incharam e a machucaram. Todos os projetos e aspirações de outrora. Desaguou a decisão de saírem da espera da fila de adoção. Desaguou os ansiolíticos todos. Desaguou aquela vida já planejada de dívidas, móveis, emprego e futuro novos. Desaguou sua hesitação. E o amor de mãe, incomensurável, inédito, que sentiu assim que colocou os olhos em Sidney, nunca soube se era real, de fora e dentro, ou se foi uma construção de culpa, uma reparação de vida inteira por aquela hesitação original. E agora, ali, ele na clínica e ela não foi vê-lo.

— Sid foi internado pelo pai ontem, e não sei se vou algum dia perdoar o Rodrigo por isso, mas não é ele, sou eu quem precisa de perdão, Sid foi internado ontem e ainda não fui vê-lo, que mãe é essa que não vai ver o filho?

— Uma mãe cansada, nada mais que uma mãe cansada, mães precisam de repouso — Jéssica disse, e colocou amistosamente a mão em seu joelho.

Em qualquer outra hora, um falar e um gesto daqueles, com aquela entonação de quem fala com incapazes, dita por uma moça mal saída das fraldas, a irritaria sobremaneira, e sua língua ferina herdada daquela família de gente dura e aprimorada no trato com atletas metidos e dirigentes arrogantes se soltaria. Mas não era qualquer outra hora. Era aquela. Uma hora de reconciliações.

— Vamos ver o quarto dele?

Uma moça que foi a moça de que precisava. Que não pedia licença. Que invadia. Qual ela mesma no começo da carreira. Qual Ana Paula. Uma moça que, sem saber, a ajudaria a entrar no quarto do filho, que estava com a porta fechada sem que a abrisse desde que ele foi internado.

Levantaram-se da mesa da cozinha. Por fora da pele, o frio arrepiava os poros. Um frio da peida, Rodrigo ensinou Sid já nas primeiras palavras, e os três riam, os três, uma vida a três que teve começo, meio, que tinha fim a cada dia. Parou por uma minúscula fração de tempo à frente da porta do quarto do filho. Por dentro da pele, um terremoto de temperaturas. Um certo tremor discreto nas mãos ao tocar na maçaneta prateada. Um imperceptível ranger de dentes. Uma fagulha percorrendo a espinha e chegando à nuca. Sidney estava todo lá, mesmo nas diferentes disposições dos móveis, na arrumação certinha das roupas no armário, na cama com a colcha esticada, no cheiro que não reconhecia. Viu o berço branco que compraram para ele no dia em que Ana Paula ligou, antes mesmo de irem conhecê-lo. Viu-se ao lado de Rodrigo, ambos a velarem seu primeiro sono, deitados apertados num edredom sobre o chão ao lado da cômoda que fazia par com o berço, e souberam que era ali que começava suas existências. Viu Sid, ao sair do banho, virar os olhos e tremer inteiro, enrolado na toalha no colo de um Rodrigo aflito, antes de uma febre de 39 graus apitar no termômetro, e ela, com uma calma inaudita de mãe, conversar com o pediatra ao telefone. Viu-o ficando em pé mordendo a grade do berço e depois sorrir e se chacoalhar de alegria. Viu a primeira palavra, o primeiro passo, o primeiro dia sem fralda, a primeira frustração, o primeiro dente nascer, o primeiro cair, a fada do dente trocá-lo por um boneco de dinossauro sob o travesseiro. Viu-o fazer birra para comer, cuspir um brócolis, levar uma bronca, tomar um susto com as pegadas de talco que Rodrigo fez pela casa na Páscoa para fingir que o coelho passou ali. Ouviu chamá-la Mamãe, mãe, mããe, manheeeê! Contra a luz que entrava da porta de vidro da varanda, viu-o olhá-la concentrado, Mamãe, eu me olho no reflexo do seu olho e você se olha no meu olho. Na cadeirinha do carro, tirando a mamadeira de chá de hortelã da boca, Mamãe, você não é filha do vovô, então por que você cresceu? Sentado no cadeirão, na cozinha, Mamãe, por que a gente é diferente? Sempre com aquele ar pensativo, como se seu cérebro estivesse em algum processo. Viu-o entrar sozinho na ponta dos pés na pré-escola com a lancheira com desenho do Cebolinha, sem olhar para trás, e, quando o portão fechou, sentiu seu coração se estilhaçar e ficou estática por uns minutos antes de ir para o carro. Era o primeiro partir, o primeiro apartar-se de tantos. Viu as férias na praia, as reclamações para passar protetor solar, o picolé de chocolate que o lambuzava inteiro, Rodrigo e ele horas no mar pegando jacaré. As férias na Disney e seu olhar de encantamento ao encontrar os personagens dos DVDs a que assistia. Vestiu-o em camisa xadrez e pintou-lhe um bigode para as festas juninas, vestiu-o na camisa do Corinthians para ir ao estádio com o pai, vestiu-o num blazer alugado para um casamento. E aí, deu-se, sem haver um ponto de ruptura, de ele escolher o que queria vestir e desvestir sozinho. Já trazia palavras, conhecimentos, sabores e dissabores do mundo. Já tinha os próprios amigos, as próprias ideias, sonhos, segredos, inquietações, rancores, amores e desamores, desejos que ficavam marcados nos lençóis, cujas estampas já não eram de personagens de desenhos animados, que a diarista punha na máquina de lavar. Viu-o vencendo-a em altura, ficando do tamanho do pai, ficando forte, uma genética poderosa definindo-lhe os músculos e a postura altiva. Ele concentrado assistindo à televisão em diferentes idades, com a língua de fora jogando videogame, com os braços esticados como goleiro de handebol esperando ser cobrado o tiro de 7 metros, de mãos dadas com a namorada andando pelo condomínio. Era isso. A vida era isso. Nem real por dentro, nem real por fora. Nem Deus. Nem poesia. Nem tendões, músculos ou vértebras. Não mais que uma coleção de momentos prosaicos, sem heroísmo, cenas quase bobas vividas por qualquer um que se guarda na memória sem motivo. Empurrou a porta.

Um papel em branco que estava sobre a mesa, levado por uma corrente de ar que se fez da janela aberta, voou e foi flanando com suavidade até o chão, um movimento hipnótico e inesperado trazendo uma espécie de força vital onde ela antevia só desolação. Continuou a reviver Sidney ao passar os olhos em cada canto do quarto, nas fotos e recortes pregados com tachinhas coloridas num pequeno painel de cortiça, na escrivaninha com objetos desalinhados, na cama bem-arrumada, num par de havaianas pretas. Jéssica entrou no quarto e ela hesitou à porta, como havia hesitado quando Ana Paula falou com ela ao telefone tantos e tantos anos antes. Jéssica foi calmamente até a janela. Virou-se, olhou-a e parecia não a enxergar. Sem dizer palavra, Jéssica deu um passo em direção ao armário, que tinha as portas abertas. Demorou o olhar nas roupas expostas, na escrivaninha, no teto, no chão. Levou a mão ao queixo. Achegou-se ao painel de cortiça e ficou com a boca levemente aberta ao esquadrinhar cada foto e cada recorte ali pregado.

Sem pedir permissão, sem disfarçar, como se ela não estivesse ali.

— Eu gostaria de filmar o quarto, esse quarto tem verdade, conta uma história, podíamos usar aquele poema do Fernando Pessoa que você falou — a Jéssica que se apresentava naquela hora era séria, assertiva.

— Espera — Ana Valéria disse, e foi buscar na sala o poema impresso que estava sobre a almofada.

Quando voltou, segundos depois, Jéssica estava parada no mesmo lugar, mas havia rearranjado sutilmente os papéis e os cadernos sobre o tampo da escrivaninha, um deles aberto com uma caneta sem tampa sobre ele, como se alguém a tivesse largado com pressa. Ao lado do teclado do computador, o par surrado de luvas de goleiro, que ela não imaginava como havia aparecido ali. Tinha colocado o travesseiro sobre a colcha, um pouco torto e amassado, como se nele se aconchegasse a cabeça de um fantasma. O par de havaianas estava à frente da cadeira, levemente afastada da escrivaninha, como Sid o deixava. O cesto de lixo de palhinha estava abaixo do painel de cortiça, e sobre ele, e sobre o painel, incidia um triângulo de um sol fraco, emoldurado pela cortina um pouco puxada que deixava o quarto à meia-luz. O vidro, parcialmente fechado, deixava vir uma brisa que assobiava. O tapete desbotado diante da cama, como se fosse um degrau. O armário ululava as cores de Sid, predominantemente tons de cinza, penduradas ou empilhadas com capricho. Seus livros e bonecos de super-
-heróis americanos pareciam ter sido rearranjados nas

três prateleiras presas à parede ao lado do armário, com o livro de capa branca encardida voltado para a frente entre o Batman e o Homem-Aranha, como se, de algum modo, os bonecos o protegessem. Como se aquela Jéssica de sorriso branco, de olhar sedento, de alguma maneira improvável, tivesse encontrado o Sid. Ou não. O quarto estava daquele jeito e era ela que não havia notado. Ela que havia visto outro quarto. Os quartos reais e os quartos de sonho se juntando num só quarto comum, que ela montou como um sonho, que foi seu, e que Sid foi tomando posse, foi remodelando e vestindo, tornando seu, tornando real. De filho de sonho a filho real. Sidney foi um nome escolhido pela mãe-menina que ela não conheceu, e de quem quase nada sabia, e a quem sempre se sentiu devedora por ter o que ela não teve. Por ser uma ladra involuntária da riqueza alheia. E o quase nada que sabia era quase tudo que se precisava saber de uma biografia. Uma moça menor de idade que não tinha companheiro ou família, que teve um filho sem pai declarado, que morreu de pneumonia numa noite de frio e garoa em São Paulo. Noite que antecedeu o dia de um lindo céu azul, calor e sol, em que Rodrigo foi jogar futebol e ela ficou arrumando o apartamento novo enquanto São Paulo se espraiava com leveza e paz no horizonte da sua varanda.

Talvez a moça gostasse do Sidney Magal. Talvez ela tenha visto na televisão uma reportagem sobre Sidney, na Austrália. Talvez tenha se encantado com o jogador de futebol que usava trancinhas. Talvez tenha achado um nome de gente importante, como seu filho seria um dia. Talvez tenha apenas achado um nome bonito. Talvez tenha sido o nome de um médico gentil e acolhedor que fez o parto e olhou por ela naqueles primeiros dias de mãe. Talvez ela fosse a prova do erro dos textos de Isa Prado, não haveria Nascitocracia, e ela o criasse ignorando e sendo ignorada pelas impossibilidades do mundo. Não sabia que era impossível, foi lá e fez. Talvez Sidney tivesse uma vida melhor com a mãe anônima de quem herdara os genes, mãe-menina que o acalentou e protegeu, e que morreu de pneumonia, deixando-o supreendentemente bem e saudável, apenas um pouco abaixo do peso ideal, disse-lhe a incrédula pediatra que o havia examinado. Talvez tivesse uma vida pior.

Gostava de pensar que Sidney era um nome de sonho. Não poderia lhe roubar o nome, nem o sonho, mesmo que não tenha sido sonho, mesmo que tenha sido apenas coisa real por fora, mesmo que tenha sido violência na concepção, violência na vida, violência na morte. Gostava de pensar que o sonho da menina--mãe era o mesmo sonho dela. Sidney. Sidney Rodrigo porque era também o sonho de Rodrigo. Porque era de Sidney Rodrigo que se tratava. Não dela mesma, não da menina-mãe que operou o supremo e banal milagre de o gerar dentro de si, deixando que roubasse seus nutrientes, sua força, e de o amamentar com um leite materno que ela não teve. Não se tratava de Rodrigo, de Ana Paula, da invasiva e firme Jéssica, de Deus, de Gaeta Dordé, de Fernando Pessoa, que foi mandado pra puta que o pariu por Rodrigo. E a lembrança daquele grito dramático lhe trouxe um súbito bom humor. Teve vontade de rir. Entregou o papel para Jéssica, que o apanhou, leu o trecho do poema e passou outra vez os olhos espertos no quarto que Natasha veria em filme dali a pouco, que Sidney veria dali a algumas horas, tocaria na tela do celular de Jéssica e se calaria por alguns minutos, Rosa Dansseto dali a alguns meses numa madrugada de insônia, e reencontraria sua mãe, Gonçalo Ching de Souza dois séculos depois enquanto preparava seu café, que esfriaria antes que desse o primeiro gole, João Robert da Cruz Bamalaris na casa no alto do morro num fim de tarde em crepúsculo e alguma tristeza. Quarto que Ana Paula e Gaeta Dordé veriam no mesmo dia, quase na mesma hora, dali a algumas semanas, pela manhã, Camila colocaria a mão no ombro de um emocionado marido, e Ana Paula sairia de casa sem recolher os cacos de vidro do copo que foi ao chão e sem fechar a porta de entrada.

Os passos de Ana Paula já pouco podiam, e desaceleraram contra sua vontade, mesmo apressados, uma pressa aflita que nem por isso se materializava em rapidez, não acompanhavam a urgência que tomava a dianteira e a arrastava para longe dali. Ana Paula parou e apoiou a mão numa árvore de tronco grosso e cinza que se desfazia em folhas e cascas, sujando a calçada irregular que quase a fez cair. O ar vinha com dificuldade, seu peito tremia. Olhou para aquela ladeira que não parecia ladeira quando se mudaram, ladeira pela qual as meninas e ela corriam e brincavam de pega-pega, e que agora era um morro íngreme quase intransponível. Rua que foi se inclinando ano a ano desde o ano primeiro, em que compraram a casa velha com um quintal abandonado e espaçoso onde ela vislumbrou um lindo jardim e uma linda vida. Casa que reformou, moldou como artesã, cada cor de parede, cada maçaneta, cada revestimento, cada ambiente já preenchido de futuro, e nela foi ficando, ficando para sempre, prisioneira e carcereira, imóvel tal qual aquela árvore podre de raízes profundas e perdidas, embarcação morta, ancorada e indiferente ao mar, às calmarias e às tempestades. E se todos de uma maneira ou outra foram um a um saindo, ela foi ficando, ficando, como o quarto desolado do Sidney que quase foi filho seu. Jamais soube se o Beto, em seu íntimo, lhe agradeceu ou a amaldiçoou pela serenidade de não ficarem com o nenê. Mesmo aquilo passou, e ela continuou pertencendo às tranqueiras esquecidas que ia guardando nos armários que foram tomando os corredores e os quartos, tranqueiras que outrora tinham algum significado, algum porquê, como ela mesma, como aquelas pessoas congeladas nos porta-retratos espalhados pela sala. Já nem se lembrava, como se aquele tempo todo que passou não existisse e ela não existisse com ele. Tudo estava tão diferente e tudo estava tão igual. Já ia se esquecendo do que havia feito no dia anterior, o dia do aniversário do neto mais novo, os ingredientes da torta de frango com palmito e tomate, receita da avó, o rosto dos pais, se durante o banho já tinha se ensaboado, o nome da prima fisioterapeuta com quem havia conversado fazia algumas semanas e a quem tanto admirava, e que criou aquela criança com um amor de mãe que na época ela achou que ela mesma já não poderia. Recuperou o fôlego e retomou os passos. Chegou na avenida que antes era uma rua. Lojas e pequenos restaurantes por quilo que só conhecia da janela do carro, gente jovem apressada olhando os celulares, ambulantes, barulho, fumaça. Andou uma quadra até o ponto de táxi, que ficava onde antes havia a banca do Zezinho. Não existia mais banca, Zezinho, meninas, domingos de sol, nem alegria nem futuro nem memória, e dois homens conversavam sentados no banco do ponto, sob uma cobertura de acrílico.

— A senhora quer um táxi? — um deles perguntou quando ela parou para apanhar na bolsa o celular que tocava. O nome Beto apareceu na tela. Foi tomada por uma irritação que venceu o cansaço e renovou seu ânimo. Não atendeu, desligou o celular e guardou-o. Levantou a cabeça, contraiu os olhos e finalmente retribuiu o olhar do taxista.

— Quero sim, obrigada.

O homem abriu a porta de trás do carro, que era o primeiro da fila.

— Para onde? — o homem disse olhando-a pelo retrovisor.

Ana Paula, por um momento, se confundiu e não se lembrou, e contraiu os olhos outra vez.

— Para o aeroporto de Congonhas — disse ela, lembrando-se.

Do domingo de sol em que foram Beto e ela caminhando até ali de mãos dadas para comprar revistas, como fizeram todos os domingos de manhã havia tantos anos, e a banca estava fechada, de um dia para o outro, Zezinho não estava mais lá para nunca mais estar, do trajeto que viu da janela do ônibus voltando para a casa pequena e inamável de chão vermelho de cimento queimado sempre encerado que detestava, depois de descobrir que havia passado em terceiro lugar no vestibular, uma alegria contida e solitária, uma certeza de que algum dia iria embora sem levar saudades, sem levar nada, nem mesmo as aulas de balé no salão da prefeitura, único respiro de ar fresco daquela infância árida, dos anos em que lecionou Geografia, do dia em que Beto e ela conversaram pela primeira vez, estava calor na pequena varanda do sobrado cheio de gente, na festa de uma das professoras da escola cujo irmão era tenente, e era sempre aquele Beto original que enxergava quando pensava nele, de camisa branca de manga curta para dentro da calça marrom, o porte ereto e duro, os olhos negros interessados em cada palavra que de sua boca saía, interessado em sua boca, do Rio de Janeiro, da Baía de Guanabara que surgia magnífica na janela do avião depois de atravessar as nuvens que encobriam a cidade, depois de ela ser chamada para entrar no avião com os passageiros preferenciais e relutar por um momento, depois de atravessar a passos lentos o aeroporto de chão quadriculado, depois de ter comprado a passagem cara no guichê e sentir uma espécie de ansiedade e medo adolescentes e de se dar conta de que jamais havia pegado um avião sozinha.

Garoava.

Uma brisa carregada de maresia lhe umedecia o rosto e lhe trazia um pouco de sal e de tempos embaralhados. Atravessou a rua num passo firme. Respirava a plenos pulmões todo o ar de sonho do Rio de Janeiro. Levou as mãos à cabeça e desfez o coque. Sorriu lembrando que fazia coques com um lápis durante as aulas, calorenta que era, o sol entrava pelas janelas abertas da escola trazendo lufadas de ar real, quente e fedido, das fumaças dos ônibus que levavam e traziam as pessoas empilhadas para o distante coração de São Paulo. E se compôs diante de seus olhos uma espécie de lembrança que não era lembrança, mas uma composição de acontecimentos não realizados, do que teria sido se tivesse sido, se naquela madrugada tivesse virado mãe outra vez. A garoa. As ruas noturnas de São Paulo. A fisionomia cansada do Beto, que esperava por ela na entrada do hospital. O corredor à meia-luz. A materialização daquele Julio Dansseto, um homem que lhe pareceu pequeno e frágil, e que veio cumprimentá-la com educação e deferência. As histórias das duas moças. Não, Beto, não somos capazes dessa entrega agora, eu não sou capaz dessa entrega. Jamais decifrou o olhar que dele recebeu. Ele não disse nada. Os Bamalaris eram

pessoas confortáveis para os outros. Os cabelos caíram-
-lhe aos ombros. Descalçou as sandálias, sentiu a areia
na sola dos pés e entrando pelo vão dos dedos. O mar de
Ipanema encheu seus olhos. Ficou ali. Lembrando-se.
Esquecendo-se. Encharcando-se.

Ana Paula sentiu a mão tocá-la delicadamente no
ombro. Virou-se devagar como se esperasse.

— Vamos entrar, eu moro aqui em frente, a senhora
está muito molhada — Gaeta Dordé disse e estendeu
uma toalha para a mulher de idade indefinida, uma senhora com marcas e vincos do tempo no rosto, mas de
pele viva, cabelos escuros bem-cuidados e bem-tingidos,
uma certa força parecia fluir dela, como uma aura. Um
instante para ela apanhar a toalha e secar o rosto.

Ana Paula agradeceu, calçou as sandálias e deixou-
-se guiar. Entraram no prédio. Ao tomarem o elevador,
um resto de cheiro doce e encorpado que ela emanava
trouxe de volta aquela noite essencial, noite real e noite
de sonho, mãe de todas as outras noites, e fez com que
os olhos de Gaeta Dordé se arregalassem e marejassem
outra vez, como vinham marejando, feito o mar de Ipanema, e finalmente a reconhecessem.

— Você é famoso, não é?, faz aquele programa de
televisão, meus netos gostam muito — Ana Paula disse
quando saíram do elevador.

— Sou sim, sou Gaeta Dordé, e obrigado... — Gaeta
disse com voz embargada, abrindo a porta do apartamento.

Camila levantou-se do sofá e foi ao encontro dos dois.

— Eu preciso ligar para o meu marido, ele deve estar preocupado — disse Ana Paula, tirando o celular da bolsa e tentando entender o que se passava. Ligou o aparelho. Várias mensagens surgiram na tela, do Beto, das filhas, do grupo da família, de duas amigas próximas. Relutou ao apertar a tecla de chamada, por fim apertou. O casal trocava algumas palavras. É ela, Cami, é ela, eu tenho certeza, Ela quem?, Ela, é ela!, Ana Paula os ouviu dizerem antes que o Beto atendesse.

Conversaram. Ana Paula entregou o celular para Gaeta, que o Beto queria falar com ele. Depois de falarem, recebeu de volta o celular. Conversaram um pouco mais. Desligou.

— A senhora conhece a música *Garoava*? — Gaeta disse para ela.

— Acho que não conheço, não.

— Foi feita para a senhora, naquela noite em que me salvou dos skinheads, a senhora se lembra?

Ana Paula arqueou as sobrancelhas. Sorriu. Levou a mão ao rosto de Gaeta, alisou-o, como uma cega faz para enxergar. Fez alguns gestos curtos e afirmativos de cabeça.

— Aquela foi uma noite que nunca terminou — disse Ana Paula.

E Ana Paula aceitou o banho quente, as roupas e a hospitalidade que Camila e Gaeta lhe ofereceram. Beto só chegaria à noite para buscá-la.

10. Semântica

O artigo definido, chama-se aquele capítulo caleidoscópico, e é por ele que João Robert pretende começar a palestra, se é que dará palestra. Por que Julio Dansseto disse que viver é assombroso quando se despediu da vida pública?, ele perguntará para as pessoas, será assim que começará, depois de ser apresentado. As respostas sobre o livro estão dadas faz mais de dois séculos, assim como as respostas a essa questão e a todas as outras, mas eles são leitores inexperientes, pelo que Mariana lhe disse quando o convidou. Eles lhe dirão sobre a vida daquele homem lendário que viveu com intensidade o período mais rico de experiências humanas na História, a época mais trágica e mais exuberante, a mais transformadora das épocas. Época de grandes homens e grandes mulheres como nenhuma outra. Capaz de falarem de suas prisões, de como foi torturado e resistiu, de como se formou em Medicina trabalhando no chão de fábrica no contraturno, do seu exílio, da sua greve de fome que paralisou o país, para denunciar as bárbaras torturas nos porões de prisões paramilitares clandestinas, do seu trabalho diário de clínico geral com o qual sustentou a família sem jamais usar recursos do partido ou da família de Isa Prado, das greves nacionais que liderou, dos seus discursos que entraram para o cânone e tiveram influência no Novo Mundo, de sua estatura moral. E ele diria que tudo aquilo era verdade, no entanto, para Julio Dansseto, viver era assombroso porque tudo para ele, cada coisa, cada pessoa, cada bicho, cada momento, eram únicos. Artigos indefinidos, para Julio Dansseto, não faziam sentido, como Carlo pontua em várias passagens de seu *Cansei*. Viver é assombroso. A sibipiruna, A vida, A flor, A morte, A pessoa, O inimigo, O filho, A bicicleta, O cigarro, A grapa, A paciente, porque nada é banal, a palavra e o homem são ocos se partirem de artigos indefinidos e tornam ocos tudo o que tocam, sibipirunas, injustiças, humanos, casas, mortes. Artigos definidos dão sentido e tornam únicos substantivos aparentemente desimportantes. Tudo é definido. Nada é desimportante. Nada. Nem a pedra. Nem o caminho. Nem o homem que caminha.

João Robert da Cruz Bamalaris anda de um lado para o outro na varanda de piso marrom de cerâmica. É forte o som das cigarras. O dia inteiro aquele zumbido altíssimo e invisível ocupando, vencendo os cantos dos pássaros que chacoalham as copas das árvores, os rangidos do motor da bomba que deveria ser silenciosa e que leva água da nascente para a caixa-d'água, o ruído das máquinas agrícolas, o latido dos cachorros, o sussurro suave do vento, o cacarejar das galinhas, o eventual relinchar dos cavalos, o barulhar do bando de irrequietas galinhas-d'angola que passam algumas vezes por dia em frente à casa em busca do milho que ele joga na grama diariamente faz alguns meses, cevando-as. Tudo precedido de artigos definidos, ele pensa. Senta-se na poltrona de vime e fica imóvel quando as d'angolas se aproximam nervosas e desconfiadas pelo gramado, bicam um pouco os milhos, para logo saírem assustadas ao menor movimento. Estão sempre estressadas. Eram ótimas caçadoras de escorpiões, Bento lhe disse.

Reticente que era a chamar alguém para fazer comida e limpar a casa, Bento convenceu-o, depois de muito insistir, a contratar a cooperativa de estudantes da cidade para os afazeres domésticos algumas vezes por semana, que a limpeza automatizada e a comida feita pela máquina de fazer comida ou vinda por drones, quando ele não estava disposto a cozinhar ou fazer faxina, algo cada vez mais frequente, não tinham compensação. Além do mais, Bento insistiu, seria bom pros jovens, que precisavam cumprir trabalhos como aqueles para se formarem, e renda, naquela região que empregava pouco, era importante. Lembra-se vagamente do tempo em que foi cuidar do jardim de uma senhora amiga de sua mãe, burlando a regra da escola que exigia que os trabalhos fossem executados para alguém desconhecido. Foi uma experiência boa, afinal, aprendeu a gostar de jardins. E agora era ele a senhora. Duas ou três vezes por semana, vinha um jovem ou uma jovem estudante diferente, uma convivência de duas ou três horas que, se no começo lhe pareceu invasiva, depois se tornou um lampejo de luz revigorante na sua vida de dores nos pés, leituras, escritos e pensamentos. Se lhe deram a companhia, porém, deram-lhe também, quando partiam, uma percepção mais dura de solidão.

Olha no relógio de pulso que estava sem uso desde que havia se mudado para lá, o veículo chegará em quatro minutos. Não tem mais idade para ficar ansioso, no entanto está. A mulher de Bento, Mariana, da última vez em que lá estivera levando um bolo de laranja, hábito que deve ter herdado da mãe, da avó, e assim por diante naquele pedaço de mundo que permanecia inalterado desde o século XIX, pediu que ele fosse, e ele se surpreendeu ao concordar tão rapidamente. Um dos clubes de leitura da região discutiria em algumas semanas o livro *Cansei*, de Carlo José Dansseto, e ele, doutor, homem vivido e viajado, tão conhecedor da obra, da qual, por vezes, falava entusiasmado a Bento, seu único interlocutor regular e involuntário, teria participação especial. Não entendeu bem o que o fez aceitar de pronto o convite, tão reservado que era. Releu não apenas a obra-prima de Carlo Dansseto, como também vários ensaios publicados ao longo dos últimos duzentos anos sobre a família Dansseto. Reviu o trabalho de Gonçalo

Ching de Souza, revisou o livro que havia terminado de escrever fazia mais de ano, fez apontamentos. Revisitou seu ancestral Roberto Bamalaris. Releu a primeira biografia de Julio Dansseto, *Assombroso, sombrio e das sombras,* falou sozinho ou com os jovens que faziam ali seu trabalho complementar obrigatório e que pareciam gostar de ouvi-lo, e foi vivendo e revivendo aquelas histórias.

E pensou. Mal abria os olhos e antes mesmo de sentir as dores nas solas dos pés. Enquanto caminhava pelo chão de terra e gramíneas. Enquanto ficava de pés descalços sobre os seixos acomodados uns aos outros no meio do riacho sentindo a água corrente e gelada que lhe trazia conforto. Enquanto tomava banho. Enquanto esperava as galinhas-d'angola subirem o morro para bicar apressadamente os grãos de milho e sumirem outra vez assustadas. Um mês revigorado por aquele turbilhão de pensamentos, com o já cansado Montaigne a andar a esmo pela casa quando não estava dormindo. Se o mês passou rápido e prazenteiro, o veículo que o vem buscar não chega nunca, e os dois minutos que faltam, preenchidos pela algazarra das cigarras no dia em crepúsculo, são intermináveis. Decidiu que não falaria de Takashi Makaoka, da sua descoberta que mudaria a historiografia dos últimos dois séculos.

Desde que havia terminado a primeira versão do livro no qual reuniu seus escritos, provas, contraprovas, chancelas das supermáquinas de inteligência artificial acadêmica, vinha debatendo consigo mesmo o que fazer com o trabalho que lhe valeria uma fortuna para um grupo editorial mundial. Que valeria aos Bamalaris, aquela dinastia de homens e mulheres aconchegantes, corretos, firmes e irrelevantes que terminaria nele, um lugar perene e de destaque na História. Por outra estrada, caso decidisse por publicar, os Bamalaris chegariam à fama e, quem sabe, até à importância dos Dansseto. Duas estirpes tão dessemelhantes. De protagonistas e antagonistas. Dois tipos de gente. Dois tipos de interação com o mundo.

Naquele mês, desvelou-se outro entendimento, outra compreensão, uma saída naquele labirinto de ideias que lhe deu novas perspectivas, um novo ânimo para a aventura intelectual que era a sua vida. Qual um despretensioso Montaigne do Novo Mundo, mas ciente de que os agentes químicos e biológicos que agiam em seu cérebro explicavam o prazer a cada ensaio que elaborava, mesmo que ainda só em pensamento. Quando, fazia tantos anos, começou a estudar os Dansseto, de cara os contrapôs aos Bamalaris, e essa dissonância foi das características que mais o interessaram. Naqueles dias de preparo, um preparo sobretudo para a volta à convivência humana, deu-se conta de que estivera equivocado e havia olhado do avesso. Os Dansseto, na figura de seu mais importante representante, Julio Dansseto, não eram a recusa do mundo, que precisava ser transformado, em contraposição aos Bamalaris, que eram a aceitação do mesmo mundo, um mundo dado e defeituoso, o que lhe havia parecido óbvio até então. As compreensões vêm sempre em camadas. E era a camada mais profunda, a que se confunde com a verdade, que pretendia, e supunha, atingir depois daqueles poucos anos de reclusão, desde que se mudara para ali. Os Bamalaris, todos eles, começando pelo apagado Roberto Bamalaris, passando pela forte Lavínia, que inaugurou uma sucessão não linear de mulheres que recusaram um pai a seus filhos, não aceitaram o mundo. Não o acataram subservientemente como parecia, não o amaram, não o odiaram. Não. Os Bamalaris recusaram de forma definitiva e contundente o *outro*. Recusaram-no, apenas e simplesmente. E o *outro* é o mundo. Suas vidas foram uma constante recusa desse *outro*, cada qual se fechando ou criando e se confinando em uma própria realidade inventada. Seus avós, que trabalharam com agricultura, se aposentaram e foram morar numa agremiação para velhos na Flórida. Sua mãe, que se mudou moça para a cidade de praia em Santa Catarina, onde o criou sozinha, com suas elucubrações, seus misticismos, sua recusa, entre uma onda e outra em cima de sua prancha de surfe. Ele, que saiu pelo mundo a desconstruir com indiferença e eficácia obras de outros humanos sem jamais permitir-se intimidade que não com autores e pessoas já mortas. Aposentar-se e se mudar para aquela propriedade montanhosa e bonita, e jogar fora os remédios corretores do cérebro, não era um ato para viver, era apenas outra forma de recusa.

E agora, como numa espécie de redenção simbólica e mínima de toda uma genealogia, ele aceitava o convite para participar de um clube de leitura.

Julio Dansseto, na sua constante recusa aos mandos e desmandos do poder, um homem do *despoder* que, paradoxalmente, foi muito poderoso e, portanto, por sua própria definição, bruto, abraçou o *outro*. Julio Dansseto era a aceitação do mundo, do viver, talvez por isso tenham sido tão fortes suas poucas frases de despedida, que ele já havia assistido diversas vezes. É um dia nublado. Há um pequeno tablado que ocupa a entrada da garagem do sobrado, lugar que Carlo Dansseto descreveu como o paraíso perdido de sua infância, onde jogava bola com jogadores imaginários e com o capitão Beto, cuja lembrança sempre havia trazido aconchego ao autor. Sobre o tablado, um púlpito onde estão espetados vários microfones. Ao lado, espremidos em frente à porta da casa, Carlo e Rosa, os sobrinhos, os netos de Julio Dansseto. Takashi e Natasha não estão, haviam se mudado para Brasília. Nina tinha morrido fazia alguns meses. Distantes uns dois ou três metros, no fim da calçada cercada por uma fita plástica amarrada em cones colocados pela polícia, estão os equipamentos de filmagem. Atrás deles, na rua fechada para o tráfego, ocupando o asfalto, a calçada oposta, os muros das casas vizinhas, os galhos mais grossos das árvores, as pessoas que se espremem e se movimentam lentamente como marolas em um mar calmo. Não é boa a qualidade da filmagem original que ele conseguiu depois de muito pesquisar. Prefere essa à corrigida, que pode muito bem ter sido manipulada por Takashi ou por alguém. Nela, que pelo ângulo parece ter sido feita sobre uma van da emissora de televisão, as cores estão esmaecidas, pontilhados descem na horizontal engasgando a imagem, pequenos soluços no filme causam breves interrupções, o som é fraco, e essas faltas de precisão ele consegue preencher com sua imaginação. O cheiro da enorme sibipiruna em frente à casa, a emoção incontida das pessoas de olhar fixo, a atmosfera solene de contemplação do sagrado materializado quando um raio de sol vence as nuvens que acinzentam o dia, a enorme copa da árvore, e atinge apenas Julio Dansseto, que está contemplativo e imóvel vestindo um paletó marrom-escuro, uma camisa listrada branca e azul, uma calça preta de bom tecido. Ele faz apenas gestos leves de cabeça e esboça sorrisos de olhos cada vez que alguém termina um discurso e a multidão aplaude. Existe uma exasperação que João Robert pode quase sentir, uma camada de verdade. Se aquela cerimônia de epílogo é a celebração da vida assombrosa daquele homem, é também uma espécie de homenagem a alguém que morreu, alguém que já não existe, a um tempo, uma época, que acaba. Tudo se ajusta.

As coisas definitivas não fazem sentido são os versos finais de uma música potente do Gaeta Dordé, que minha filha Nina gostava, são de uma indignação fundamental que eu talvez já não seja capaz de sentir, obrigado por terem vindo, não precisavam, acharam que eu devo uma palavra a vocês, não devo, cada um é que deve para si, viver é algo assombroso, vi e vivi mais do que um homem precisa, eu pude com essa vida de perdas e ganhos, e outros homens e mulheres perderam mais, ganharam mais, puderam mais, só vou dizer para vocês que eu paro por aqui, cansei, disse Julio Dansseto, numa entonação fria e cadenciada, tão diferente do calor dos seus tão conhecidos discursos, e antes mesmo dos aplausos e urras terminarem, deu as costas aos microfones, aproximou-se de Rosa e Carlo, segurou-lhes firme as mãos, para soltá-las e segurar-lhes os rostos, dar-lhes um beijo, passar a mão na cabeça de um dos netos, entrar em casa, sem um aceno sequer à multidão emocionada.

Entrou para sair raríssimas vezes. Para ir ao barbeiro. Para ir à livraria. Para ir ao teatro ou à sorveteria com a neta Natasha quando ela ia passar alguns dias com ele. Nos primeiros anos, quando ainda guiava, chegou a alugar uma casa pequena e simples numa chácara no Vale do Paraíba onde ficava por todo um mês isolado, sem comunicação. Enquanto esteve anônimo, Carlo soube, ele atendeu, sempre de graça, as pessoas da região que descobriram que ele era médico, depois de ter socorrido um homem que se acidentou numa moenda de cana de açúcar, sem terem a dimensão do significado que tinha o nome Julio Dansseto. Depois de dois ou três anos, não viajou mais, aposentou-se da medicina como se aposentara da luta. *Cansei*, um cansei definitivo, finalmente a recusa total do *outro* e do mundo, embora o *outro* e o mundo não o recusassem e fossem em peregrinação à sua porta, como se de profeta passasse a Deus. Dos tantos reveses, fracassos e perdas que conheceu na vida de lutas, dos quais sempre se reergueu, naquele momento, assumiu publicamente sua derrota. Derrota que Carlo José Dansseto descreveu e elaborou, em sua estupenda obra *Cansei*, aquele admirável zeitgeist que passou seis anos escrevendo. Ele confessava naquelas linhas que, em seu íntimo, saboreou o fim daquele gigante ético e moral, de convicções, de virtudes, de ações fabulosas, e sentiu um brevíssimo gosto de vitória e vingança. Mas que, quando o pai, surpreendentemente, virou-se e veio em sua direção, tomou sua mão e a mão de Rosa como numa brincadeira de roda de que nunca havia participado, apertou-as com calor e força, beijou-lhes a face numa demonstração pública e inédita de afeto, sentiu que ali estava seu mais genuíno pedido de perdão. Em seu momento derradeiro, que podia ser outro daqueles ápices, deu as costas ao mundo, foi para os filhos que se voltou, e entrou em casa sem olhar para trás, para nunca mais sair. Ele e o pai estavam, enfim, em paz. E suas lágrimas inadvertidas se juntaram às lágrimas de todos.

Julio Dansseto, por mais que tenha passado a vida nos holofotes desde sua primeira prisão, aos 15 anos, até aquele dia, jamais se deixou conhecer, permanecendo envolto em um manto intangível e sagrado de inviolabilidade. Como se as luzes que o iluminavam e o deixavam em evidência constante mostrassem apenas a superfície indefinida e inexpugnável. O que era perceptível, mesmo, eram as sombras que essas luzes fortíssimas criavam formando silhuetas nas paredes e nos muros, como se todos enxergassem nele seus próprios seres, suas esperanças e aflições, e nunca ele.

Através da luz emanada de sua mãe é que foi enxergando a sombra do pai, como se fosse ela que o definisse e, mesmo depois que a mãe morreu, a luz dela continuou delimitando aos olhos de Carlo contornos que só ela havia sido capaz de traçar. O mais nítido e importante deles foi a linha da ternura, que ela fazia parecer mais grossa, tal sua intensidade e exuberância. Ternura que ela fazia estar nos silêncios daquele homem-pedra, nos colos que ele dava ao carregá-los do carro ao quarto, suas cabeças fingindo dormir apoiadas naquele ombro surpreendentemente quente e aconchegante, nos jogos de mancala que ele pacientemente ensinou, nas lições da escola que por vezes pedia para ver e se mostrava atento, na fotografia assinada pelo Pelé que lhe trouxe, até nas três ou quatro tentativas frustradas de chutar a bola de futebol na garagem. Luz que começou a iluminar e a desenhar os contornos da sombra do homem sólido que era Julio Dansseto quando a mãe, em seus 17 anos, se encantou com seus famosos discursos clandestinos nas universidades e decidiu que ia se casar com o homem de cabelos vermelhos e terno bem-cortado que a todos hipnotizava. Homem que viria a conhecer só depois de formada, para desalento da família de funcionários bem-sucedidos e bem-educados que tinham casa na praia, que moravam em imóveis amplos nos bairros de Higienópolis e Pacaembu, e que construíam predinhos na zona oeste da cidade que ela herdaria.

O veículo chega e estaciona no gramado, a porta se abre, João Robert da Cruz Bamalaris entra e já sente a agradável temperatura de que gosta, regulada pelo ar-condicionado. O confortável banco se molda à sua anatomia, os cintos são afivelados. Boa noite, João Robert, em 12 minutos você chegará à Biblioteca Gilberto Varcellos, diz a voz. Pergunta se ele quer sincronizar a própria lista de músicas ou se prefere que ela lhe sugira uma. Silêncio, ele diz. Claro, tenha uma boa viagem, a voz diz e se cala. Uma voz feminina que o acompanha onde quer que vá, moldada para ele, que tem entonação e timbre que lhe trazem conforto, como se fosse uma amiga. Que sabe falar muitas línguas, que sabe os tipos de comida de que gosta, que o avisa quando sai uma safra de vinhos excelentes, um livro que lhe possa interessar, um conhecido que esteja por perto, que conversa com ele nos drones que trazem suas refeições, nos aparelhos que limpam sua casa, e que se cala se ele assim desejar. Uma voz que é o que de mais familiar carrega consigo, que permanece quando troca seu relógio, sua potente máquina individual, seu comunicador, que há muito andava desligado. Uma voz que não sente o passar dos anos. Que é o seu lar. O veículo faz a manobra na grama, entra na estrada de terra e parte suave, desviando das rãs que se jogam à sua frente, atraídas pelos faróis. Tenso, controlando a vontade de retornar e inventar uma desculpa para faltar ao encontro, João Robert tenta distrair-se acompanhando a vegetação da beira da estrada iluminada pelas luzes do veículo e também pelas lâmpadas com sensor de movimento que se acendem quando passa. Os arbustos, as cercas magnetizadas, o cavalo de olhos fosforescentes que levanta lentamente a cabeça, a grande coruja de penas cinza que atravessa voando a frente do veículo, o preá que foge assustado por alguns metros para desaparecer embrenhando-se no mato alto, os trechos do livro de Carlo José Dansseto que apagam sua ansiedade, turvam sua visão, aquele vício bom que era pensar.

Antes de se despedir da vida pública, Julio Dansseto passou uma semana em casa, sem receber ninguém, sem atender o telefone, sem prestadores de serviço que fizessem a limpeza ou a comida. Foi o preço que cobrou pela presença no evento que uma Rosa assertiva e acima do tom disse que faria, e que Rosa pagou, contanto que ele não se matasse, porque de suicida já bastava um na família, ela disse quase gritando, encarando o pai, que não respondeu. Seria uma espécie de cerimônia de adeus, um ritual de passagem, um tributo à velhice, seja lá como quisesse chamar, mas ele havia de dar uma palavra final às tantas pessoas que o tiveram como inspiração. Pessoas cujas vidas haviam sido esculpidas por ele, por sua história, por suas palavras, por seu exemplo, por suas ações, pelo ser mítico que havia se tornado. Toda uma geração. E não era verdade que não devia nada a ninguém, não, senhor, não, senhor, devia demais a ela e a Casé, que se manteve calado e trêmulo testemunhando a explosão de Rosa, pensando, pensando, pensando que havia ficado tudo preto e que na escuridão ele poderia ter atirado no japonês instantes antes, e que aquela agressividade inédita e arriscada de confronto com o pai era consequência imediata da força que ela fez ao segurar seus braços, contendo sua violência iminente. A represa de Rosa desaguou no pai.

Assim que virou a esquina, depois de uma hora de caminhada peripatética pelas ladeiras da Vila Pompeia, ele levantou o olhar do chão, um olhar em outro tempo, todos os tempos dentro de si misturando-se e digladiando-se ferozmente desde que Nina havia morrido. *Sai-se da casa dos pais, sai-se do tempo infinito da infância, mas a casa e o tempo infinito não saem, resistem como doença, como mancha, como prisão*, Carlo escreveria décadas mais tarde. Quando dobrou a esquina e levantou os olhos que se descolaram da lógica e estavam seguros em encontrar Nina criança de maria-chiquinha, a mãe em seu vestido escuro florido e sua espontaneidade nos gestos, seu colo apertado, perdulária que era de afetos, a sempre emburrada Rosa que odiava ter sardas e usar saias, o capitão Beto chutando bola descalço com ele na garagem descoberta sob a sibipiruna, quando dobrou a esquina e levantou os olhos, os tempos internos se desfizeram, seu pai ausente e forte não lhe veio aos olhos, e sim aquele pai ressequido e claudicante que apertava a mão do Takashi. Parou. Um tudo junto enrijeceu cada minúsculo músculo do seu corpo magro. Levou a mão ao bolso interno do paletó, como que para conferir se ainda estava lá o revólver que sentiu contra o peito a cada passo dado nas cansativas ladeiras da Vila Pompeia. Revólver sem registro e com número de série raspado que comprou caro de um policial militar que fazia bico de segurança em um restaurante que costumava frequentar. Revólver que comprou depois da invasão do japonês que estava na sua mesa bebendo em um de seus copos de cristal. Revólver que ficava manuseando sentado à mesa recém-adquirida na penumbra do apartamento para o qual havia acabado de se mudar, um apartamento sem memória, sem sexo, sem amor, sem sonhos, com quarto montado para receber os dois filhos pré-adolescentes que haviam começado a se entender com ele, e com copos de cristal novos. Revólver que o fazia se sentir mais forte, mais seguro, mais bonito até. Revólver que tinha a brutalidade do poder, e o exercício de todo poder é bruto, repetia sempre seu pai. Revólver que fez sentido naquele exato momento, quando viu o pai entrar em casa e Takashi vir andando em sua direção. Revólver que mataria Takashi, *porque quem mata é, sim, a arma, não o homem, porque a arma transforma o homem,* Carlo diz em seu livro, e era como se João Robert, ao lê-lo, o acompanhasse quando vai se aproximando de Takashi

Makaoka, que o encara, como se esperasse dar com ele. Encontram-se. E o que mais o espanta, Carlo diz, é que, naquela hora, ele era um ser composto apenas de mal, um mal desmesurado, um mal sem razão. Era o pior dele, o pior do humano, o irracional, a besta. Ele não é capaz de descrever a cena de que não se recorda, cena que se sente incapaz até de compor com memórias inventadas, invenções que se materializavam em realidade e que compunham o livro, que surgia de seus dedos contra o teclado, sentado à escrivaninha da primeira Dansseto. Como se um outro ele o tivesse possuído, e esse outro tivesse partido levando consigo aquelas memórias e deixando-o exaurido. E quando vai à cata do momento perdido, encontra sentenças atrofiadas, sem verbos, sem adjetivos, sem advérbios, compostas apenas de substantivos, pequenos instantes imóveis e inodoros que escapam da opacidade. Dá-se conta de que o momento ausente era uma sinopse da sua vida, uma sucessão de sentenças com substantivos.

Sibipiruna.
Calçada-áspera-em-leve-aclive.
Revólver.
Japonês.
Bolso-interno-do-paletó.
Urro.
Garganta.
Olhos-do-japonês.
Voz-do-japonês.

Cara-do-japonês.
Punho-fechado-do-japonês.
Rosa.
Mãos-de-Rosa.
Grito-de-Rosa.
Voz-tranquila-do-japonês.
Costas-do-japonês.
Rangido-do-portãozinho-de-casa.
Pai.
Tremor.
Taquicardia.
Suor.
Sala-de-estar.
Mesa-da-cozinha.
Água-no-copo-de-requeijão.
Coração, que aos poucos volta, e com ele voltam os adjetivos, os verbos, os advérbios, a fluência do espaço e do tempo.

— O que foi aquilo, Casé, o que foi aquilo?!

— Não sei o que foi aquilo.

E o pai chega e nada diz, como se, aquilo que Carlo esqueceria, ele não tivesse acompanhado da janela do quarto. É aí, então, que Rosa deságua feito cachoeira no pai.

— E não é verdade que você não deve nada a ninguém, não, senhor, não, senhor, você me deve, pai, você me deve muito, você deve a Casé, nós somos seus credores sim, como não?, nós somos seus maiores credores!

O pai deixou as palavras de Rosa caírem sem que encontrassem nele receptáculo ou escudo.

— Vamos todos nos acalmar, que coisa, vocês aceitam grapa? — Julio Dansseto disse, e sem esperar que os filhos respondessem, apanhou três pequenos copinhos de vidro que um dos netos havia lhe trazido de presente de uma viagem ao Chile —, são da casa da amante do Pablo Neruda, não é isso?, vocês acreditam que eu nunca o li, você conhece bem a obra dele, né, Casé?, por onde começo?, sua mãe é que gostava de poesia, e gostava dele, eu vou aprender a gostar dos livros dela.

Julio Dansseto serviu os filhos. Não brindaram e Carlo tomou de um gole só.

— Filho, esta grapa boa não se bebe assim, não faz sentido, tem que viver o sabor, Carlo, é sempre único, e olha aqui, que fique claro para vocês dois, e este assunto estará encerrado, não devo nada nem a vocês, muito menos a vocês, que história é essa agora?

Julio Dansseto e Rosa continuaram na conversa, que tensionava e distensionava feito uma massa de pão que se molda a quatro mãos, alheios a Carlo, que estava alheio a eles.

— Tá bom, tá bom, pai, a montanha virá até Maomé — Rosa disse selando o contrato com os termos estabelecidos.

— O que é que esse japonês filho de uma puta estava fazendo aqui, pai? — Carlo disse entredentes e Julio Dansseto deixou também aquelas palavras irem ao chão.

— Tudo vai ficar bem, Casé — Julio Dansseto disse, apanhou a garrafa, serviu silenciosamente a grapa no copinho de Carlo.

— Tão de jogral, agora, que beleza! — vociferou Carlo e virou a bebida outra vez de um gole só. Colocou o copinho na mesa de centro da sala e saiu da casa em que cresceu sem se despedir dos dois e sem fechar a porta.

João Robert olha no relógio, está ansioso. O veículo sai da estrada de terra, entra no asfalto e faz uma autolimpeza nos vidros. Aumenta a velocidade e olhos de gato passam rápido em sentido contrário. Mais devagar, ele diz para a obediente máquina. Não tem pressa para chegar, está adiantado, aquela sua mania irritante de chegar mais cedo aos compromissos.

Aquelas estradas estão sempre vazias, ele pensa, e logo pensa nas estradas tão desiguais que foram suas leituras de *Cansei*. Mas em todas elas, aquela passagem pujante, exuberante na forma, sempre o tocou, como se ela o medisse em cada época de sua vida, e, mesmo nesta mais recente, renova-se o impacto da primeira leitura, ainda na faculdade. Carlo denomina o capítulo de *O artigo*. Ele conta a caminhada de volta ao seu apartamento, depois de bater com força o portãozinho de ferro, sentindo o revólver cutucar o peito por dentro do paletó. A cada passo dado vai se confrontando com um misto de raiva e autopiedade. Mesmo antes de chegar à esquina, ele para e apoia a mão num poste que o socorre da vertigem que estremece o mundo, suas pernas, seu labirinto, sua vontade. Recompõe-se aos poucos e aos pedaços, mãos, braços, cabeça, pescoço, tronco, músculos que se contraem e enrijecem e que parecem não ter condições de firmá-lo. Retoma a caminhada, consegue finalmente sentir uma brisa fresca no rosto, que devia estar perambulando por ali sem que a notasse. Não sabe precisar se é a brisa fresca ou se é por certo desamparo. Pensa em sua mãe. Imagina se foi uma vertigem daquelas que ela sentiu quando atravessou aquela rua, entrou naquele prédio decadente, subiu naquele elevador com ascensorista, pulou daquele terraço em decomposição para se espatifar naquele asfalto molhado num dia de garoa em que ele tentava estudar para o vestibular de Direito. João Robert, na primeira vez que leu, levantou os olhos do livro e pensou na própria mãe com saudades, fazia quase um ano que não voltava para casa. Lembra-se dela com saudades nesse momento em que o veículo o conduz à cidade. Não lhe vêm momentos específicos, apenas uma sensação agradável de mãe. Mãe cuja firmeza, humor e resiliência o haviam moldado, mais do que o carinho, os valores morais, o conhecimento. Era com humor que reagia às suas tempestades adolescentes, às suas birras de criança, aos seus questionamentos a respeito do doador anônimo e aleatório de esperma sem o qual ele não existiria. E se Isa Prado atravessou a rua e subiu em um prédio, sua mãe pegava a prancha e ia para o mar, fizesse o mau tempo que fizesse, e havia algo de irracional, ou de intencional, naquele ato temerário. Nos dias escuros, de ventos fortes e mar bravio, em que nem os salva-vidas humanos estavam na praia, tampouco os drones de água e de ar deixavam os hangares, não era surfar que ela ia, não havia como. Ia para enfrentar, para lutar, para ficar só, ia para, quiçá, morrer. Mas aquela mulher forte, de braços e pernas torneados, barriga dura e chapada, sempre voltou à areia, plena, como se tivesse vencido algum desafio autoimposto. Era naqueles momentos que ela parecia feliz.

Carlo continua sua odisseia pelas ladeiras da Vila Pompeia, pelo mesmo chão que o pai percorreu a pé por mais de quarenta anos, todos os dias, bem cedo, para ir de casa à clínica. Ele caminha, o pai caminha, como se fossem só um, como se fossem todos. Escreve com febre. Escreve com adrenalina. Escreve dezesseis horas por dia. Escreve comendo sanduíches frios improvisados e derrubando farelos no teclado. Devora as palavras e a si mesmo. Escreve um texto sujo e confuso, meio atropelado, pouco nítido, que contrasta com o resto do livro, límpido e elegante. Um capítulo que chegou a pensar em apagar quando o leu sóbrio da ebriedade literária da qual estivera possuído, mas a sobrinha Natasha, leitora e editora experiente que era, convenceu-o de que deveria manter, a despeito de ter sido o pai dela o estopim para a rebentação artística e caótica do tio, um homem sempre tão manso. Ou, quem sabe, tenha sido o oposto, ela insistiu na manutenção do texto por ter sido o pai o responsável. Tornou-se o capítulo mais estudado e o que mais despertou paixões, alguns declarando que era o coração da obra, que era espetacular na forma e vibrante no fundo, que apenas o leitor que merecia conseguiria desfrutá-lo, que era, sim, uma provação, como andar descalço sobre o chão em brasa e com cacos de vidro para ter o paraíso como recompensa. Outros o acharam uma porcaria, uma dificuldade que não se justificava, palavras que se entrechocavam sem razão, frases desconexas, ausência de pontuação, uma sofisticação artificial que dificultava a leitura. Mas mesmo os mais críticos ao trecho concediam que havia verdade e pujança naquela erupção vulcânica.

Giros em falso, reflexões, calçadas e tempos irregulares da Vila Pompeia. Carlo se esqueceu do japonês, de propósito ou involuntariamente, e estranhas associações de ideias lhe vêm à mente, as quais não pode garantir se teve naquele dia tão distante ou se estava tendo no momento em que escrevia com pressa desmesurada aquelas páginas, ele, tão cerebral, ele, tão sensato, como gostavam de dizer Rosa ou suas ex-mulheres, por vezes com sarcasmo. Ele sabe que são tempos diferentes. O tempo em que o cara viveu, o tempo sobre o qual o cara escreve, e o tempo do cara que porventura ler. O cara é homem, o cara é mulher, o cara tem muitos gêneros, o cara tem a pele de muitas cores, o cara tem o sovaco de muitos cheiros, o cara tem muitas idades, o cara é bom, o cara é mau, o cara é ele, o cara é sua mãe, o cara são seus dois filhos, o cara é a Rosa, o cara é o japonês, o cara é o leitor, o cara é quem escreve. Não escreve nada que já não tenha sido escrito. Não escreve nada que já não tenha sido pensado. Em muitas épocas. Em muitas línguas. Variações sobre o mesmo tema. Repetições. Não há nada além de repetições. Gentes que se repetem. Pensamentos que se repetem. Descobertas que se repetem. Dramas e tragédias que se repetem. Encontros e desencontros que se repetem. Não há nada inédito. E isso aprisiona e liberta.

 João Robert tira os olhos do holograma com o trecho de *Cansei* que ele havia pedido para o veículo disponibilizar para ele ler. E o cara desconstrói, ele pensa em si. E em cada desconstrução, algo foi feito, algo foi restaurado, ele tem essa clareza súbita, e sente uma breve alegria. Ele não foi um desconstrutor, afinal, foi um restaurador. Como nunca havia se dado conta disso? Sua mãe lhe dizia que ele devia ter respeito pelas coisas que desconstruía, pois muitas não eram apenas coisas grandes e inúteis feitas para se ganhar dinheiro ou poder, muitas foram o sonho de alguém, e ele deveria ter respeito pelos sonhos de alguém, por mais idiotas que parecessem ou fossem. Sou um restaurador, mãe, ele diz. Pois não, não entendi o contexto da sua afirmação, João, você quer elaborar?, diz a voz feminina do veículo em resposta. Não, ele responde, e fica um pouco sem graça por ter sido flagrado naquele pensamento em voz alta. Ele volta a ler o texto projetado à sua frente.

 Contudo. Mesmo os contudos se repetem. Contudo, enquanto escreve, ele intui que modifica não apenas o que viveu, mas também ele se modifica enquanto escreve. O cara faz a obra e a obra faz o cara. O cara faz o livro e o livro faz o cara. O cara faz o pensamento e o pensamento faz a palavra e faz o cara. O cara faz a palavra e a palavra faz o pensamento e faz o cara. O cara faz a comida e a comida faz o cara. O cara faz o sexo e o sexo faz o cara. O cara faz a carreira e a carreira faz o cara. O cara faz o personagem e o personagem faz o cara. O cara faz o filho e o filho faz o cara. O cara faz a roupa e a roupa faz o cara. O cara faz a paisagem e paisagem faz o cara. O cara faz a cidade e a cidade faz o cara. O cara faz a construção e a construção faz o cara. *We shape our buildings and afterwards our buildings shape us,* disse Churchill sobre a reconstrução da Câmara dos Comuns. O próprio cara de alguma maneira construído pelo Palácio de Blenheim, construído por seu cara ancestral. O cara é Gaeta Dordé, *Nada de justiça, a justiça é de nada.* O cara não é justo. Não há justiça. Há, e sempre haverá, apenas, o cara. O cara que não faz sentido. O cara definitivo. E quem ele há de enganar. Já não tinha idade para se enganar, o cara é, era, e sempre foi seu pai. Não, nada teria como ficar bem. Sua mãe tinha se matado e sua irmãzinha havia morrido de um estúpido ataque do coração, puta que pariu. Tudo vai ficar bem, Casé. Nada ficaria bem, nunca, seus merdas.

E Carlo prossegue, sem vírgulas ou pontos, numa espiral frenética e tóxica.

No dia do adeus aquele pai morto desceria para tomar o café da manhã em um horário mais tarde que o habitual mas isso seria depois de um mês está errado não havia como eu pensar nisso enquanto caminhava então penso enquanto escrevo porque já sei como foi quando

Rosa e eu chegamos às 6h e esperamos aquele pai com pães frutas e frios que era mais para nós já que aquele pai comeria o habitual e indefectível par de ovos fritos no bacon que aquele pai mesmo fritaria espalhando o cheiro pela casa toda um pedaço de pão francês amanhecido uma xícara de café com leite estranhamos que pela primeira vez aquele pai não desceu de banho tomado às 6h30 homem de hábitos inflexíveis desde que nos lembrávamos crescemos com a impressão de que aquele pai jamais dormia quando íamos para a cama ainda que de madrugada eu enxergava aquele pai pelas frestas da gelosia no meio da noite fumando ao lado do tronco da sibipiruna quando descíamos para o café da manhã aquele pai estava à mesa se estivéssemos atrasados aquele pai estava lendo o jornal no sofá da sala até sair pontualmente às 7h20 para a caminhada de 32 minutos que o levava ao consultório onde clinicava até às 13h30 a tarde era para a política como se a expressão animal político *tivesse sido inventada para aquele pai que negava a alcunha e dizia com orgulho que havia escolhido ser um* animal doméstico *jamais o havíamos visto de pijama nem quando éramos crianças nem quando uma daquelas gripes fortes o apanhavam invariavelmente nas mudanças de estações ou quando sofria dores de gota que deveriam ser terríveis que lhe endureciam os dedos das mãos e dos pés e comprometiam seus movimentos não a ponto de ceifar sua jornada diária a pé ao trabalho nem assim parecia-lhes frágil nem quando enterrou Nina sob uma chuva forte com raios e trovões que aquele pai e o coronel Bamalaris enfrentaram sem guarda-chuva sempre asseado sempre pontual um homem rígido com os mínimos detalhes um mês depois do dia de que não me lembro e que estou seguro de que poderia ter matado o japonês que jamais me havia feito mal e que despertou ou desadormeceu ou sei lá o quê o pior que existia em mim aquele pai imperscrutável desceu eram quase 8h descalço expondo os dedos dos pés com unhas embranquecidas de barba por fazer cabelos despenteados corpo mais magro que alargava o pijama xadrez parecia ter envelhecido décadas cada músculo cada fio de cabelo se havia esvaecido e quando se sentou à mesa e pegou um mamão contrastando com aquela figura gasta e sem vida ele veio com uma leveza surpreendente e inaudita e*

João Robert desgruda os olhos do holograma e diz, Fechar texto. Já está nas primeiras casas que margeiam a estrada que, na pequena cidade, torna-se uma avenida de pouco movimento. Respira fundo. Uma, duas, três vezes. Está sem seu dispositivo Saúde, pode ser que esteja tendo uma crise de ansiedade. Água, ele diz, e um copo d'água fresca surge de um compartimento à sua frente. Ar de fora, ele diz, e os vidros são abertos. Parar no acostamento um momento, ele diz. Urgência, ele diz. E o veículo anda alguns segundos e encosta em uma área que permite que estacione. Itinerário a pé, João Robert diz, e o veículo responde que é de dez minutos. A voz feminina que fala com ele considera já sua média de velocidade ao caminhar. E ainda diz, Boa opção você ir a pé, João, lhe fará bem, a temperatura está amena, não vai chover, o vento está a favor. Ok, ele responde, destravar a porta. Ele desce e o veículo parte. Coloca as mãos na cintura, estira as costas, a respiração vai voltando ao normal. Olha no relógio. Ainda chegará cinco minutos antes da hora, e se apressar o passo, chegará ainda mais cedo.

Caminha João Robert da Cruz Bamalaris, num passo lento, porém firme, de quem tem as pernas fortes e tênis com excelentes amortecedores e molas. No dia seguinte, ao acordar, as dores nos pés irão cobrar a fatura, ele bem sabe. À medida que anda, é como se entrasse no reino da tranquilidade, *o lugar faz o cara*. Pessoas sossegadas nas varandas de casas pintadas com cal, sentadas em cadeiras de tiras esticadas de plástico colorido, o cumprimentam, e ele acena de volta. Um cachorro preto e branco deitado no chão em frente a um portãozinho de madeira o ignora. Formigas carregando folhas maiores que seus corpos miúdos, em fileira, o acompanham por alguns metros no asfalto para voltarem ao pedaço de mato entre duas casas. Um rapaz e uma moça conversam ao lado de uma moto. Quando passa por eles, sente o cheiro bom de perfume, que não sabe se é da moça, do moço, de suas juventudes em ebulição, ou da árvore com flores que lhes acoberta o encontro. No bar, na esquina, em uma mesa vermelha de ferro, dois homens jogam dominó e o ignoram. Chega ao coreto da pequena praça, em frente à igreja matriz, que está iluminada por jatos verdes de luz. Uma quadra à frente está a Biblioteca Gilberto Varcellos, que parece ter sido um escritor de origem abastada e certa proeminência no começo do século XXI. É a edificação mais bonita e arrojada da cidade. Foi feita com materiais de três igrejas desconstruídas da região, João Robert pesquisou. Reconhece Mariana e Bento à porta no meio de algumas pessoas de idade. Espera que passe aquela tremedeira boba e inconveniente ao longo dos poucos passos que faltam antes do encontro. Não gostaria que pensassem que tremia de velho.

11. Aquela tarde lá

Natasha girou sobre os calcanhares quando viu que Jéssica já não a acompanhava e estava estática na calçada, alguns passos atrás. Bufou e olhou para cima sem se importar que a colega visse seu gesto de impaciência. Jéssica vasculhava com o olhar a construção. Depois sacou o celular da bolsa, tirou algumas fotos, fez um vídeo de alguns segundos antes de alcançar Natasha.

— Você sabia que este era um dos maiores palacetes do Brasil, foi construído no fim dos anos 1930 por um libanês que enriqueceu com tecelagens, é o cara que dá nome à rua, ninguém mais sabe quem é, né?, a alta sociedade vinha em peso, estrelas de Hollywood até, a família quebrou nos anos 1970, o imóvel já caindo aos pedaços foi a leilão e virou essa clínica, e aposto que quem trabalha ou é internado aí não conhece a história nem imagina o que significou, pelo menos não virou cortiço ou museu, né? — Jéssica disse passando por Natasha e guardando o celular na bolsa.

— Não sabia, não, por que seria ruim virar museu?, e cortiço não seria moradia pras pessoas socialmente mais vulneráveis?

— Não, cortiço é a degradação do espaço e do ser humano, eu sei do que estou falando, já morei em um quando eu era pequena.

— Puxa, eu não sabia.

— Não precisa fazer essa cara, não, sobrevivemos todos, e é muito baixo-astral ver palácios virarem museus, monumentos, são coisas mortas que as pessoas passam os olhos sem entender a vida que existiu ali, mesmo que uma vida besta, de gente besta, acho um troço até meio mórbido, essa mania de tudo virar coletivo é um saco — Jéssica disse.

— Você me intriga, Jéssica.

— Intrigo, né, flor? — Jéssica disse em tom debochado.

— Será que o povo usa camisa de força aí dentro? — Natasha disse a meia-voz, no mesmo bom humor.

— Putz, não quis falar nada, mas pensei nisso também — Jéssica sussurrou e sorriu, e as duas entraram juntas no saguão com grandes quadrados de mármore branco e preto compondo o piso, como num enorme tabuleiro de xadrez.

As paredes que sustentavam o pé-direito altíssimo, os vitrais de cristal jateado que formavam delicadas formas geométricas nas espaçosas janelas que ladeavam a enorme porta em arco da entrada, o estupendo piso que não rebrilhava e que ia ao encontro de uma larga escadaria que se dividia em duas, à direita e à esquerda, no fim do salão, e mesmo as pessoas que ali estavam pareciam gastos e tristes. Como a recepcionista, uma mulher enrugada de movimentos e fala lentos, vestindo uma camisa branca e uma malha de tricô azul-escura aberta, que as atendeu com indiferença. Ela checou no computador a informação, deu um telefonema, trocou umas palavras com alguém, pediu-lhes as carteiras de identidade, pediu que olhassem em uma pequena câmera acoplada ao computador, entregou-lhes crachás que deveriam usar, indicou a escadaria por onde deveriam subir, virando à esquerda quando bifurcava. Haveria uma segunda recepção, e lá teriam acesso ou não ao paciente, dependendo das condições em que ele estivesse e de sua disponibilidade para receber visitas.

No andar de cima, havia um pequeno balcão diante de um corredor branco e largo, com portas em ambos os lados. Ao fundo do corredor, um vitral como os da entrada, o iluminava. Um rapaz forte, vestido de branco, esperava por elas. Pediu que o acompanhassem. Conduziu-as para uma sala de espera que parecia ter sido concebida para ser uma sala íntima. Paredes recém-pintadas, janelas com caixilhos de madeira envernizada, as grades que ficavam do lado de fora das janelas eram delicadas e curvilíneas, dois sofás e duas poltronas bastante limpos, uma mesa de centro de tampo branco sobre o chão de cerâmica cinza-claro. Uma sala antisséptica e segura. O rapaz convidou-as a se sentarem. Ele veria se Sidney Rodrigo, que estava bem, concordaria em se encontrar com elas, que aguardassem.

— Fico me perguntando se ficar internado, mesmo que seja num lugar como este, que parece de excelência, não traz uma marca pra pessoa para o resto da vida — Natasha disse baixo mais para si que para Jéssica, como se falasse em uma igreja, depois de esquadrinhar a sala.

Jéssica levantou-se, foi até a janela. A vista era encoberta pela copa de uma jabuticabeira que tomava boa parte das duas janelas do cômodo. Pôde divisar um gramado polvilhado de folhas caídas, alguns arbustos, um banco vazio. Tinha visto na internet que havia uma área grande e bem-cuidada de jardim atrás e que os internos eram incentivados a caminhar e a ficar boa parte do dia lá fora, mas ela não enxergou ninguém.

Natasha ficou sentada olhando a copa da jabuticabeira, que, de onde estava, escondia o céu. Contraiu levemente os olhos.

— Opa, beleza?

Jéssica e Natasha viraram o rosto na direção da voz. Sidney Rodrigo estava sozinho e olhava para elas. Natasha se levantou do sofá. Ficaram sem reação ante a figura à porta, um rapaz alto, magro e forte, de calça jeans e camiseta preta com um barco desenhado. Calçava chinelos de dedo.

— Me disseram que a minha família autorizou vocês a conversarem comigo, eu não entendi bem, eu não conheço vocês — Sidney Rodrigo disse numa voz firme que as surpreendeu.

— Somos jornalistas, trabalhamos com o Zé, Zé Pedro, que mora no seu prédio, ele é uns anos mais velho que você, acho que vocês se conhecem de vista, meu nome é Natasha — Natasha disse e estendeu a mão, que Sidney segurou num aperto forte.

— Eu sou a Jéssica, estive com sua mãe hoje cedo, e ela nos autorizou a vir conversar com você, achou que poderia te fazer bem — Jéssica disse e cumprimentaram-se.

Sidney Rodrigo ficou sem se mexer por alguns segundos, como se estivesse numa espécie de transe.

— Jéssica, Natasha, resta agora eu me apresentar.

Ele parou de falar e outra vez ficou com a expressão paralisada.

— Eu queria conhecer o jardim, será que poderíamos dar uma caminhada lá atrás, sentar num daqueles bancos? — Jéssica disse.

— Prefiro ficar aqui, andei pelo jardim a manhã toda, depois a gente pode dar uma volta lá se vocês quiserem, e se os enfermeiros deixarem, claro — disse Sidney como que saindo de uma distração, numa voz mais fraca, e baixando os olhos. Deu alguns passos e se sentou em uma das poltronas. Natasha e Jéssica sentaram-se uma ao lado da outra no sofá. Entre eles, a mesa de centro.

— Nenhuma de vocês se parece com a Isa Prado — ele disse.

— Eu me chamo Natasha Dansseto, Isa Prado é mãe da minha mãe — disse Natasha, séria.

Jéssica lançou um olhar de soslaio para Natasha. Era a primeira vez que via a colega usar o sobrenome da mãe, que não constava em sua carteira de identidade e que ela procurava esconder.

— Então seu pai é oriental.

— Sim, ele é neto de japoneses.

— Todos nascemos de alguém, né?, gosto muito do conceito de Nascitocracia, cunhado por sua avó, é claro que não é novo, estava presente desde os sumérios, permeou a História da humanidade, é a raiz e o sustentáculo de muitas religiões, ela simplesmente jogou luz e deu um nome pop que colou bem no que as pessoas pareciam ter se esquecido, e escreveu numa linguagem acessível a todos.

— Você leu na faculdade os livros da Isa Prado?

— Desculpa, eu não lembro quando li, ando meio confuso, tanto que me puseram aqui, né?, mas sei que conheço bem e admiro muito a obra dela.

Jéssica mandou um áudio.

Todas as manhãs Sidney Rodrigo acorda em um quarto só seu no apartamento confortável na zona oeste de São Paulo. Ainda de pijama, atravessa sonolento o corredor, passa pela sala e vai para a mesa da cozinha tomar o café com os pais. Enche uma tigela de leite, coloca três colheres de achocolatado, despeja granola, que os pais não deixam faltar nas compras do supermercado. Quando acaba, larga a louça na pia, que a diarista lavará quando chegar. Sua mãe é fisioterapeuta bem-sucedida. Já trabalhou com as seleções brasileiras feminina e masculina de voleibol. Seu consultório no bairro do Sumaré está sempre lotado. Seu pai é executivo na área financeira de uma grande metalúrgica em Guarulhos. Sidney Rodrigo tem 19 anos e está no segundo ano de uma renomada e cara faculdade de Publicidade e Propaganda. Filho único, cresceu cheio de mimos em um lar de amor presente, uma atmosfera de afeto que se materializa nos álbuns de fotografias, nos porta-retratos, nas pinturas de criança enquadradas nas paredes, na entonação da voz e no brilhar de olhos de sua mãe quando fala dele. Foi várias vezes para os parques da Disney em Orlando e para Miami, onde os pais sonham em morar quando se aposentarem. Sidney Rodrigo nunca deu problema na escola, tampouco se destacou. Foi adotado aos seis meses. Nada se sabe de seus pais biológicos. Os registros, assim como o processo de adoção, sumiram dos arquivos oficiais.

Jéssica vomitou. Chocolates, sanduíches, refrigerantes, maioneses, salgadinhos, cafés, biscoitos amanteigados. Vomitou muito. Vomitou tudo. Vomitou todos. Vomitou aquele monte de conversas, conversas desde cedo, conversas para todo lado, aquele monte de encontros que lhe davam e sugavam energia ao mesmo tempo, uma simbiose consigo mesma, uma retroalimentação que punha para fora. Estava sentada no chão do banheiro de piso de cerâmica marrom com a cabeça pendendo na privada. O estômago numa contração dolorida, chacoalhando o dorso em espasmos, mesmo sem ter mais o que vomitar. Um dia que valia por uma vida. Um banquete do qual jamais havia se servido. *¿Estás bien, hija mía?*, *Sí mami, vete a dormir, estoy bien*. A voz doce de sua mãe atrás da porta, em vez de irritação, dessa vez lhe trouxe conforto. Levantou-se de pernas bambas, despiu-se, foi para debaixo do chuveiro. Os pingos d'água fracos e esparsos daquele chuveiro elétrico ruim que demorava a molhar sua pele. Foi se ensaboando com vagar e, por um momento, um mínimo momento, uma fração menor que o momento e que quase lhe passou despercebido, veio-lhe uma não vontade, um sentimento de que não aguentava mais, um choro vaporoso querendo subir em seu rosto. Percebeu, endireitou-se, isso é para gente que podia se dar a luxos, ela não podia se dar a luxos, frescuras e viadagens, desligou a água quente, a água gelada como penitência. Aguentava tudo, sim. Aguentava todos. Tinha a pele grossa como a do hipopótamo, que dava pau em qualquer leão, que de rei da selva só tinha o rugido e a cabeleira zoada. Saiu recompondo-se, olhando-se no espelho embaçado até que seu reflexo aparecesse. Ela já estava diferente. Para sempre. Uma vez lhe disseram que ela comia feito bicho. Pois era bicho, sim, como Fabiano, de *Vidas secas*. Um bicho bravo. Um hipopótamo, como a amolavam quando criança. Um hipopótamo feroz. O dia mais intenso da sua vida. O primeiro deles. Passou pela cozinha e comeu dois pedaços da torta de frango que a mãe havia trazido para ela da casa onde trabalhava. Bebeu um copo d'água de um gole só e quando pousou o copo na pia subiu-lhe à garganta uma ânsia, achou que ia vomitar de novo, passou. Deitou-se, e o redemoinho de gentes e de eventos girou no quarto, já não de maneira aleatória. Ela os controlava. A reunião de pauta no começo da manhã. A entrevista com a enigmática e interessante mãe do Sidney Rodrigo, uma mulher desassossegada que precisava falar. O apetitoso almoço com Natasha naquela padaria escura. A clínica psiquiátrica com seus fantasmas vivos e mortos. A conversa com Sid e Natasha que ainda reverberava nela. Como decidir se ele era Gaeta Dordé transubstanciado ou Sidney Rodrigo esquizofrênico? Porque se tratava, claro, de uma decisão de alguém, ou de um grupo pequeno de alguéns, que tem autoridade e exerce um poder emanado da coletividade e sobre essa coletividade. Um psiquiatra, um juiz, um fofoqueiro, um formador de opinião, um colunista estúpido, é o que essa pessoa pensa que determina o que a sociedade aceita, e como aceita, esse *quem somos*, ele disse para elas com aquela segurança e ousadia petulante do Gaeta Dordé.

— E o que vocês vão decidir é o que importa aqui, não é?

— Não, não viemos decidir nada, Sid, eu posso te chamar de Sid?, viemos contar a sua história por que achamos relevante como material jornalístico — disse Natasha. Jéssica admirou a firmeza de Natasha. Uma firmeza sem agressividade, mas com um quê de arrogância que lhe era natural, de quem ganhava mesada, morava em apartamento próprio na zona oeste de São Paulo e tinha o sangue Dansseto correndo nas veias.

Depois vieram as duas horas na sala com vista para o Vale do Anhangabaú organizando e pondo tempero naqueles textos sem sal e sem pegada, mornos e certinhos, que ninguém se interessaria em ler, escritos pelos colegas humanos de pele fina e alva que comiam alface e abacate com tomate, e que se achavam. Quando se derem conta de que não haviam entendido seu ofício, o trem já teria passado por suas janelas faz tempo. Flores que nunca ouviram música sertaneja ou funk, nem assistiram à novela ou a um programa de auditório. Eram estrangeiros no Brasil real.

As duas barras de chocolate que comprou no camelô e comeu para amainar a ansiedade e recarregar a energia ao tomar o metrô no fim da tarde. Outra vez Natasha, que viu chegando com seu misterioso pai que morava em Brasília quando já a esperava na frente da casa de seu avô. Natasha a cumprimentou de um jeito esquisito, com um abraço, ambas não eram lá muito de abraços. O pai dela sorriu, disse que era um grande prazer conhecê-la, ela não entendeu aquilo, não imaginava que Natasha pudesse ter falado dela, não eram amigas. Mais fácil foi lidar com Rosa Dansseto e seu desdém ao mesmo tempo cruel e formidável que poderia tê-la ferido se ela não fosse um paquiderme. Carlo José Dansseto, cortês e de uma força de presença que não imaginava e não soube compreender, tão boa que sempre foi em compreender as pessoas. Na caixinha de som, por estranha e bizarra coincidência, as músicas de Gaeta Dordé. Uma escada estreita com piso de madeira. Uma porta aberta, uma cama de casal, um par de pernas num pijama xadrez azul. Finalmente, ele, a lenda. Julio Dansseto, a pessoa mais importante que jamais conhecera, e quiçá jamais conheceria. Que era só um homem, afinal de contas, com um rosto magro e miserável. Um homem velho e fraco que passou o olhar em todos para se fincar nela, levantar o braço, apontar-lhe vagarosamente o indicador, como numa cena de *Guerra nas estrelas* com um Jedi moribundo envolto em uma aura sacra, e dizer com aquela voz mítica, Você é a única que eu não conheço, moça, gosto do jeito como você olha, você tem a força estranha, e isso é bom. Para surpresa de todos, que não podiam dizer se Julio Dansseto estava delirando, expressando em palavras um fragmento daquele mundo interno, distante e inacessível dele, ou se estava nos raros momentos de lucidez, o que tornaria sua fala mais espantosa. Para surpresa sobretudo dela.

Natasha mandou um áudio.

O nome na certidão de nascimento de Gaeta Dordé é Geraldo Aparecido Gonçalves. Quarto filho de uma família de seis irmãos, seu pai era agricultor e pedreiro. A mãe, dona de casa e agricultora. Pouco escolarizados, aprenderam a ler com os filhos. Geraldo cresceu em um lar harmônico e organizado no sertão baiano, em uma casa muito simples, com apenas um banheiro. Leitor precoce, dizem que desde pequeno demonstrou facilidade incomum para descobertas e aprendizados, destacando-se na única escola da cidade. Dono de personalidade singular, já despontava nele um inconformismo com o mundo que lhe era dado. Com 13 anos deixou a casa dos pais para trabalhar e estudar em São Paulo, trazido pela irmã mais velha do pai, a voz mais forte daquela família de sertanejos, que emigrara havia mais de duas décadas. Morou com a tia, a quem tinha como segunda mãe, depois em pensões, na zona leste da cidade. Desde os 17 anos, começou a se apresentar em festas e bares na região. Antes dos 30, já havia mudado o nome para Gaeta Dordé e era considerado um fenômeno cultural, lotando ginásios e barracões das periferias da cidade com seus antológicos Bailão Perifa. Ficou nacionalmente conhecido quando estourou nas rádios com a canção Garoava. Virou um artista de fama mundial. Casou-se com a doutora em História da Arte Camila Stein, com quem tem dois filhos. Mora em Ipanema, de frente para o mar. Atualmente é júri de um dos programas de maior audiência na televisão brasileira.

Apesar de ter ido dormir mais tarde do que costumava, Jéssica acordou no horário de sempre naquela casa que despertava cedo e tomava o ônibus antes das 6h da manhã. Sentou-se na cama. Buscou os óculos na mesinha de cabeceira, apanhou o celular que havia deixado carregando. Olhou o aplicativo de mensagens, tinha uma mensagem da Naty, *Oi, flor, você já deve ter visto na capa dos sites todos e nas redes sociais que meu avô morreu, o velório será no cemitério do Araçá, estará fechado ao público e à imprensa até as 11h, venha antes disso representando nosso coletivo de jornalismo, estará autorizada sua entrada, um beijo pra você, Jéssica, e obrigada por tudo.* Jéssica foi até a sala navegando nos sites dos jornais. Todas as manchetes eram dedicadas à morte de Julio Dansseto. #RIPJulioDansseto era o *trending topic* número um no mundo. Ligou a televisão, a programação das emissoras havia sido interrompida e se falava nele. Imagens de uma pequena multidão em frente à casa em que ela estivera na noite anterior. Leu outra vez a mensagem de Natasha. Arqueou as sobrancelhas grossas. Não sabia por que Natasha agradecia.

Natasha mandou um áudio.

Gaeta Dordé e Sidney Rodrigo são afrodescendentes. As cores escuras de suas peles são de tons bastante diferentes e, apesar da compleição física de algum modo semelhante, não têm traços em comum. Impossível confundi-los. Não há nada que os una. Nem estrutura familiar, nem experiências de vida, nem vivências de geração, nem a visão de mundo.

Seus pais já haviam saído para trabalhar. Estava só. Olhou pela janela o pátio do conjunto habitacional que amanhecia enquanto comia um ovo mexido com queijo e tomate e tomava café com leite. Naquele dia, não levaria sanduíches para a turma. Penteou-se. Arriscou uma maquiagem leve no rosto. Vestiu uma roupa boa, das melhores que tinha. Apanhou a malha azul-claro da mãe, a que ela mais gostava. Ganhara de uma patroa que contava mais com ela que com os filhos. Calçou sua melhor sapatilha. Desceu os dois lances de escada, atravessou a garagem descoberta, deu na rua. O ônibus passou lotado e Jéssica esperou o seguinte. Chegou à estação de metrô e esperou três trens até poder entrar.

— Mas uma coisa precisamos decidir, e seremos claras com você, se entrevistamos Sidney Rodrigo ou Gaeta Dordé, são duas entrevistas diferentes — Jéssica disse.

— Então decidam, eu sou apenas um náufrago, vocês devem ser os navios salva-vidas — Sidney disse e sorriu pela primeira vez.

— Não, acredite, somos três náufragos aqui — Natasha disse e sorriu também.

— Somos então *uma comunidade em construção* — Sidney respondeu de bate-pronto, no ritmo da famosa música *Garoava*, de Gaeta Dordé.

Jéssica mandou um áudio.

Gaeta Dordé e Sidney Rodrigo nasceram duas vezes. Gaeta Dordé quando deixou de ser Geraldo e inventou para si um nome e uma vida. Ou apenas foi ao encontro do que era, como se na pedra bruta desde sempre já houvesse a escultura de quem seria. Sidney Rodrigo nasceu outra vez quando passou a ter Rodrigo, o nome do pai, a compor seu nome, quando foi adotado.

Natasha mandou um áudio.

Sidney Rodrigo, como em todos os outros dias desde que foi adotado, acordou em seu quarto. Um quarto que se transformou com ele ao longo dos anos. Que perdeu em infância e ganhou em adolescência e juventude. Que decorou a seu gosto. Um painel de cortiça com fotos e frases recortadas espetadas. Uma seleção de livros e HQs sobre a escrivaninha ou na pequena estante. Pôsteres. Um quarto que, naquele dia, não reconheceu. Investigou aquele cômodo que lhe pareceu surreal, como se investiga um sonho à procura da chave para o real. O que é sonho e o que é real. Como no poema Tabacaria, do Álvaro de Campos, heterônimo do poeta Fernando Pessoa, que Sidney Rodrigo passou a gostar depois de ouvir Gaeta Dordé, um de seus ídolos, declamar numa rede social de vídeos. Ao abrir o armário, deu com um desconhecido no reflexo do espelho interno parafusado à porta. Era outro homem. Em palavras suas, ele era Gaeta Dordé transubstanciado naquele corpo jovem e bonito que lhe era estranho. Sidney Rodrigo foi internado em uma clínica psiquiátrica.

Jéssica mandou um áudio.

Sidney Rodrigo cresceu ouvindo as músicas de Gaeta Dordé, lendo suas poesias, vendo suas entrevistas, então, uma parte da alma de Gaeta Dordé foi incorporada a Sidney Rodrigo em sua formação. Gaeta Dordé está, por isso, em Sidney Rodrigo. E Sidney Rodrigo, de certa maneira, está em Gaeta Dordé, ele é a juventude com a qual Gaeta dialoga e sempre dialogou. Precisamos colocar algo assim, neste momento, antes de falar da clínica psiquiátrica. A internação na clínica pode ser uma fala sozinha de uma de nós, fica mais forte.

Natasha mandou um áudio.

Ok, flor, concordo, muda o texto, me manda digitado que eu reviso e ajeito no corpo do texto.

Jéssica mandou um áudio.

Vou jantar, a gente continua daqui a uma hora, pode ser?, digita aí, flor, eu te mando áudio, beijo.

Natasha mandou um áudio.

Ok, flor, até logo mais, beijo.

Natasha está em um dos três apartamentos que herdou da mãe, que havia herdado da avó Isa Prado. Um dois-quartos bastante amplo em Pinheiros num dos prédios baixos que seu bisavô e seus tios-avós construíram nos anos 1950 e 1960. Não é o apartamento em que morou quando era pequena, antes de sua mãe morrer e antes de seu pai e ela se mudarem para Brasília. Aquele, como o outro, um pouco maior, de três quartos, a duas quadras dali, estava bem alugado e administrado por uma imobiliária, um rendimento que fazia crescer o dinheiro em uma conta de investimento que estava em seu nome desde que a mãe morrera. Quando fez 15 anos, seu pai lhe passou a conta para movimentar como bem entendesse, e aos 16 já estava emancipada. Mexia pouco no dinheiro, já que recebia mesada e vivia com o relativo conforto que o bom salário do pai, que trabalhava na área de informática do Congresso Nacional, proporcionava. Ele era economista de formação, e aquela facilidade incomum com tecnologia havia lhe garantido o emprego. Ela nunca entendeu direito o que ele fazia, até aquela tarde lá, que fazia duas semanas lhe voltava a toda hora à cabeça. A raiva que não sentiu naquela tarde lá, sentia nesta tarde aqui. Vinham-lhe frases elaboradas que deveria ter dito a Sidney na clínica, a Jéssica, a seu avô, que morreria no começo da madrugada, que deveria ter dito, sobretudo a seu pai, um monte de frases, com pontos finais, com pontos de interrogação, com pontos de exclamação. Não disse, e não havia razão para dizer mais, a não ser para si mesma, e ia falando as frases em voz alta andando de um lado para o outro na sala, brigando com os interlocutores que ela projetava diante de si. Apanhou no freezer a lasanha vegetariana, que havia comprado no supermercado antes de chegar em casa caminhando imersa naquela briga interna com os outros que a acompanhavam desde a maçã que comera de almoço. Procurava algo pesado para jantar. Precisava enfastiar-se. Ficava insuportavelmente irritadiça quando estava com fome, mas achava que também ficava mais esperta. Certamente, brigaria menos depois de comer e seus interlocutores sumiriam todos. Contraiu levemente os olhos, e os algarismos no visor digital do micro-ondas, onde colocou a lasanha, ficaram desfocados.

Não fazia sentido. As coisas definitivas nunca fazem. Naquela tarde lá, ela soube.

Depois de Jéssica subir no ônibus, o carro do aplicativo que havia chamado chegou. Quando entrou, pensou que poderia ter oferecido uma carona para Jéssica, sentiu-se mesquinha e fez uma expressão de desgosto para si mesma. Sentou-se no banco de trás, respondeu ao cumprimento do motorista, ficou olhando os carros, as motos, as pessoas sempre em movimento naquela cidade gigante, e aquele movimento todo, aquele barulho sem origem nem destino foi reconfortante de ouvir. Como se tudo fosse sonho, como disse aquele Sidney-Gaeta. Ela sempre foi uma pessoa de realidades. Achava que essa era a grande herança da mãe, que mal conheceu e que estava sempre doente, e que morreu quando ela estava dormindo ao seu lado, depois de voltar do hospital, onde ficara internada por alguns dias. Uma fragilidade física que contrastava com a personalidade forte e alegre que imaginava que a mãe tivesse. Como um sonho. Não se lembrava dela, compôs as imagens das respostas que o pai, o avô e os tios davam às suas curiosidades. Desceu em frente ao seu prédio, seu pai já a esperava na calçada. Estava atrasada, e ele sempre pontual. Fazia oito meses que não ia para Brasília e não o via pessoalmente, as saudades não eram tantas, tantas as vezes que ele lhe telefonava ou fazia chamadas de vídeo nas horas mais aleatórias, por vezes apenas para dizer um Oi, filha, só liguei para saber se você está bem. E, em muitos casos, por estranhas coincidências, tantas e tantas coincidências em sua vida, ele ligava quando ela precisava dele, quando algum problema estava à sua porta, alguma tristeza, alguma complicação, como se fosse um bruxo.

Naquela tarde lá, ela soube, não eram coincidências, e ele era um bruxo.

Não ficou com raiva na hora, deu de ombros enquanto preparava um chá de hortelã, e ele, e ela própria, se surpreenderam com o seu dar de ombros, tão pouco afeita a indiferenças que ela era. Era como se já soubesse, aquele tipo de saber que se sabe antes de saber que se sabe. E naquela tarde lá, não estava mesmo para explosões ou implosões, estava garoa. Demorou muitos anos para acreditar que foi coincidência ela e Jéssica terem cursado a mesma faculdade, entre as inúmeras que existiam na cidade, como o pai assegurou, coincidência terem estabelecido uma relação de certa cordialidade durante o curso, coincidência maior terem ido parar no mesmo coletivo de jornalismo. Jéssica ser madrinha da sua filha mais velha, que nasceria dali a uma década, não seria coincidência, e sim uma escolha. Não haveria como o pai prever ou controlar isso, mas, vai saber, ela pensaria então, ele é um bruxo.

Nem naquela tarde lá, e em nenhuma outra tarde de sua vida, ela soube de tudo.

Mesmo que em alguns momentos ela contraísse levemente os olhos, o olhar perdido no horizonte sobre um outeiro vendo o mar estático e em movimento, um veleiro a riscá-lo deixando um rastro fugaz na água. Ou perdido no vai e vem das gentes e coisas do Vale do Anhangabaú, apoiada com os cotovelos no batente da janela, ou perdido na dança do fogo de uma lareira, de todas as lareiras. Ou perdido enquanto as filhas pequenas brincavam no parquinho de uma praça ou numa distração qualquer, como a copa de uma jabuticabeira emoldurada pela janela de uma clínica psiquiátrica. Em qualquer tempo em que seu olhar se perdia em uma flâmula de algo, um esboço mal-ajambrado de pensamento furtivo e fugidio se insinuava para logo esvanecer. Por um momento. Ela sabia sem saber que sabia, e esquecia, para não saber que sabia.

Natasha não soube da semana sem dias, horas ou segundos, sem sol, sem lua, sem saudades, sem ansiedades, sem passado, sem futuro, sem arroz, sem feijão, sem Wim Wenders, que sua mãe passou na Cracolândia.

Não soube que o pai abraçou a mãe e pousou a cabeça no peito dela e teve uma crise de choro em soluços quando finalmente ficaram sozinhos no hospital. A mãe estava acordada e acariciou os cabelos do pai com ternura enquanto ele se desfazia. A mãe tinha os dentes enegrecidos, o corpo magro com marcas de seringa nos braços, na barriga e nos tornozelos, sonda nas veias tentando reconstruir alguma vitalidade.

Não soube que, naquela noite, o avô Julio Dansseto deixou a filha e o genro no hospital e foi para o apartamento deles render a moça boliviana que tomava conta dela, estendendo-lhe todo o dinheiro que tinha na carteira para que tomasse um táxi. A moça aceitou apenas o que achava que o táxi custaria, devolvendo o restante e pegando a sacola de supermercado que Takashi havia deixado para ela levar à filha. Ele não insistiu, e agradeceu. Antes que ela saísse, disse que levasse um guarda--chuva. *Es só una garua, no* precisa, obrigada, ela disse e fechou a porta.

Não soube que a mãe voltou para casa e ficou dias convalescendo na cama antes de morrer de um ataque do coração, numa madrugada fresca e pacífica. Naqueles dias de que não tem memória, nem conhecimento, ela espalhou bonecas, brincadeiras e alegrias pelo quarto. Fez companhia e não fez manha, manhosa que era. Como se soubesse, sem saber, com seus três anos.

Seu pai não lhe contou que jamais se perdoou por não ser tanto quanto deveria ser. Por ser apenas uma vírgula e não um ponto de exclamação forte, autoritário, poderoso e definitivo. Por ser apenas um homem e não ser um deus. Porque se fosse um deus, naquela noite de salvamentos, em que Carlo foi salvo de ser assaltado e espancado, e talvez assassinado, em que Sidney foi salvo do frio e do desamparo, e talvez de seu fim prematuro numa calçada escura e suja da cidade, todos se salvariam. Todos no mundo todo. Todos e as duas mulheres que perdeu para A morte, que era maior que qualquer deus. Nina, seu grande amor, sua grande dor e seu grande erro, que morreria dali a pouco. E a mãe-menina de Sidney, alguém sem nome, que morreria anônima, para desconsolo dos enfermeiros e da médica que tentaram desesperadamente reanimá-la na ambulância que cortava velozmente de sirenes ligadas as ruas molhadas de São Paulo. Como se o seu corpo, agora abrigado, não precisasse se esforçar tanto para se manter vivo e proteger o filho, e decidisse descansar de tudo.

Naquela tarde lá, enquanto colocava na chaleira com água fervendo folhas de hortelã colhidas do vaso que morava na varanda da sala, Natasha ouviu do pai que quando ela era pequena tinha uma moça que trabalhava de faxineira no prédio em que moravam. Que essa moça era boliviana. Que tinha uma filha que se chamava Jéssica que gostava de bolachas de chocolate. Sim, ela mesma, a Jéssica. Sim, a Jéssica que estudou com ela na faculdade e que era sua colega no coletivo de jornalismo. Não, não estava brincando, essa mesma, a Jéssica, nome e sobrenome, com quem tinha estado naquela tarde. Sim, tinha certeza do que dizia, podia acreditar nele, jamais ele poderia imaginar que elas viriam a se conhecer ou travar qualquer tipo de relacionamento. Quando Nina, sua mãe, morreu, ele decidiu que interferiria diretamente na vida pré-determinada de Jéssica, abrindo-lhe outros horizontes, como se aquela morte repentina e antes da hora causada por um ataque cardíaco improvável pudesse encontrar algum significado. Como se Nina pudesse continuar a olhar pela menina, filha da moça boliviana que ela admirava por ser tão trabalhadora e séria, e que sempre procurava ajudar. Para ela, só aquilo valia, a ajuda concreta às pessoas com quem tinha contato. Jéssica seria então o legado de Nina. Ele providenciou para a menina bolsas de estudos em escolas boas, prêmios em sorteios de que ela não se lembrava de ter participado, um plano de saúde com mensalidade baixa para a família, a aprovação de um financiamento para a aquisição de um pequeno e bom apartamento, e o gerente do banco não entendeu como o sistema havia aprovado aquela mensalidade tão baixa e o prazo tão longo. E a menina, altiva e espertíssima, avançou com uma voracidade que o impressionara sobre tudo que se entreabria à sua frente, e agarrou o que lhe era ofertado com unhas e dentes. Fazia muito que ela era o motor das coisas que lhe aconteciam. Seria sua única exceção. Porque ele era a máquina a mudar o mundo, e para mudá-lo, mudam-se as estruturas, as condições da massa de indivíduos, não de um indivíduo só. É bonito. É redentor. É pouco. Sim, ele disse nessa hora, era profundo conhecedor dos ensaios de Isa Prado, da obra e dos discursos de Julio Dansseto que, antes de ser seu sogro, era uma espécie de ídolo, que sua vida se transformou quando assistiu nos ombros do pai seu famoso discurso no comício das Diretas Já. Sim, era criança, mas foi dos dias mais marcantes da sua vida. Que apesar de nunca mais ter visto seu Julio, tinha uma relação estreita com ele, de respeito e afeto, e também uma relação revolucionária.

E Takashi Makaoka, neve incrustada na montanha mais alta do polo mais ao norte que há, foi desprendendo-se, sem que houvesse um tremor de terra, um cataclismo, um meteoro, uma explosão.

Muda-se nas sombras, não nos palanques. Muda-se no anonimato. Mudam-se os recursos destinados às escolas de um bairro pobre deslocando para a direita a vírgula no orçamento, e a evasão escolar cai pela metade e o índice de criminalidade cai 80% em dez anos. Isso ele já havia feito na periferia no extremo sul de São Paulo, como experimento, aquela melhoria que os jornais começavam a perceber era fruto de obra sua, não do prefeito ou dos vereadores que reclamavam os méritos. Ele foi falando.

Primeiro, uma rachadura aqui, outra ali.

Quando você muda uma palavra em uma lei, você protege o meio ambiente em vez de devastá-lo. Quando você muda uma palavra na sentença de um juiz, você a determina. Se tira uma frase de um tratado internacional, você traz paz e distribuição de renda entre as nações. Ele foi falando.

Um punhado desmorona, uma gleba se solta do alto e vai desfiladeiro abaixo, espatifando-se e desfazendo-se, neve em neve.

Quando você aumenta em 5% as cotas para estudantes vindos de escolas públicas nas universidades, você faz uma mudança estrutural que será percebida dali a uma década, como se mexesse em um grau o leme de um navio, metáfora para a trajetória da História da humanidade, o que é imperceptível na hora, lá na frente é uma distância que tende ao infinito. Muda-se mudando o que está escrito, porque ninguém sabe quem escreveu o quê. E podia-se mudar até a palavra filmada. Porque não há mais memória e você passa a construir uma memória coletiva que você inventa. Você inventa o passado. Você inventa a tradição. Como se um daqueles copistas medievais tivesse mudado a Bíblia e, certamente, alguns mudaram. Em vez de enfrentar o sistema, você se transforma nele. Você é o sistema. Ele foi falando.

Um estrondo e aquela neve toda vem abaixo como uma nuvem sólida e violenta que vai trombando, rompendo, derrubando e engolindo o que havia pela frente. E, pela frente, havia Natasha com seu corpo esguio e frágil, que via aquela montanha se desfazer e crescer para cima dela. De costas para aquela enxurrada de palavras atabalhoadas, algo tão pouco comum no pai gentil que era quase sempre só escuta, ela servia o chá nas duas xícaras sobre a bandeja de madeira. De repente, ela sentiu um enfastio. Veio-lhe a preguiça recorrente de tudo e um pouco mais e, desta vez, primeira vez, preguiça do pai, daquelas baboseiras que ele ia despejando sobre ela, que ela sabia, sem saber, que não eram baboseiras.

— Chega — ela disse com voz calma — ou continua, você é que sabe, pai, eu não sou revolucionária, eu sou jornalista, qualquer coisa que você disser daqui pra frente eu publico.

Takashi parou de falar, apanhou a xícara de chá que a filha lhe ofereceu.

— Claro, filha, claro — Takashi disse apressadamente e queimou a língua num gole mais longo do que a temperatura do chá permitia.

— É verdade isso que você falou aí da Jéssica? — Natasha disse depois de um tempo de silêncio.

— É, sim.

— Que lôco, e os pais dela sabem dessa ajuda?

— Não, ninguém sabe, foi sempre via sistema, sistema do banco, da escola, do Estado, foi sempre uma ajuda anônima sem rastros, uma ajuda da sorte à capacidade dela, agora você também sabe — Takashi disse.

— Você é bom mesmo nessas coisas dos sistemas, não é pai?

— Sou, filha.

— E fez tudo aí que você falou?

— Sim.

— E isso foi só um experimento?

— Foi.

— E deu certo mesmo?

— Deu.

— E você interveio assim a meu favor?

Takashi levanta as sobrancelhas involuntariamente.

— Não, não, filha, você tinha as condições, procurei te educar da maneira que eu era capaz, minha interferência fundamental na sua formação foi como pai, seus caminhos e seus possíveis percalços, que eu não sei quais foram, você nunca foi muito de dividir, né, Naty?, ficaram por sua conta.

— De verdade?

— Sim.

— Tá — disse Natasha, e bebeu do chá e contraiu levemente os olhos —, pai, que fique entre nós dois esse lance da Jéssica, mesmo porque, vou te dizer, se contarmos pra ela, ela escarafuncha e publica com certeza, essa é obstinada.

— Combinado, e se um dia você quiser...

— Se eu quiser saber eu te pergunto, pai, e um dia eu talvez até queira, mas hoje não — Natasha disse interrompendo o pai.

O micro-ondas apitou e trouxe Natasha de volta daquela tarde lá. Vestiu a luva térmica e apanhou a lasanha. Desenformou-a no prato, colocou-o sobre a bandeja de madeira. Serviu-se de um copo de suco de uva natural. Sentou-se no sofá e ligou a televisão. Deu uma passada rápida nos canais e achou um filme do Harry Potter que viu com o pai quando era pequena no cinema. As garfadas na lasanha e o filme foram dissolvendo sua irritação.

Jéssica mandou um áudio.

Estamos sentadas conversando com Sidney. É uma tarde de outono, a copa de uma grande jabuticabeira preenche em verde a janela da sala de paredes cinza-claro, como o céu que aparece em frestas dos galhos retorcidos da árvore. Não há quadros nem objetos de decoração. Duas poltronas e dois sofás brancos confortáveis mantêm certa distância uns dos outros. Ao centro, separando-os, como se fosse um mediador de conversas, uma mesa de tampo de mármore que contribui para a frieza da sala sem porta, aberta para o corredor largo, que foi concebida para ser uma biblioteca íntima do palacete do industrial Saber Calil, imigrante libanês que construiu proeminente fortuna com tecelagens e lojas de tecido na primeira metade do século XX. Em 1974, a mansão abandonada e degradada foi adquirida por um grupo de médicos em leilão judicial e transformada numa das mais importantes clínicas psiquiátricas do país. É uma instituição de reconhecida excelência. Sidney, ou Sid, como os amigos e a família o chamam, é um pouco mais novo que Natasha e eu. Ele está sentado em uma das poltronas. Nós duas dividimos um sofá.

Natasha mandou um áudio.

Sidney é diferente da ideia que eu fiz de Sidney, que foi sendo elaborada desde a reunião de pauta no começo da manhã até chegarmos em frente à clínica psiquiátrica. Quando o imaginei, não o imaginei como um indivíduo, e sim como a loucura em algumas de suas formas. Imaginei uma desconexão da realidade. Uma desconexão sobre a qual eu gostaria de me debruçar como jornalista, já que tenho em Gaeta Dordé uma figura mítica, por razões pessoais. Acho que essa construção de Sidney na minha cabeça não foi construída naquela tarde, foi construída ao longo de toda a minha vida. E, antes dela, ao longo das gerações que a precederam. Uma concepção em certa medida amedrontada, em certa medida benevolente, em certa medida rigorosa, e em grande medida uma concepção que me dá superioridade. Jéssica tinha estado com a mãe dele, eu não. Ela já o conhecia, em algum grau, e através dela, antes de encontrá-lo, uma imagem dele começava a se formar para mim. Ele fala com segurança olhando-nos nos olhos. Vez por outra, suspende a fala por alguns segundos, como se estivesse desligado de seu entorno, de Jéssica, de mim, da sala.

Jéssica mandou um áudio.
Uma conversa fluida e agradável de quase hora e meia. Nossos celulares estão ligados em modo gravador. Ele fala, pergunta, escuta. Uma mulher, que me pareceu médica, por duas vezes ficou do corredor nos observando. Antes de nos despedirmos dele, que se sentiu de repente muito cansado, mostrei-lhe o vídeo que havia feito em seu quarto, com autorização de sua mãe. Ele pareceu absorto na tela do celular, chegou a tocá-la com os dedos. É o espírito do meu quarto, ele disse, numa voz embargada. Perguntei se poderíamos utilizá-lo na matéria que escreveríamos, ele disse que sim, acompanhado de um gesto afirmativo e repetitivo de cabeça. Devolveu-me o aparelho, surpreendeu-me com um abraço. Abraçou Natasha também e disse que sua avó Isa Prado e seu avô Julio Dansseto haviam sido dois dos maiores encontros de sua vida. Vimos ele se afastar a passos lentos pelo corredor e entrar em um dos quartos.
Natasha mandou um áudio.
Descemos e fomos conhecer o belo jardim atrás da clínica. Um gramado coberto com folhas secas e cortado por um caminho de pedriscos, alguns bancos de madeira, canteiros de flores. Demos uma volta silenciosa. Éramos só nós duas. Garoava. Caminhamos para fora da clínica, cada qual ensimesmada em seus pensamentos. É claro que não poderia ser Gaeta Dordé, eu pensava, e pensava também por que não poderia ser Gaeta Dordé transubstanciado?, uma palavra, aliás, que aprendi naquela tarde.

Naquela tarde lá, Natasha aprendeu um monte de coisas. De palavras. De verdades e histórias. De certezas e dúvidas. De pessoas. De sistemas. De silêncios. Naquela tarde lá, uma Natasha ficava para trás para que outra Natasha pudesse, enfim, surgir. Soube disso sem saber que sabia.

Natasha mandou um áudio.

Porque não pode ser Gaeta Dordé, eu sou Natasha Dansseto.

Jéssica mandou um áudio.

Porque é Gaeta Dordé, eu sou Jéssica da Silva, e esse é o podcast do Coletivo Anhangabaú de Jornalismo.

12. A morte que nunca acaba

Toda vez que garoava, Rosa ia para o centro da cidade, entrava no prédio sem porteiro, subia o elevador, ia para o terraço e olhava.
Ela morreu.
Ela não morreu.
Ela se matou.
Ela assassinou a si mesma.
Ela se suicida.
Isa Prado, sua mãe, se suicida num fim de tarde de garoa em São Paulo. Ela atravessou uma movimentada rua do centro, aonde ia muito pouco. Subiu no topo de um prédio. Atirou-se de lá.
Isa Prado, sua mãe, foi levar para consertar a máquina fotográfica que havia ganhado do pai assim que se casaram. Uma Olympus de um bom modelo que ele

comprou no crediário. Deixou a câmera no balcão com o atendente, que lhe deu um comprovante, que ela enfiou na bolsa. Saiu para a calçada. Em frente à vitrine da loja, mesmo protegida pela marquise, a garoa molhava de leve seu rosto. O sinal fechou para os carros. Ela atravessou sobre as faixas desbotadas com a manada de pedestres que se perderam em outros tantos pedestres, que caminhavam ainda sem guarda-chuva na calçada oposta. Ela ficou parada na outra margem. O fluxo de gente esbarrava nela. Seguiu reto e entrou no prédio à sua frente, um edifício que já fora imponente nos anos 1950 e que ainda mantinha certa beleza decadente. Atravessou o saguão de pé-direito duplo sustentado por largas colunas cilíndricas de concreto espalhadas como que a esmo. O piso de pedra fazia desenhos irregulares, mas mal eram notados de tão encardidos, pareciam a continuação natural do áspero chão do espaço público. Não havia porteiros ou seguranças. Pessoas se protegiam da garoa esperando-a, e ao tempo, passar. A porta de madeira do elevador, ao fundo, abriu quando ela se aproximou, e várias pessoas saíram. Ela se juntou às pessoas que o esperavam em fila. Foi a última a entrar no elevador. Foi a última a sair. Desceu apenas ela no último andar. No terraço havia dois casais de namorados. Sua mãe deixou-se molhar pela garoa enquanto São Paulo continuava ao redor dela. Caminhou sem desespero e subiu na muretinha. Os casais gritaram. Deve ter sido assim.

Isa Prado, sua mãe, acordou como acordava todos os dias. Sentou-se sonolenta na privada e desrepresou um xixi demorado. Lavou o rosto com água gelada. Escovou os dentes. Escovou os cabelos com as pontas dos dedos. Desceu calçando suas pantufas cinza e vestindo um de seus tantos pijamas coloridos de algodão, como sempre fazia. Ao contrário do pai, que se recusava a sair do quarto em vestes de dormir, como ele dizia, nem que fosse para checar a fonte de um barulho estranho, ver se os filhos já haviam chegado das festas, ou buscar um copo d'água para a mãe no meio da noite, sem estar trocado, e se compunha com ao menos uma calça azul-escura de sarja, que usava só para ficar em casa, e uma camisa branca de manga curta de linho. Os degraus da escada. O cheiro de bacon. Sua mãe deu um beijo em seu pai, que já havia posto a mesa e preparava o café da manhã costumeiro. Ela reclamou com ele que tinha de parar com aquilo. O colesterol dele não iria aguentar, e a casa já estava impregnada daquele fedor de fritura. Abriu a janela e a porta da cozinha. Foi assim naquele dia.

Era assim todos os dias.

Antes e depois do dia em que ela se foi. Mesmo depois que todos haviam partido e só sobrou o pai, os cafés da manhã naquela mesa permaneceram, como se os carregasse para onde quer que ela fosse. Os irmãos vindo, Nina, sempre a primeira a chegar. Carlo e ela. E estavam os cinco à mesa. Ora um, ora outro começava a falar, naquela mesa, entre pães franceses, manteiga, requeijão, mamões, ovos com bacon, granola, leite, café, um bolo que às vezes a mãe fazia antes de dormir e deixava sobre a bancada, ao lado do micro-ondas. Oba, hoje tem bolo!, Nina dizia quando o via protegido por uma redoma de plástico. Falavam da escola, das charges de Angeli e Laerte nos jornais, de política, de lugares conhecidos e desconhecidos, de curiosidades, de acontecimentos do dia anterior, uma prova de Geografia, um desenho animado, um lance no jogo de futebol, uma música que estava tocando nas rádios. Falavam dos planos para a vida, riam, discutiam, brigavam, desbrigavam, cinco vozes harmoniosas naquela mesa, naquele tempo apertado de vinte minutos, um tempo que jamais acabaria. Mesmo depois que ela se foi. Mesmo depois que todos haviam partido e só sobrou ele. Mesmo quando sobrou apenas uma sombra dele. Foi assim. A buzina da perua escolar tirou Carlo e ela da mesa. Beijaram a mãe e deram tchau para o pai. Em seguida, o rodízio chegou para buscar Nina. Os pais devem ter colocado a louça na máquina conversando. As contas para pagar. O almoço na casa de amigos no próximo fim de semana. Carlo, que andava tenso, podia ser só o vestibular, podia ser algo mais. Ela, Rosa, que estava com problemas de amizade na classe, seria bom marcar uma hora com a coordenadora. Nina precisaria de um reforço em Matemática. A reunião com aqueles deputados federais. A reunião do departamento de Sociologia. A pia do lavabo vazando. A lista do supermercado. Um beijo na boca. Tchau, amor. Ele ia para sua caminhada de 32 minutos rumo ao consultório. Isa, sua mãe, tomaria mais um café lendo o jornal. Deve ter sido assim. Todos os dias eram assim.

Aquele não foi todos os dias.

Houve um piquete nos portões da faculdade. Sua mãe não se juntou aos grevistas, tampouco pediu para passar. Teriam deixado, já que era professora reconhecida e respeitada por todos. Também por ser mulher de Julio Dansseto, um aposto que jamais era esquecido. Passou reto de carro sem ser notada. Voltou para casa. Sentou-se à velha e maciça escrivaninha do quarto. Pegou as dissertações em papel almaço que tinha de corrigir. Deve ter ficado olhando a sibipiruna pela janela, como fazia sempre. Almoçou com Carlo, que se surpreendeu ao vê-la ali quando chegou da escola. Pediram beirutes de um restaurante árabe da vizinhança de que ele gostava. Pediram dois sorvetes com farofa doce e calda quente de chocolate. Sua mãe subiu para se deitar uns minutos antes de continuar o trabalho. Foi pegar alguma coisa qualquer no armário. Deu com a máquina fotográfica. Lembrou-se de que fazia muito tempo que estava quebrada. Desistiu da sesta. Apanhou seu bloco de anotações. Escreveu uma lista de coisas que poderia fazer à tarde e que jamais conseguia, por falta de tempo. Consertar a câmera. Buscar os dois ternos de Julio, um vestido seu e um da Rosa na lavanderia, que já estavam fazendo aniversário lá. Chamar o encanador para ver o vazamento no registro do lavabo. Fazer supermercado. Bateu na porta de Carlo. Despediu-se dele sem vê-lo.

Ele gritou apenas Tchau, mãe. Antes de sair, ela ligou para o encanador. Ele ficou de vir no sábado. Deve ter sido assim.

O encanador não veio, e o registro do lavabo ficou vazando por muitos meses até que seu pai o consertou, bom que era de consertos.

As roupas da lavanderia estavam limpas no porta-malas do carro, que demoraram vários dias para encontrar, já que a bolsa de sua mãe havia sumido, com carteira, documentos, bloco de anotações, o tíquete do estacionamento.

A câmera ficou na loja até ser vendida, já que não foi reclamada, nem quando conseguiram finalmente que atendessem o telefone, no número anotado, para que o orçamento fosse aprovado. Que câmera?, seu pai falou, explicaram-lhe, e ele disse apenas Muito obrigado, e desligou, sem aprovar ou desaprovar o serviço.

Sua mãe estacionou no começo da rua da Consolação às 15h12, mostrou o sistema do estacionamento. A um quilômetro de distância da loja que consertava câmeras. Foram quase duas horas até que ela caísse no pátio externo do prédio, entre arbustos, sacos de lixo, entulho. Quase duas horas de centro. Rosa não pensou no que ela poderia ter feito, quem poderia ter encontrado, o que poderia ter acontecido naquelas duas horas que precederam sua morte. Não importava. Não importava no dia em que ela morreu. No dia em que foi enterrada. Naquelas idas ao topo do prédio percorrendo seu caminho, não havia procurado resolver o mistério daquelas duas horas. Não importava, nem naquela madrugada em que estava sentada na cama acordada desde as 4h28 da manhã, esperando para ir à casa do pai tomar café da manhã com ele e repassar o roteiro do evento de despedida da vida pública que aconteceria no começo da tarde, que ele, claro, tinha de fazer. Devia isso a ela, como não?

Sua mãe deixou as roupas lavadas no porta-malas do carro, a câmera para consertar, o filho mais velho estudando para o vestibular, as duas filhas na casa de amigas, o marido numa reunião com a executiva do partido, as provas em cima da escrivaninha sem corrigir, tomou o elevador, subiu na muretinha e pulou.

Se não tivesse havido greve, ela não teria ido almoçar em casa, não teria olhado por qualquer razão dentro do armário, não teria visto que a câmera estava quebrada fazia tanto tempo, não teria pensado que pudesse levá--la para consertar, não teria saído, não teria ido à loja, nem atravessado a rua, nem subido no prédio, nem se atirado de lá.

Se não tivessem tido três filhos, talvez tivessem tido dois, ou nenhum, e ela não teria usado tanto a câmera, que não teria quebrado.

Se seu pai não tivesse dado de presente a câmera de que ela gostou tanto, e com a qual registrou aquele dia a dia que tiveram, ou dado uma câmera mais resistente, mais cara, a que o vendedor deve ter insistido para lhe vender, com mais recursos, homem comedido que era nos gastos, ela não precisaria de conserto.

Se Isa Prado não tivesse conhecido Julio Dansseto, poderia ter se casado com um empresário alto e bonito, um homem de bem que continuaria as construções da família, enchendo de predinhos os bairros da zona oeste da cidade, dando a ela uma vida confortável de museus, viagens e obras de caridade.

Se Julio Dansseto não tivesse feito tantos discursos em faculdades, Isa não teria escutado, se admirado, se apaixonado por ele. E ele, depois de insistências dela, não a teria conhecido como se já se conhecessem desde sempre, uma cumplicidade e intimidade instantâneas, quase no primeiro olhar, ele, que jamais havia sido íntimo de ninguém, e disso todos sabiam. Ele não a teria pedido em casamento num jantar no Largo do Arouche, não teria vislumbrado uma pacata vida burguesa, algo que desprezava, não teria virado com alguma satisfação um animal doméstico, não teria achado que poderia haver alguma paz.

Se os irmãos do seu pai não tivessem morrido pelas mãos do Estado, se a mãe anarquista do seu pai não tivesse sumido quando ele tinha 8 anos, se o pai do seu pai, um operário estourado que plantou com ele aquela árvore que era corroída pelos cupins da cidade de São Paulo, se não tivesse lido tanto Marx, Engels, Gramsci, Rosa Luxemburgo e tantos outros autores proibidos, se a primeira Dansseto, a que diziam ter ganhado aquela escrivaninha do próprio Giuseppe Garibaldi, único móvel que trouxe quando emigrou sozinha para o Brasil, grávida de um revolucionário cujo nome nunca revelou a ninguém, se Giuseppe Garibaldi não tivesse passado pela cidade da bisavó, tão menina então, ela não tocaria o sino da igreja, o primeiro ato de rebeldia que duraria gerações até dar no pai.

Se Giuseppe Garibaldi tivesse morrido no Brasil, ou no Uruguai, ou se um dos tantos navios que o carregaram tivesse afundado nas travessias, se sua avó não fosse tão anarquista e forte, se seu avô não fosse tão esquentado e indignado contra as pequenas injustiças, se ele não fosse herdeiro daquilo tudo, se tivesse outra personalidade, se Isa Prado e os filhos de Isa Prado não tivessem tido sua presença avassaladora. Ou, se ao menos, alguma vez, aquele pai tivesse se desesperado. Quando a mãe morreu. Quando o pai morreu. Quando foi torturado. Quando a mulher se matou. Quando Nina, sua filha, sua filha querida, morreu. Ele era do jeito que era. Tudo foi do jeito que foi. Não houve desespero. Não houve desespero. Jamais houve desespero.

Um coração de pedra.

Um coração de pedra.

Um coração de pedra.

Aquele homem e seu coração de pedra.

Que, felizmente, ela não herdou. Não era sensível como Carlo e sua mãe. Não era doidinha e leve como Nina. Conquanto fosse dura, não era seca. Tinha o coração levemente úmido daquela garoa sem fim.

Houve greve e piquete na faculdade, e antes disso ela teve os três filhos, e antes disso ele a presenteou com uma boa câmera fotográfica, mas não a melhor da loja, e antes disso ela o conheceu em vez de conhecer um engenheiro pacato e de bem, e antes disso ele fez os discursos porque esse era ele e não havia paz possível, e antes disso seus irmãos e seus pais morreram de forma violenta, e antes disso a primeira Dansseto tocou o sino da igreja festejando a vitória de Garibaldi e suas tropas numa cidadezinha no norte da Itália, um sino que continuava a soar mais de um século depois, e antes disso o próprio Garibaldi sobreviveu a prisões, viagens de navio e batalhas.

Talvez não tivesse se matado. Mas sua mãe se matou. Assim foi.

Suicídio é uma morte que não tem começo.

O dia amanheceu como os dias amanheciam, insensível aos dramas, felicidades, tragédias cotidianas, essas coisas individuais e tão desimportantes frente à humanidade, seu pai dizia.

Sua mãe morreu.

Sua mãe não morreu.

Sua mãe se matou.

Sua mãe assassinou a si mesma.

Sua mãe se suicida.

O dia amanheceu como os dias amanheciam e Isa Prado, sua mãe, se suicida. Nas tardes de garoa, Isa se suicida. A cada dia, Isa Prado se suicida. E quando não houver mais ninguém. Nem sombras, nem devaneios. E as memórias tiverem se esvanecido. Tudo estiver consumado. Os destinos cumpridos. Ainda assim, a toda hora, e sempre, Isa Prado se suicida.

Rosa andou até a muretinha no topo do prédio, subiu, sentiu um tremor nas pernas e um tremor no mundo, uma vertigem, um chamado para que pulasse. O peito arfava. Não havia nada. A garoa em seu rosto. Não a porra de uma tempestade. Um estrondo a assustou e ela quase caiu. Desceu, sentou-se no chão apoiada na porra da muretinha, chorou em soluços com as mãos cobrindo o rosto.

Havia tantos anos que não pensava nisso.

Rosa estacionou o carro. Olhou para aquela casa que lhe pareceu tão velha, tão presa a um passado longínquo do qual não se libertava.

O portãozinho de ferro da entrada de casa rangeu e isso de certa maneira o despertou, como o despertava quando os filhos chegavam nas madrugadas e ele os espiava pelas frestas. Exceto sua pequena Nina, de cabelos vermelhos como o seu, que havia morrido depois de ter passado por um vício que ele jamais soube. Nina pulava o muro e entrava em silêncio. Nina, que depois que Rosa mudou de casa teve o quarto só para si e desarrumou-o todo, rabiscando paredes, colando cartazes, escrevendo uma letra de música inteira do Gaeta Dordé, que ela gostava tanto.

Um coração de pedra.

Um coração de pedra.

Um coração de pedra.

— Seu Julio, perdão, não posso ser como o senhor, eu não tenho um coração de pedra — o japonês disse sem desviar o olhar, e continuou falando, e aquilo que foi dizendo, aquele tipo de conversa mole que costumava irritá-lo sobremaneira, o comoveu feito o diabo. Às favas o tal coração de pedra, que, fazendo uma autocrítica, de certa forma o envaidecia.

Os pés descalços. Os olhos semicerrados. A cabeça pensa. O dorso um pouco inclinado para a frente. A persiana aberta. A janela reenquadrada pela luz do poste, que também dava o contorno em verde à copa da sibipiruna que ele havia plantado com o pai quando era criança. Tinha a mão direita dentro do bolso do pijama. Os dedos ficavam correndo pela corrente de prata com crucifixo que ele havia lhe dado quando ela aceitou se casar com ele, feito um *kombolói*, movimento que eles vinham fazendo nas últimas madrugadas insones. Levantou-se devagar. Deu dois passos irritantemente inseguros até a gelosia, mas não pôde ver pelo quadriculado de madeira quem havia chegado, a porta da frente já estava sendo aberta. Certamente Carlo, que jamais se atrasava. Rosa deixava que esperassem por ela. E todos esperavam.

Voltou à cama. Uma exaustão que o imobilizava. Recostou a cabeça no travesseiro, enfiou os pés dentro das cobertas. Julio Dansseto adormeceu com a mão no bolso e se atrasaria para o café da manhã pela primeira vez na vida.

13. Os sem-mãe

Takashi estava sentado no sofá da sala. Passou os olhos pelo apartamento. Nina estava em cada móvel, em cada objeto, em cada cor de parede, em cada momento. Quando vieram ver o apartamento que ela havia herdado da mãe e que o inquilino havia acabado de desocupar, imaginaram-no, compuseram-no, o quarto deles, o quarto dos futuros nenês que um dia viriam, o escritório dos dois, a vida estava toda ali. O cheiro dela, aquele primeiro, de um perfume que tinha um frasco de flor, estava por todo lugar, sobrepujando aquele outro cheiro impregnado nele e em suas lembranças que achou que jamais esqueceria, e que já sumia tão rápido. Só não acreditava que sumiria para sempre. A ausência dela, agora definitiva, trouxe sua presença de forma arrasadora. Os dias, desde que ela havia morrido, passavam por ele flutuando, uma brisa de tempos e espaços, um caminhar desconectado do mundo, real e bruto, e de sonho, os dois eram uma coisa só.

Naty, estirada no tapete, como gostava de ficar, assistia a seu desenho favorito. Estranhamente, depois da missa de sétimo dia, ela não pediu mais pela mãe. Como ele e como Nina, Naty também cresceria sem mãe. A falta materna a unir os três naquela jornada. Só esperava que conseguisse ser um pai tão bom como seu pai foi, mesmo o pai sendo um homem limitado e com aquele tipo de bondade simplória, e talvez essas tenham sido suas grandes virtudes, algo que Julio Dansseto jamais alcançaria.

Naty se chamou Natasha em homenagem a Nastassja Kinski. Naquela hora, ele se dava conta de que a homenagem não foi à atriz, mas à personagem Jane, que ela interpretou em *Paris, Texas*. Jane era uma mãe que voltava ao filho. Já haviam conversado sobre a falta de mães que coincidentemente os ligava, naquele mesmo apartamento, deitados naquele mesmo tapete em que Naty se esparramava com o olhar fixo na televisão. A mãe dele foi para o Japão, para nunca mais voltar, quando ele não tinha completado 6 meses. O pai disse apenas que não sabia por quê. Um dia, se ela voltasse, ou se ele fosse para o Japão, poderia perguntar a ela. Um pai prático, seco, que não escondia respostas, tampouco alterava o tom de voz às suas perguntas. Sim, ela nos deixou e foi para o Japão sem falar tchau pra ninguém, Acho que sim, que gostava de você, mas não dá muito pra saber, ela conheceu você muito pouco, Sim, era uma mulher normal, Sim, nos casamos porque gostávamos um do outro, Não, não sei por que não se despediu, nem de nós, nem de ninguém, precisa perguntar a ela, Não, nunca fiz nenhum mal a ela, nem ninguém que eu conheça fez, não teve briga, um dia ela simplesmente partiu, só ela que sabe, Não, não parecia nervosa nem louca. E assim seguiam as tantas respostas de bate-pronto. Já os pais de sua mãe, que lhe eram próximos, cada vez que o encontravam tinham estampado nos rostos um pedido de desculpas pela filha que também os deixara e os magoara. Houve um tempo em que Takashi pesquisou as mídias sociais da mãe. Estava sorridente, rodeada por outra família que ela formou na terra dos seus antepassados. Ficou se perguntando se saberiam que ela tivera um primogênito que abandonou. Ela havia até mudado de nome, mas ele a encontrou com facilidade. Chegou a digitar uma mensagem, mais de uma vez, não enviou. Depois desinteressou-se por completo. Havia passado o tempo dos julgamentos, não a julgou, tampouco a absolveu. Esqueceu-se dela. Para Nina aquilo parecia inconcebível, não se esquecia um dia sequer da mãe que conheceu tão pouco.

 A mãe dela se suicidou. Ambas fugiram, ela disse para ele. Ambas foram em busca de uma parte que lhes faltava, ele disse para ela, temendo que as palavras pudessem ter um peso maior do que pretendia imprimir a elas, havia falado só porque lhe pareceram palavras bonitas. Ambas nos deixaram, ela disse. E na conversa viram que as coincidências continuavam nos pais. Seu pai perdeu a mãe para a tuberculose quando era criança, ele disse. Seu pai perdeu a mãe, morta por alguma milícia paramilitar, ou por órgãos do Estado Novo, também criança, ela disse. Uma sucessão de sem-mães que daria nela, ela disse, que seria a melhor mãe que poderia haver e encheria aquele apartamento de filhos. Antes de morrer, seus lábios insinuaram um sorriso triste, não disse nada, mas ele entendeu. Naty repetiria a sina das gerações de sem-mãe.

A campainha tocou. Takashi abriu para a moça boliviana que havia terminado a faxina no apartamento de cima e iria ficar com Naty até ele voltar. Quando Nina saiu do hospital, dias antes de morrer, a moça ia visitá-la assim que terminava o trabalho nos outros apartamentos. Uma presença reconfortante, uma moça de firmeza doce e delicada que, ao chegar, levava aconchego não apenas a Nina, mas a ele e a Naty, que corria para o seu colo. Sua miudeza contrastava com a força que dela emanava, não apenas força de espírito, mas física. Era capaz de levantar Nina da cama, ampará-la, dar-lhe banho, como se seu corpo pequeno fosse feito apenas de músculos. Antes de sair, nessas ocasiões, deixava uma sopa pronta, sempre se recusando a receber por essa hora ou duas que passava a tomar conta dos três, espalmando a mão e dizendo, *No, no, no, por esto no.*

Chegaria cedo, disse a ela, pagou-lhe o combinado, entregou-lhe uma caixa de bombons para que levasse para a filha, uma menina por quem Nina tinha afeição.

— Como se chama sua filha?
— Jéssica, quer ver *una* foto dela?
— Sim, gostaria muito.

Uma menina gorducha e sorridente, da idade da Naty, vestida numa fantasia de Mulher Maravilha, ao lado do tronco de uma árvore. Ao fundo se via um muro sem reboco.

— Muito bonita, parabéns.
— Obrigada, *es mui* esperta.

A menina não era bonita, não seria escolhida para um comercial de brinquedo ou de cereais em uma mesa deslumbrante de café da manhã, mas tinha um olhar de felicidade e um sorriso de dentes brancos que impregnavam a foto.

Desceu à garagem carregando a imagem da menina nos olhos. Enxergou-a crescendo na vida brasileira, com todas as dificuldades brasileiras, tendo filhos e empregos brasileiros, um destino brasileiro. Não tinha informações sobre o pai da menina, porém, felizmente, ela teria uma mãe boliviana e forte que lhe daria o que ele jamais poderia dar a Naty, que teria uma vida confortável e de oportunidades na Brasília para onde se mudariam dali a uma semana. Sem levar os móveis que Nina e ele escolheram, sem levar as cores das paredes, os talheres com cabos de madeira de que ela tanto gostava, a vista da janela, os barulhos, o cheiro de madeira da cristaleira. Sem levar a cristaleira que haviam comprado numa loja de móveis usados e reformado. Deixaria para aquela moça os talheres, a cristaleira e o que ela quisesse, e para sua filha deixaria um destino menos brasileiro. Tomou a decisão guiando pelas ruas daquela São Paulo tão desinteressada. Tomou a decisão indo contra seus princípios resolutos de que devia usar seu poder, porque tinha um poder que havia tempos sabia usar, não para o bem de um indivíduo, e sim para o bem da humanidade. Tomou a decisão porque achou que Nina ficaria feliz. Mas Nina havia morrido e ele e a filha estavam de mudança para Brasília. De Brasília, se recobrasse as forças e a vontade, mudaria o mundo. De Brasília, mudaria a vida de Jéssica. De Brasília, tentaria esquecer.

Estacionou a uma quadra da casa de Julio Dansseto. Desceu do carro, trancou-o. Um carro que compraram juntos, cuja cor ela escolheu, e que também estava à venda. Foi caminhando, parou por um momento na frente da casa de Julio Dansseto, protegido pela copa da sibipiruna, que soltava cascas do tronco, por onde descia uma fieira de formigas carregadas de folhas. Estava ali sem ser visto. Aquela casa exercia um poder sobre ele. Não era medo. Não sentia medo. Depois de Nina, não haveria medo com que sua coragem não pudesse. Mesmo o medo maior, de criar Naty sozinho. Mesmo o medo sem tamanho de Naty ter o destino da mãe ou da avó, mais um destino trágico naquela família amaldiçoada que eram os Dansseto com que fora se meter. A maldição que o destino lhe lançou quando, nos ombros do pai, ouviu as palavras daquele feiticeiro. Maldição de se intrometer na vida dos outros.

As duas janelas da frente, a do quarto do seu Julio e a do antigo quarto de Carlo transformado em uma sala de leitura. A porta antiga de madeira com um pequeno visor retangular em vidro fosco, na parte de cima, sob as janelas, o degrau onde viu Nina. Era menino, correu os dedos pelo mapa no guia de ruas da cidade que pegou do porta-luvas do carro do pai. Pesquisou a linha de ônibus. Era um sábado, o pai lia o jornal no sofá da sala e, sem tirar os olhos da seção de esportes, disse apenas, Vai com cuidado, se você se perder, me liga a cobrar de um orelhão. Desceu do ônibus um ponto antes. Perguntou a um frentista, que lhe indicou o caminho, todos sabiam onde morava Julio Dansseto. Foi se aproximando com um misto de receio e ansiedade da casa de seu herói, que se escondia atrás da famosa árvore que via em fotografias nos jornais. Sentiu um chacoalhar no corpo. Viu-a. A menina de cabelos vermelhos estava sentada no degrau com as costas apoiadas na porta. Nina gostava de olhar o movimento da rua. Dizia que, quando ficassem velhos, eles se mudariam para uma casa em uma rua movimentada e ela ficaria os dias sentada em uma poltrona de vime vendo o mundo passar. Seus olhos não se encontraram naquele longínquo dia que tantas vezes ele reconstruiu, atualizando-a. Agora teria de reconstruí-la ao longo dos anos, para que Naty tivesse direito àquela mãe que conheceria por suas palavras. Uma mãe que ele tinha de extrair daquele olhar. Uma mãe que teria de vir toda alegria, e não toda dor. Aquela Nina, a que se sentava no degrau, a que ele via alegre no cursinho em meio àquela turma meio boba, a que adorava ir ao cinema e que lhe apertava a mão nas cenas mais tensas, a que se casou com ele numa cerimônia singela entre familiares e amigos próximos na chácara da irmã de sua mãe, a Nina que atingiu o auge da felicidade no dia em que Naty nasceu. Não a que carregou nos braços emergindo da terra devastada e inexistente, a que abraçou no hospital, ela e ele, que tanto haviam se feito um ao outro, desfaziam-se, e que morreu em casa, sem ter forças mais para continuar na luta tremenda e diária que era o seu viver.

Tocou a campainha daquela casa cuja cópia da chave ele tinha, casa à qual, depois daquele dia, não pretendia mais voltar. Sua última ida lá. Tão diferente da primeira. Quando foi jantar com a família dela, depois de estarem saindo já fazia mais de dois meses, ela o esperava à porta sentada em seu degrau. Nina se levantou num pulo e foi ao seu encontro no portão, deu-lhe um beijo, pegou sua mão com a leveza que lhe era característica quando estava bem. Ele se esforçava para não demonstrar nervosismo. Para não demonstrar que a havia visto ali naquele degrau tantos anos antes. Que por vezes passava por ali a pé, no colegial. Que o pai dela era o maior homem que ele julgava existir. Que estava em ebulição por dentro. Entraram, Julio Dansseto estava sentado na poltrona, de óculos, com um livro nas mãos. Os óculos tiveram um efeito imediato em Takashi. Aquele homem precisava de óculos de leitura. Julio Dansseto pousou o livro, pôs-se de pé e lhe estendeu a mão. Sentiu um aperto forte. Entendeu os depoimentos que diziam que o que mais impressionava no homem era a ocupação dos espaços com sua presença, como se dele emanasse uma onda de calor que a todos contaminasse e aquecesse. Veio-lhe a famosa frase de um político, sempre citada entre aspas, que terminava com *e que torna sagrada a atmosfera*. Não deu tempo de sucumbir ao significado Julio Dansseto, porque de imediato percebeu um significado maior, mais real naquele homem que lhe apertava a mão. Ele era o pai da sua mina. E usava óculos de leitura.

— Está aberta, sobe aqui, Takashi — ouviu a voz de seu Julio, olhou pra cima e viu-o na janela.

Abriu o portãozinho, que rangeu. Entrou, atravessou a sala num passo firme, sem olhar para os lados, feito um burro de carga com antolhos, para que a presença avassaladora de Nina, ou de algum dos fantasmas daquela casa, não o paralisasse. Subiu a escada de piso de madeira. Ouviu o barulho que parecia de uma furadeira. A porta do quarto do seu Julio estava aberta. Ele de costas, furando a parede ao lado da janela. Sobre a cama, uma bagunça de ferramentas e sacolas plásticas. Apoiada na porta do armário, uma tábua que Takashi logo entendeu ser uma prateleira que o homem que usava óculos de leitura estava afixando na linha reta riscada a lápis.

— Oi, Takashi, me passa, por favor, o martelo, está aí, em cima da cama.

— Oi, seu Julio.

Takashi apanhou o martelo e o entregou ao sogro, que martelou uma bucha no furo que acabara de fazer.

Julio Dansseto pôs para funcionar a furadeira outra vez, fez um furo um pouco abaixo do que havia feito. Martelou a bucha no furo.

— Como vocês têm passado?

— Estamos bem, obrigado.

— Que bom, você sabe que essa parafusadeira que vocês me deram é ótima, aquilo de parafusar no muque era uma estupidez minha, o que antes eu demorava uma hora pra montar, agora faço em minutos, sem machucar as mãos, uma maravilha — disse Julio Dansseto apanhando a parafusadeira que estava em cima da cama —, me passa a mão-francesa que está aí dentro dessa sacola plástica, por favor.

Takashi tirou da sacola sobre a cama a mão-francesa e entregou.

— Pesquisei a origem da expressão mão-francesa e não achei nada além de conjecturas, uma explicação dizendo que na França, em dada época, ficou na moda esse suporte de prateleira em forma de mão, o que é meio cafona, você há de convir, uma explicação tosca, mas de certa forma verossímil, ninguém sabe de nada, e a humanidade é meio cafona mesmo — Julio Dansseto disse, segurou a mão-francesa contra a parede, pegou um parafuso no bolso, prendeu-a com a parafusadeira.

— Ô, Takashi, aproveitando que você está aqui, me ajuda a conferir o nível, acho que não ficou perfeito.

Takashi tirou do bolso o celular, a carteira e as chaves do carro, deixou-os sobre a escrivaninha, ao lado de duas pilhas de livros. Julio Dansseto fez o movimento de pegar a tábua.

— Deixa que eu pego, seu Julio.

— Pode deixar, obrigado, mas pegue aí a mão-francesa pra gente ver se eu marquei certo, na mesa de cabeceira tem o lápis e o prumo que eu usei.

O lápis e o prumo estavam sobre a edição nova de um livro do Carlos Drummond de Andrade. Julio Dansseto levantou a tábua com facilidade, apoiou uma das extremidades na mão-francesa já instalada, que ficava na altura do seu peito. Takashi se aproximou, colocou o prumo em cima da tábua.

— Precisa abaixar um pouco, seu Julio — o sogro abaixou, ele aproximou a mão-francesa dos dois pontos marcados a lápis —, estão certos, sim, está no nível.

— Ótimo — disse Julio Dansseto, e recolocou a prateleira apoiada no armário —, então vocês vão pra Brasília?

— Vamos, sim, a gente viaja no outro domingo.

— Posso levar vocês no aeroporto, que horas vocês vão?

— Vamos às três da tarde, meu pai vai nos levar.

— Hurum, e está tudo certo com seu novo emprego lá? — disse Julio Dansseto, pegando a furadeira.

— Está sim, foi sorte terem me chamado.

— Sorte não teve nada a ver com isso, nós dois sabemos, Takashi — disse Julio Dansseto, depois de uma breve pausa em que fixou o olhar em Takashi, antes de fazer a furadeira funcionar contra a parede. Fez o outro furo em seguida.

— Você sabia que a minutagem de uma furadeira doméstica como esta é de menos de uma hora de uso, na sua vida útil inteira, veja, fiz esses quatro buracos em menos de um minuto, eu li outro dia uma notícia que foi dada como curiosidade, mas que é uma revolução que ninguém percebeu ainda, um moço em Londres precisava de uma furadeira, colocou na internet meio de brincadeira, um vizinho viu e alugou a furadeira por meia hora por um trocado, a furadeira de hoje vai ser o carro de amanhã, a casa, o escritório e, no limite, as relações pessoais afetivas até, principalmente, nessa era em que estamos, em que o patrimônio do *eu* tem tanta importância, tudo vai virar um serviço e, suprema ironia da História, o capitalismo vai acabar com a propriedade privada que defendeu com tanta barbárie porque a propriedade privada é ineficiente, a posse de um bem é ineficaz economicamente, um bem qualquer é o serviço que ele presta, pelo tempo necessário, é formidável a dinâmica dos seres humanos, e tudo, tudo segue a lógica de uma feira, tudo é uma feira, nós somos todos feirantes aqui, vendendo nossos tomates, comprando nossas cebolas sob as bênçãos do deus economia — disse Julio Dansseto apanhando o martelo —, e duvido que você já não tenha pensado nisso, você é um homem intrigante, Takashi, você viu as buchas?, coloquei-as em algum lugar.

— Estão ali do lado, você pôs na poltrona — disse Takashi para aquele homem que não gostava de ser chamado de senhor.

Julio Dansseto martelou as buchas nos furos. Takashi estendeu-lhe a outra mão-francesa, que ele fixou com a parafusadeira, tirando dos bolsos os parafusos. Takashi pegou a tábua e colocou-a sobre as mãos-francesas.

— Obrigado, Takashi, vou lá embaixo buscar uma vassoura e um pano pra limpar esse pó.

— Você quer ajuda?, eu posso ir lá buscar.

— Eu pego, obrigado, se quiser, pode ir colocando na prateleira esses livros empilhados na escrivaninha, cada pilha começando de um lado, ali no chão tem uns suportes de livros, mas não precisa, não, eu posso fazer isso depois.

— Tá bom.

Julio Dansseto saiu do quarto e, assim que ele saiu, a ausência de Nina que havia mediado feito uma sombra que os encobria naquela interlocução esquisita voltou feito um trovão numa noite sem lua. Quando Julio Dansseto viajava, era aquele o quarto que Nina ocupava. Foi ela que comprou a televisão e a colocou ao lado da escrivaninha, sob os protestos leves do pai, que não negava nada à filha caçula que o divertia e o encantava. Deitada naquela cama, passava as tardes de sábado assistindo aos filmes que alugava. Na primeira vez, achou graça que ele não se deitasse com ela e assistisse ao filme sentado na poltrona vermelha, tenso que seu pai fosse chegar. Sobre a colcha branca da cama jogaram jogos de cartas, de xadrez, de tabuleiro, leram livros esparramados no colo um do outro, amaram-se, ela se divertindo com seu permanente estado de alerta que, foi descobrindo, não era apenas por estar naquele quarto, mas por estar no mundo.

Takashi apanhou no chão dois suportes de livros. Ajeitou um sobre a prateleira recém-instalada. Começou a enfileirar os livros de uma das pilhas. Eram todos livros de poesia, autores de todas as partes do mundo e de todas as épocas. Conhecia-os, Nina adorava aqueles livros. Eram de sua mãe, que escrevera na primeira página de cada um o nome e a data de quando os havia comprado. Havia apontamentos a lápis nas margens e grifos em versos. Era como estar com ela, uma vez lhe disse. O único que destoava naquela escolha era o volume grosso das obras completas de teatro de Shakespeare, uma edição em inglês, também inteiro anotado. A edição do Drummond, que estava na cabeceira, era nova, um volume das obras completas recém-editado. Os livros originais, com as palavras de Isa Prado, estavam em uma caixa com destino a Brasília, para que ficassem para Naty. Nina os levara quando se casaram. Quando os estava recolhendo, seu pai disse que tinha também uma antologia com os poemas mais conhecidos que sua mãe ganhara do próprio poeta, mas Nina não o encontrou. Um papelzinho marcava uma página nas obras completas. Era o *Poema de sete faces*, de que Nina também gostava muito. No exemplar de Nina, *A tarde talvez fosse azul, não houvesse tantos desejos* foi grifado pela mãe, neste, havia um traço ao lado dos versos *O homem atrás do bigode é sério, simples e forte. Quase não conversa. Tem poucos, raros amigos o homem atrás dos óculos e do bigode.* Takashi fechou o livro e olhou para a porta como se visse Julio Dansseto.

Num primeiro momento, não entendeu a lógica da outra pilha de livros, que era menor. Autores sem aparente ligação um com o outro, Virginia Woolf, Sándor Márai, Pedro Nava, Stefan Zweig, Primo Levi, Ernest Hemingway, Sylvia Plath, Heinrich von Kleist, Ana Cristina Cesar, Mário de Sá-Carneiro, Yukio Mishima, e quando leu o nome Mishima na lombada, veio-lhe a forte imagem de sua morte, que viu num livro na biblioteca e que o impressionou muito. Das poucas vezes na vida que se sentiu japonês. O Japão era a pátria cuja língua não sabia, eram os genes que carregava em suas veias, era alguma epigenética que estava tão na moda, eram milhares de anos de História, eram seus bisavós imigrantes que mal aprenderam português e dos quais tem uma vaga lembrança, era seu pai com o calendário seicho-no-iê com frases diárias de autoajuda, era sua mãe que havia voltado para a terra dos antepassados buscando algo que a terra prometida não havia dado aos seus, como se estivesse corrigindo um erro de percurso, um desvio de rota na ancestralidade. Mas sentiu-se japonês ao se deparar com aquela cena violenta fotografada, como o espelho o mostrava todos os dias, como o apelido japa com que lhe chamavam nas escolas. Sim, confirmou passando os olhos rapidamente pela segunda orelha de um ou outro livro cujo autor não conhecia. Todos os autores dos livros daquela pilha haviam se suicidado. Levantou as sobrancelhas. Ouviu os passos de Julio Dansseto subindo a escada e voltou rapidamente a enfileirar os livros de poesia na prateleira, esperando que o sogro não o flagrasse naqueles pensamentos que ensaiavam conclusões não muito precisas. Desde que Nina se foi, nada era preciso.

Julio Dansseto entrou no quarto. Não pareceu ter lido seus pensamentos, outro dos poderes sobre-humanos que lhe imputavam na construção da lenda que havia se tornado aquele homem.

— Deixei uma água pra ferver, pra tomarmos um chá, vou só limpar aqui e a gente desce, você sabe, né, Takashi, um homem aposentado vive nos seus aposentos, mas os aposentos devem estar sempre limpos — disse Julio Dansseto com bom humor. Com a pazinha e a vassoura, juntou o pó que a furadeira tinha derrubado no chão. Depois, passou o rodo com o pano úmido que também havia trazido. Takashi desviava dele para continuar a colocar os livros na prateleira, os dois ocupando o mesmo espaço, aproximando-se, afastando-se, estranhando-se. Julio Dansseto deu-se por satisfeito com sua limpeza. Deu dois passos, quase esbarrando em Takashi, que se espremeu entre a prateleira e a cama. Parou diante da janela.

— Essa sibipiruna, plantei com meu pai, eu e ela crescemos juntos, ela foi muito mais longe, tá bonita, né?

— Tá sim, uma bruta árvore — Takashi disse lembrando-se de Nina, que dizia que a vista daquela árvore lhe trazia paz.

— No inverno, você já deve ter visto, ela perde todas as folhas, e aí, na primavera, elas rebrotam em dias, é bem bonito, a força da vida, o Casé filmou quando era moleque, alguns segundos várias manhãs, depois editou juntando tudo, dá pra ver as folhas crescendo, o Casé gosta dessas coisas, devia ter ido pras artes, você viu o filme?

— Não vi não, mas a Nina me falou dele.

— Essa árvore formidável, que deveria sobreviver a nós todos e atravessar séculos, está inteira corroída por dentro, cupim, essa praga, que é um bicho organizado e também formidável.

— Puxa, não parece.

— Pois é, já chamei agrônomo, técnico da prefeitura, biólogo, está condenada, essa árvore é essa nossa era, meu caro Takashi, ela está no fim, vamos descer, depois eu termino de organizar os livros, obrigado pela ajuda.

Julio Dansseto saiu do quarto levando a vassoura, a pazinha, o rodo com pano, o saco de supermercado com o pó que varrera. Takashi apanhou suas chaves, a carteira, o celular e olhou por um momento a sibipiruna. Não era segredo que a magnífica árvore era sempre comparada ao próprio Julio Dansseto. Deveria estar falando de si quando falava da árvore, apesar de, sabidamente, o homem não gostar de metáforas nem de ironias, e ser sempre direto. Passou os olhos pelo quarto uma última vez, não mais voltaria ali. Era mais um olhar de adeus. Um olhar que deu a Nina quando ajudou a fechar o caixão, e o rosto dela sereno e belo foi encoberto pela madeira lustrada. Que deu a cada pessoa naquela concorrida missa de sétimo dia que Rosa organizou. Rostos tristes de conhecidos e desconhecidos, alguns sorriam silenciosamente para Naty em seu colo, pendurada em seu pescoço, buscando proteção e conforto sem saber que era ela, pequena, que o protegia e confortava naquela hora. O mesmo olhar que dava a cada esquina de São Paulo, e eram tantas esquinas. Àquela escada. Àquela mesa de café da manhã de que Nina tanto gostava.

Julio Dansseto havia colocado duas xícaras à mesa, uma lata de biscoitos aberta a separá-las, uma pequena cesta de palha com diversos sachês de chá. Com um gesto de mão, convidou-o a se sentar. Serviu a água quente nas duas xícaras. Sentou-se.

— Você é um homem bom, Takashi Makaoka — Julio Dansseto disse.

— Não sou bom o bastante, seu Julio — Takashi disse.

— Ninguém nunca é — Julio Dansseto disse.

Cada qual em seu chá.

— O que você vai fazer com as coisas da Nina? — Julio Dansseto disse.

— Separei as joias e alguns poucos objetos, uns lenços coloridos, pra ficar pra Naty, o restante já está separado para doação, o senh..., você quer alguma coisa dela? — Takashi disse.

— Obrigado, pra doação é bom, se eu puder ajudar em algo, por favor, me diga, gostaria de ajudar — Julio Dansseto disse.

— Obrigado, seu Julio.

— Tenho muitos amigos em Brasília, pra alguma necessidade, e não esqueça que eu estou sempre por perto.

— Obrigado.

— E, quando vierem pra São Paulo, esta casa é sua.

— Não virei mais pra São Paulo — Takashi disse, tomando a argola com suas chaves que havia colocado sobre a mesa, retirando dela, sob o olhar de Julio Dansseto, uma chave e deslizando-a pela fórmica azul na direção do sogro.

— Compreendo.

— A chave desta casa.

Julio Dansseto deslizou a chave de volta a Takashi.

— A chave agora é da Naty, dê a ela — disse Julio Dansseto.

Takashi fez que sim, pegou a chave de volta e a recolocou na argola.

Os chás já estavam frios.

— Todos podemos muito pouco, Takashi, você é um bom pai, foi um bom marido — disse Julio Dansseto.

Todos podemos muito pouco, e ele não podia nada. Não havia o que falar. Era necessário ir-se dali. ...*os dramas e tragédias pessoais e todos esses psicologismos baratos são irrelevantes se comparados aos dramas e tragédias sociais...* Aquelas palavras que certa feita o entusiasmaram, e que vinham voltando enxeridas nos últimos dias, eram-lhe então insuportáveis. Takashi levantou-se controlando o ímpeto no levantar-se.

— Eu tenho de ir, seu Julio — disse Takashi.

— Espera um pouco que você pode encontrar o Casé e a Rosa, eles daqui a pouco vêm aqui.

— Eu tenho de ir.

— Compreendo — disse Julio Dansseto levantando-se também.

— Seu Julio, perdão, não posso ser como o senhor, eu não tenho um coração de pedra.

— Ser como eu?, e me trate por você, Takashi.

Takashi foi atropelando as palavras, chamando Julio Dansseto de senhor. Do discurso do Diretas Já, do tudo das coisas, das suas tardes na Biblioteca Mário de Andrade, das leituras dos textos de Isa Prado, da descoberta de ser a vírgula, do medo de ter se apaixonado por Nina por ela ser filha dele, do medo de ela ser o erro da vida dele, do medo sem tamanho de ter sido ele o erro e a desgraça da vida dela. Quando calou sua voz trêmula, Takashi quis, na mesma hora, que as palavras voltassem para ele, que o que havia sido dito não houvesse sido dito, que ele não tivesse voltado àquela casa nem encontrado aquele homem que tinha um enorme efeito sobre ele. Não era de São Paulo ou das lembranças de Nina que estava se afastando, estava se afastando de Julio Dansseto, alguém que lhe era nocivo.

Julio Dansseto se aproximou, levantou os braços, segurou-lhe os ombros.

— Não, não — Julio Dansseto disse apertando-o forte com as mãos. Achou que ele ia dizer mais alguma coisa, por um momento achou, ou temeu, que ele ia puxá-lo para um abraço.

— Preciso ir render a moça que está tomando conta da Naty — Takashi disse, libertando ambos daquela situação incômoda.

— Claro, eu vou na sua casa um dia dessa semana, gostaria de falar tchau pra Naty — disse Julio Dansseto, soltando Takashi.

— Quando o senhor quiser.

— Me chame de você, Takashi, que diabo, o que você vai fazer com o apartamento?

— Vou deixar em uma imobiliária para alugar e depositar numa conta pra Naty.

— Eu faço isso pra você — disse Julio Dansseto.

— Obrigado — disse Takashi.

Estavam à porta da casa. Julio Dansseto estendeu a mão, que Takashi apertou com força.

Ouviu a porta sendo fechada atrás de si quando chegou no portãozinho de ferro que rangia. Ficou respirando sob a sibipiruna, lembrando-se de seu professor de taekwondo que dizia que a respiração era a chave para a luta e para a vida, que eram a mesma coisa, porque vida era luta. Brutalidades. Apoiou a mão no tronco, olhou para a copa e pensou como seria possível uma árvore esplendorosa como aquela estar condenada. Dali, por entre as folhas, viu ser acesa a luz do quarto de Julio Dansseto. Observou-o sem ser observado em movimentos lentos de organizar os livros na prateleira nova. Aquela cena trivial foi ralentando sua respiração, a mão recebendo da árvore alguma energia, como via em parques a vergonha alheia de gente abraçando árvores. Soprava uma brisa cândida que sequer fazia mover os galhos da sibipiruna, os galhos do mundo, os seus cabelos.

Takashi deixou a sibipiruna, saiu olhando para o chão, naquelas flutuações aleatórias que vivia desde que Nina havia morrido. Depois de alguns passos, parou, seu corpo se contraiu. O pé-direito um pouco para trás, as mãos fechadas em punho. Uma vibração pesada que lhe chegava. A certeza da ameaça que se avizinhava. Ele levantou os olhos do chão das calçadas tão pisadas da Vila Pompeia. Casé se aproximava com passos duros. Tinha os olhos em fogo. Encarou-o. Era a fera. Achava-o tão bunda-mole e foi quase um prazer ver aquele olhar da besta crescendo para cima dele. Uma potência forte que de certa maneira o restabelecia.

As mãos em seu peito.
O grito ininteligível.
A violência iminente.
A arma sob o paletó.
O desejo de que a mão pegasse a arma.
E a violência explodisse entre ambos.
As redenções só existiam na violência.
Brutalidades.

Potência.

Desarmaria.

Machucaria.

— Vai se foder, seu japonês filho da puta, quem você pensa que é?, enfia o seu taekwondo no cu que hoje você vai se ver comigo!

A perna pronta, a respiração pronta, o punho pronto.

— Vai ficar tudo bem, Casé — ele disse calmamente sem saber por que disse, uma frase que veio daquelas flutuações entre realidade e sonho, uma frase como que dita por Nina. Espantou-se.

Os gritos.

De um lado na prateleira daquele aposento do aposentado eram livros para estar com a mulher, Isa Prado, livros para estar perto da filha querida, Nina, livros de poesia. Livros estranhos a Julio Dansseto, livros que o homem enfrentaria, livros que o acolheriam e pelos quais seria acolhido. Os outros eram livros para entender o suicídio de Isa Prado. Assim como ele, Julio Dansseto era um homem de entender as coisas. Assim entendeu aquela seleção da prateleira.

Um empurrão mais forte.

— Vai ficar tudo bem, Casé.

Mas, por mais que entendesse, não entendia Nina. Tampouco Julio Dansseto, que deveria entender tudo, não a entendia. Ele e o sogro unidos pela incompreensão. Não, estava enganado, e percebeu de outra maneira o olhar que o sogro lhe deu quando apertou seus ombros, com Casé descontrolado na sua frente querendo soltar nele a violência de uma vida inteira, o bom Casé, o irmão de quem Nina tanto gostava. Ele e o sogro, e Casé agora gritando, estavam unidos pelo amor a Nina, não por qualquer compreensão que fosse. O sogro, afinal, como dizia Nina a falar e a julgar o pai, também era um sem-mãe. Assim como Casé. Casé, talvez o único que entendesse Nina. Casé, o putanheiro, o medíocre, o sensível. Casé tinha a bondade desprendida, ingênua e simplória que Julio Dansseto e ele não apenas não eram capazes de ter como chegavam a desprezar. Casé era melhor que eles dois.

— Vai ficar tudo bem, Casé.

— Nada jamais vai ficar bem, seu japonês filho da puta!

Rosa chegou e se atirou sobre o irmão, segurando-o.

— Vai embora, vai embora, Takashi!, depois a gente conversa — disse Rosa, numa voz aflita como não a imaginava capaz. Uma mulher forte, determinada, a versão feminina do pai, entretanto, mais pragmática.

Deixou-os. Os dois. Aquela rua. Aquela sibipiruna. Aquela casa. Aquela família. Não olhou para trás.

Seguiu em frente porque era preciso seguir em frente. Tinha uma filha para criar e um mundo para mudar.

14. Final

Gaeta Dordé apanhou o violão do filho, que estava em cima do sofá. Abriu a cortina para deixar entrar o fim de tarde sobre o mar de Ipanema. Lançou um olhar às pessoas que existiam ali, despreocupadamente, a passeio. Sentou-se na cadeira de balanço de assento de palhinha que Camila havia ganhado dos pais, quando foram morar juntos. Foi nela que ela amamentou os dois nenês. Uma cadeira que o aconchegava.

Um momento de hesitação antes de Gaeta começar a dedilhar o violão e cantarolar *Garoava*. Um momento de hesitação junto ao portãozinho de ferro. A sibipiruna seca. A casa pálida. Uma trepadeira de folhas pequenas invadia a fachada e se espalhava sobre a pintura descascada. Jéssica os esperava com as mãos entrelaçadas em frente ao corpo. Um momento de hesitação depois que Ana Valéria trancou o carro e olhou a instituição psiquiátrica onde Rodrigo havia internado Sid. A bolsa pendurada no ombro. A garoa no rosto. Era como se desde que permitiu que o levassem não tivesse mais o direito de amá-lo, de cuidar dele, e ela mordeu os lábios. Era como se não conseguisse se mexer. Aquela hesitação original. O celular tocou e a despertou, ela começou a caminhar enquanto o procurava na bolsa, e atendeu a ligação. Era sua prima Ana Paula, de quem havia tempos não tinha notícias, de novo Ana Paula a socorrê-la sem saber que a socorria, como fizera desde que dançou balé, desde que passou no vestibular, desde que se casou com um tenente negro que a família dizia que era moreno, desde que lhe contou do filho que era seu. Atendeu perguntando se havia acontecido alguma coisa. Ana Paula disse que tinha aproveitado para telefonar naquela hora em que o Beto, que andava muito grudado nela, tinha saído para dar uma volta a pé. Gostaria de conversar com ela, estava com medo de estar ficando desorientada. Um momento de hesitação do general Roberto Bamalaris, ele está segurando um envelope pardo com a antologia de Carlos Drummond de Andrade que Isa Prado lhe havia dado. Não havia vivalma naquela praça perto da sua casa. Garoava desde a tarde, garoava desde sempre, garoou sobre o envelope com o livro que ele largou no banco, garoou molhando-os, o livro e a ele, já que os militares são superiores ao tempo e não usam guarda-chuva. Um momento de hesitação de João Robert da Cruz Bamalaris diante do dispositivo Saúde de sua máquina individual, há tantos anos desligado. Faz duas semanas que sai sangue nas suas fezes. Ele está sentado à varanda com os pés descalços sobre uma mesa de centro. Dá goles em uma caipirinha de limão--cravo, hábito recente dos finais de tarde, truques novos para cachorros velhos. Pensa nas mudanças que Takashi Makaoka fez de modo sub-reptício no mundo. Pensa nas mudanças que Gonçalo Ching de Souza fez em sua vida, quando o acaso o apresentou ao seu trabalho. Pensa nas mudanças de rota que aquelas pessoas haviam causado em sua trajetória, seu ancestral Roberto Bamalaris, o inacessível e colossal Julio Dansseto, Natasha, cujos momentos íntimos viveu como se estivesse com ela, Carlo José Dansseto, cujo livro tanto o inspirou, e que, por fim, o fez participar daquele clube de leitura da cidade que lhe deu suas primeiras amizades e suas caipirinhas de limão-cravo em uma época em que achava que lhe era impossível o contato mais próximo com o outro. Afinal, era um desconstrutor. João Robert tira os olhos do dispositivo Saúde, que ainda não ligou. Olha as cinco palmeiras centenárias, olha as montanhas da Serra da Bocaina, olha o bando de maritacas que passa gritando. Não mudou nada nos quinze anos em que mora ali. E não vai mudar, por mais que se construa, por mais que se desconstrua. Por mais que se exista, por mais que não se exista mais. O tempo das montanhas, das palmeiras, das construções, das maritacas, das galinhas-d'angola e das formigas é diferente do tempo dos homens, ele pensa. E dá goles na caipirinha de limão-cravo.

Takashi abriu o portãozinho e fez-se o mesmo rangido de outrora. A campainha informal daquela casa. Carlo Dansseto estava na porta da entrada. Natasha abraçou o tio e apresentou Jéssica, sua colega jornalista que estava ali a trabalho, tinha certeza que o avô permitiria. Takashi, Carlo disse, Casé, Takashi disse, um momento de hesitação entre ambos, e trocaram um cumprimento sereno de cabeça sem se apertarem as mãos. Takashi, Rosa disse com emoção inesperada, e abraçou com força o cunhado, que retribuiu o abraço. A pequena caixa de som, em cima de um aparador atrás do sofá, fazendo par com estatuetas e objetos, tocava músicas de Gaeta Dordé de uma lista que Carlo havia posto de seu celular. Enquanto Natasha comentava da reportagem que Jéssica e ela estavam fazendo sobre o jovem que se acreditava Gaeta, Jéssica correu os olhos pela sala, pelos livros da estante, pelos tapetes puídos, pelo lustre salpicado de insetos mortos, pelos quadros, pelo porta-retratos com a conhecida foto da avó de Julio Dansseto. Estava amarelada.

Ana Valéria atravessou o pátio, entrou no casarão. A recepcionista pediu seu documento, pediu que olhasse para a câmera para tirar uma foto. Passou pela catraca e foi subindo a escadaria degrau por degrau, murmurando a canção *Garoava*, de que Sid gostava tanto, como se fosse uma prece, e seus passos, antes claudicantes, foram ganhando firmeza e urgência. Degrau por degrau, todos seguiram Casé, e foram ao encontro de Julio Dansseto. *Garoava* tocava na caixa de som e os acompanhou como um sussurro quando entraram no quarto. Jéssica entrou por último. Julio Dansseto recolheu as mãos e lhes lançou um olhar. Antes mesmo de Natasha falar animada seu costumeiro Oi, vô!, Julio Dansseto estendeu o braço e apontou para Jéssica, Você é a única que eu não conheço, moça, gosto do jeito como você olha, você tem a força estranha, e isso é bom.

Todos olharam para Jéssica, que, com surpreendente firmeza, disse Obrigada, é uma honra conhecê-lo. É minha amiga Jéssica, vô, disse Natasha, trazendo leveza com a leveza de sua presença, com a alegria de sua voz, com sua aproximação, com o beijo que deu na bochecha do avô, a quem sempre fazia rir, como fez naquela hora. A melodia de *Garoava* desaparecia para entrar outra música, um ritmo forte.

> *Porque Deus é branco*
> *Porque Deus é rico*
> *E eu sou um cara de tamanco*
> *Que só cago em penico*

Um a um se aproximaram da cama. E Julio Dansseto apertava-lhes as mãos com uma força que seu corpo franzino não fazia supor que tinha. Sorria-lhes, dizia baixo o nome de cada um. De Natasha, de Jéssica, que Natasha apresentou de novo, de Rosa, de Casé. Takashi chegou por fim. Julio Dansseto apanhou sua mão, Takashi, disse, sem mudar a expressão. Soltou-a. Olhou para as próprias mãos, os dedos se mexiam e Julio Dansseto fazia movimentos de sobrancelha. Papai gosta de brincar com as mãos, Rosa disse. Carlo perguntou se o pai gostaria de se sentar um pouco na poltrona. Repetiu a pergunta, e Julio Dansseto concordou com um gesto lento de cabeça. Carlo e Takashi, um de cada lado, ajudaram-no a se levantar e sentaram-no na poltrona vermelha. Rosa cobriu as pernas do pai com uma manta.

Estavam saindo do quarto quando ouviram sua voz, mais firme e alta.

— Cadê o japonês?
— Precisa cortar a sibipiruna.
— Estão todos mortos.

Carlo ainda se aproximou com Takashi ao seu lado, mas Julio Dansseto voltou a olhar as mãos.

O meu tempo é urgido
As coisas definitivas não fazem sentido
As coisas definitivas não fazem sentido
As coisas definitivas não fazem sentido

Ana Valéria estava na frente do quarto que lhe indicaram. Olhou em volta e subiu-lhe à garganta uma irritação sem tamanho. Bateu na porta.

— Entra.

Sidney estava deitado na cama.

— Vamos pra casa, filho.
— Vamos, mãe.

Terminado dia 25 de março de 2021

Este livro foi composto na tipografia Minion Pro,
em corpo 11,5/15, e impresso em papel off-white
no Sistema Digital Instant Duplex da
Divisão Gráfica da Distribuidora Record.